SCHAMLOS ZÄRTLICH

Ein Lesebuch der Sinnlichkeit
Zwölf erotische Phantasien

Herausgegeben von Christine Proske
und
illustriert von M. Cabrera

WILHELM HEYNE VERLAG
MÜNCHEN

HEYNE ALLGEMEINE REIHE
Nr. 01/8352

9. Auflage

Printed in Germany 1999
Einzelrechte: siehe Quellenverzeichnis
Umschlagillustration: Bavaria Bildagentur/Photomedia, Gauting
Umschlaggestaltung: Atelier Ingrid Schütz, München
Satz: Compusatz GmbH, München
Druck und Bindung: Elsnerdruck, Berlin

ISBN 3-453-05281-1

Inhaltsverzeichnis

Die mit einem Stern versehenen Titelformulierungen stammen von der Herausgeberin

PHILIPPE DJIAN

Blaue Seide

SCHEISSE, meinte ich, UND DAS HIER, IST DAS AUCH KEIN SCHÖNES PLÄTZCHEN...??!! WAS WILLST DU DENN MEHR...??!!

Unser Führer hatte mich von Anfang an auf dem Kieker gehabt, und jetzt wollte er mich wohl vor Hunger umkommen lassen. Wir waren seit fünf Uhr morgens unterwegs, und ich hatte nichts als einen Kaffee und zwei Bier im Magen. Gegen Mittag hatte ich angefangen, ihm ein paar vernünftige Vorschläge zu machen, aber jedes Mal hatte er mit dem Kopf geschüttelt, nein, folgt mir, sagte er, wir werden uns ein richtig schönes Eckchen suchen, denn diese zwei Tage sollen unter dem Zeichen der Schönheit stehen. Und die ganze Herde von Trotteln, die hinter ihm herzog, war im siebten Himmel.

Diesmal waren wir auf einer Art Lichtung angelangt mit einem Teppich aus rotem Laub, und man konnte das ganze Tal überblicken. Unser Führer blieb stehen und als er sah, daß ich meinen Rucksack schon auf den Boden geworfen hatte und ein dicker Typ mit Brille allmählich blau anlief, nickte er.

»Gut«, meinte er, »aber wir bleiben nicht lange. Wir müssen die Berghütte erreichen, bevor's dunkel wird.«

Ich ließ mich neben Lucie ins Gras fallen. Sie sah topfit aus. Die Sonne war langsam höher gestiegen, und bald waren wir alle im T-Shirt weitergelaufen, ich hatte meine Augen kaum noch von Lucies Brust abwenden können. Seit drei Tagen leckte ich mir die Finger nach ihr. Ich tat so, als guckte ich ins Leere, und warf einen Blick zwischen ihre Beine, und das haute mich fast um, die Shorts, die sie da anhatte, waren ihr viel zu klein, ich mußte die Zähne zusammenbeißen, um keinen Blödsinn zu machen, ich schmierte ein paar Schinkenbrote und wartete, daß sich das legte.

»Und«, fragte sie, »gefällt's dir? Biste zufrieden...?«

»Das ist göttlich,« sagte ich. Ich fühl mich wie neugeboren.

»Der moderne Mensch hat keinen Kontakt mehr zur Natur«, meinte sie.

»Da krieg ich 'ne Gänsehaut«, sagte ich.

Das letzte Mal, daß ich gebumst hatte, kam mir sehr weit weg vor. Ich hatte dieses Mädchen eines Morgens gesehen, als ich gerade aufstand, sie lief im Trainingsanzug über den Strand, und ein paar Tage lang hatte ich mich hingesetzt, um ihr zuzugucken. Jedesmal hatte ich mir seufzend einen runtergeholt, und die Tage waren eintönig vergangen. Ich saß die ganze Zeit daran, meinen Roman abzutippen, und das Bild dieses Mädchens, das über den Strand trabte, ließ mich nicht mehr los, es wurde zur fixen Idee. Und eines Tages hatte ich ihr kurz zugewunken, sie hatte gelächelt, und ein paar Tage später blieb sie vor meinem Fenster stehen und wir wechselten zwei, drei Worte über das Wetter und den Nutzen sportlicher Ertüchtigung.

Drei Tage vor dieser Bergtour war sie auf die wahnwitzige Idee gekommen, in die eisigen Wellen zu springen, ich hatte dankend verzichtet. Ich stand da und hatte ihren Trainingsanzug auf dem Arm, während sie aufs offene Meer kraulte. Als sie in ihrem blutroten Bikini und mit den Hüften wakkelnd zu mir zurückkam, war ich nicht mehr der gleiche.

Am nächsten Morgen war ich mit ihr in das unglaublich kalte Wasser gegangen, ich konnte nicht mehr ganz dicht sein. Und am Abend hatte ich sie zu einem Vortrag über das Thema ›Nehmen Sie Ihren Körper in die Hand‹ begleitet. Während der anschließenden Diskussion hatte ich versucht, nicht allzuviel zu rauchen.

Gestern schließlich hatte sie mir diesen zweitägigen Ausflug in die unberührte Natur vorgeschlagen, und ich hatte mich hellauf begeistert gezeigt. Ich folgte ihr auf Schritt und Tritt. Ich war wie einer, der vom Pferd gefallen ist und von den Steigbügeln mitgeschleift wird.

Ich hatte mir einen zitronengelben Rucksack gekauft, den ich mit Bierflaschen bepackt hatte, sowie einen Daunenschlafsack, den ich jetzt auf dem Boden ausbreitete, ich machte es mir darauf bequem. Die anderen hüpften um mich rum, schnitten sich Schwarzbrotscheiben ab und tranken Felswasser. Aber ich war viel zu beschäftigt, als daß ich mich hätte dazu gesellen können, um gemeinsam mit ihnen vor der unvergleichlichen Schönheit eines welken Blatts in Verzückungsrufe auszubrechen. Lucie schüttelte ihre Haare in der Sonne.

»Ist das nicht ein unglaubliches Wetter?« fragte sie.

»Ja, traumhaft. Ich muß mich zusammenreißen, daß ich die anderen nicht einfach laufen lasse. Ich könnte den Rest des Tages hier liegenbleiben und die saubere Luft einatmen und unter dem Sternenhimmel einschlafen... Was hältste davon...?«

»Oh nein«, meinte sie, »wenn du erstmal die Berghütte siehst, die liegt einfach fantastisch... Aber man muß sie sich verdienen. Du bist doch noch nicht müde, hoffe ich...?«

»Wo denkst du hin, so'n kleiner Spaziergang bringt mich erst richtig in Form.«

Keine Ahnung, wann ich zuletzt ein Mädchen angefaßt hatte, das konnte zwei, drei Monate her sein. Lucie hatte eine sehr glatte, goldbraune Haut, und das mindeste, was man von ihr sagen konnte, war, daß sie vor Gesundheit strotzte, der Typ, den man ohne weiteres für jede Mineralwasserreklame genommen hätte. Ich verschlang sie mit den Augen, ich fand, jede noch so kleine Bewegung, die sie machte, war von erotischer Ausstrahlung, und wenn ich sie zufällig berührte, wurde ich halb wahnsinnig, ich stampfte mit den Füßen vor den Toren des Paradieses. Aber ich hatte noch nichts Konkretes unternommen, ich wollte meiner Sache sicher sein. In Wirklichkeit war ich in einem dermaßen fieberhaften Zustand, daß ich unfähig war, mir auch nur in ungefähr vorzustellen, wie sie über mich dachte. Zur Zeit machten wir auf dicke Kumpel, wir standen über diesen Dingen, zwei kleine Engel, geeint in der gleichen leidenschaftlichen Liebe zur Natur, zum Wahren und Schönen.

Kurz bevor wir aufbrachen, verteilte eine Frau kleine, süßliche Plätzchen, die sie EXTRA für diese Tour gebacken hatte, meine Güte, die ganze Bagage geriet ins Schwärmen, was waren wir für eine tolle Truppe, jeder mochte jeden, ich steckte mir das Plätzchen ganz in den Mund, um mir nicht die Hände dreckig zu machen. Das war bestimmt gar nicht so einfach, ein derartig klebriges Zeug herzustellen, das klebte einem vielleicht an den Zähnen, ich brauchte ewig, bis ich das runter hatte. Einer nach dem andern drehte die Augen zum Himmel und gab seinen Kommentar ab über die Einzigartigkeit dieses unvergleichlichen Leckerbissens. Ich stellte mich unauffällig neben Lucie.

»Sag mal«, frage ich sie, »haste zufällig 'n Messer...?«

»Aber ja, natürlich...«

»Ich muß mir 'nen Zahnstocher zurechtschnitzen.«

»Ich hab aber klebrige Finger«, meinte sie. »Hier, hol's dir raus, ich hab's in der Hosentasche...«

Sie drehte sich um, und ich sah das Messer. Das Ding malte sich auf ihrer linken Hinterbacke ab, ziemlich weit unten. Das sind so die Kleinigkeiten, an denen man sehen konnte, daß sie Shorts trug. Herr im Himmel, dachte ich, wenn ich da die Hand reinstecke, das überleb ich nicht!

»Was ist los?« meinte sie. »Siehst du's nicht...?«

»Doch doch«, sagte ich.

»Na los, dann nimm's dir doch.«

Ich machte mich also daran, dieses verdammte Messer hervorzuziehen, meine Hand glitt über ihren Hintern. Sie versteifte sich ein wenig, als sie merkte, daß ich mich da fast verewigte, und als ich ihr das Ding endlich aus der Tasche gezogen hatte, guckte sie mich lächelnd an.

Ich kramte meine Klamotten zusammen und schnallte sie mir auf den Rücken.

Wir setzten uns wieder in Bewegung. Das Wetter blieb schön. Die anderen wanderten in Zweier- oder Dreiergruppen und quatschten miteinander, doch ich zog es vor, als letzter allein zu gehen und den Nachzüglern Beine zu machen, ich war in einem Zustand fortgeschrittener Erregung.

Zum erstenmal, seit ich meinen Roman zu Ende geschrieben hatte, ging mir wieder etwas ein wenig unter die Haut, das tat mir gut, ich fand, ich hatte es auch verdient. Was immer man darüber denken mag, ein Buch zu Ende zu schreiben, ist alles andere als befreiend, für mich ist das sogar das genaue Gegenteil, ich fühlte mich unnütz und verlassen, ich war eher gereizter Stimmung. Ich hatte mich auf diese Sache mit Lucie gestürzt, um Luft zu holen, seit gut vierzehn Tagen hing ich schon über meinem Manuskript, und das war eine ziemlich unangenehme Situation, ich fühlte mich wie einer, der dem Mädchen, das er liebt, dabei hilft, die Koffer zu packen, weil er nichts anderes mehr tun kann.

Die Sonne verschwand hinter einem Hügel, und die ganze Bande fand das traumhaft, ich als erster, ein gelbes, flimmerndes Licht, das unten durch das Laub glitt und den zuckersüßen Geruch der Erde aufwühlte, Lucie ging direkt vor mir, und ich konnte sehen, wie sich ihre Schenkel aneinanderrieben, am liebsten hätte ich mir einen Dolch genommen und ihn bis ans Heft in einen Baumstamm gerammt. Die Eintönigkeit des Wanderns machte mich geladen.

Wir erreichten die Berghütte bei Einbruch der Dunkelheit. Ich fand das herrlich, kein Witz, wirklich eine wunderbare Gegend, ich war in einer wunderbaren Stimmung, die geringste Kleinigkeit fand ich einfach göttlich. Das Ganze bestand aus einer Hütte mit einem Sturzbach und einem Gelände für ein offenes Feuer, alles war vollkommen, ich dachte für einen Augenblick, ich verspürte den Ruf der Wälder.

Wir brachten unsere Rucksäcke in die Hütte, und ich richtete es so ein, daß ich mit Lucie ein wenig zurückblieb, ich tat so, als müßte ich den Reißverschluß meines Schlafsacks überprüfen. Ich guckte ihr zu, wie sie im Schein einer Sturmlaterne einen Pulli überzog. Dann wackelte sie mit den Hüften, um ihre Shorts auszuziehen, und ich dachte, ich sterbe, ich hätte mich nicht mal umgedreht, wenn ein Grizzly hinter mir aufgekreuzt wäre, die Welt ging unter und es gab nur noch mich und einen kleinen blauen Seidenslip, der sich spannte wie eine Kaugummiblase und im Licht schimmerte.

Der Führer steckte seinen Kopf durch den Türrahmen.

»Holz holen!« meinte er.

»Wir kommen«, rief sie.

Sie zog sich blitzschnell ihre Jeans an, und ich pfefferte meinen Daunenschlafsack in eine Ecke.

»Los, komm schon... nimm deine Taschenlampe mit«, meinte sie.

»Ich wußte doch, daß ich was vergessen hatte«, sagte ich.

»Nicht schlimm, dann gehn wir eben zusammen.«

»Sicher, aber trotzdem ganz schön dämlich.«

Wir gingen raus, und ich sah die ganze Bande mit ihren Lampen rechts im Wald verschwinden, es war fast schon stockdunkel, breite, violettfarbene Wolken bedeckten den Himmel. Ich zog Lucie nach links.

»Die werden die ganze Ecke da abholzen«, sagte ich. »Auf dieser Seite haben wir mehr Chancen.«

»Ja, das wird ein mordsmäßiges Feuer! Ich find das toll!«

Wir drangen ein Stück in den Wald ein, und ich war dermaßen nervös, daß ich nicht einmal eine Lampe brauchte, um mich zurechtzufinden, ein seltsames Phänomen, aber ich machte mir deshalb keine Kopfschmerzen, ich war wie ein Uhu, der seine Jagdgründe überfliegt.

»Leuchte mir mal«, sagte sie, »hier liegen jede Menge Zweige.«

Ihre Stimme schreckte mich auf. Ich schnappte mir die Lampe und richtete den Lichtkegel auf sie, ich flötete die Melodie von *I'll be your baby tonight*, um dem Schweigen zu entkommen, aber ich fühlte mich mehr und mehr betäubt, meine Kehle war wie zugeschnürt. Ich ging auf sie zu, während sie trockene Zweige auflas, ich blieb stehen, als ich ihren Geruch aufnahm. Ich hatte das Gefühl, am Rande eines Abgrunds zu stehen.

Sie drehte sich zu mir um, die Arme mit dürrem Gestrüpp beladen, und starrte mich lächelnd an:

»Was ist los? Du machst ein Gesicht!!«

Mir war, als bräche eine Flutwelle über mir zusammen, ich fiel auf die Knie.

»Oh Lucie«, stammelte ich. »Verdammt, Lucie...«

Ich schlang meine Arme um sie und drückte mein Gesicht zwischen ihre Beine. Die Knöpfe der Jeans zerkratzten mir das Gesicht.

»Oh Herr!« rief sie.

Im gleichen Moment ließ sie den ganzen Berg Reisig über meinem Kopf los und lehnte sich gegen einen Baum. Ich rieb meine Wangen an ihren Oberschenkeln.

»Ogottogottogott...« sagte ich.

Ich ließ meine Hände über ihre Beine wandern und schnappte mir wie im Rausch ihre Hinterbacken. Ein Typ, der in einer brennenden Wohnung durchdreht, hätte man sagen können.

»Oh, mach dieses Ding auf«, sagte sie. »Mach mir dieses Ding auf...«

Sie hatte mich an den Haaren gepackt und quetschte meinen Kopf zwischen ihre Beine. Ein wahnsinniger Geruch drang durch den Stoff, und ich war schon halb k.o. Aber nur halb. Ich ließ die Knöpfe aufspringen.

»Oh! Die Luft ist so rein... Diese Nacht macht mich verrückt!!« stöhnte sie.

Ich rede nicht in solchen Momenten, ich versuchte, mich zu konzentrieren. Aber ich weiß die Gunst zu erkennen, wenn sie einem gewährt wird, und wenn ich Zeit gehabt hätte, dann hätte ich mich mit verschränkten Armen auf den Boden geworfen und meine Nase im Laub vergraben, um die Erde zu küssen. Ich zerrte an ihren Jeans und der Slip rutschte mit, ich zog ihn ihr bis zu den Knien hinunter.

»Jesus, es ist so schön hier«, murmelte sie. »Ich bin wie ein Grashalm im Wind.«

Ich hob die Arme, um mir ihre Brüste zu schnappen, und steckte meine Zunge in ihre Spalte. Sie stöhnte leise auf und ließ meine Haare los, sie umfaßte den Baumstamm und hielt sich mit gefalteten Händen fest, knapp über ihrem Kopf. Ich war keineswegs eifersüchtig auf den Baum, und bevor ich fortfuhr, trat ich ein Stück zurück, um sie anzugucken. Was für ein wunderbarer Anblick, dieses zitternde, an den Marterpfahl gebundene Mädchen mit den nur bis zu den Knien bedeckten Beinen, was für ein erhabenes Bild! Ich schnappte mir ihr Haarbüschel wie einen noch dampfenden Skalp und führte ihn zu meinen Lippen. Das erinnerte mich an alte Zeiten, das füllte mein Gehirn in Sekundenschnelle mit alten, fast verblaßten Bildern.

Wir waren drauf und dran, uns gehen zu lassen, als wir es um uns herum knacken hörten, und ich erspähte ein kleines Licht, das gefährlich nahe kam. Ich stieß eine Art innerliches Heulen aus, während Lucie im Nu ihren Slip hochzog und über unseren Köpfen ein Nachtvogel mit flatternden Schwingen in der Dunkelheit verschwand. Ich hatte geglaubt, ans Ziel gekommen zu sein, aber jetzt stand ich da mit leeren Händen, was ist das nur für ein Leben, das einem mit der Dachlatte das Glas Wasser zerschlägt, wenn man gerade der mörderischen Wüste entronnen ist...? Und der Typ da, was wollte der eigentlich schon wieder, ich war mir absolut sicher, er war's, ich wußte es, das war garantiert dieser verfluchte Führer mit seinen verdammten Shorts und dem dämlichen Wollkäppi auf dem Kopf. Er trat auf uns zu.

»Ah, ich hab euch gesucht«, sagte er. »Alles klar mit dem Holz.«

»Wir haben uns auf das Gestrüpp und die dürren Zweige spezialisiert«, sagte ich. »Wir waren dabei, einen ganzen Haufen zusammenzutragen.«

»Nein nein, schon gut, die anderen haben gute Arbeit geleistet. Kümmert euch lieber um die Wasserversorgung.«

»Aber ja, Vincent... Mit Vergnügen«, meinte Lucie.

»Alter, wir tun alles, was du willst«, sagte ich.

Den ganzen Weg zurück zum Lager hatte ich Lucies Geschmack im Mund, ich redete mir ein, das Ganze sei lediglich eine Frage der Zeit, fast hätte ich mir geglaubt. Während die anderen das Feuer vorbereiteten, schnappten Lucie und ich uns diese lächerlichen Blecheimer und gingen in Richtung Bach. Das Wasser rauschte mit nervösem Pfeifen zwischen den Steinen durch, wir knieten uns hin und hielten die Eimer in die eiskalte Strömung. Ich nutzte die Gelegenheit, ihr eine Hand unter den Pulli zu schieben, aber sie zog sie zurück.

»Nein«, sagte sie, »die können uns hier sehen...«

»Wir starten hier doch keinen Banküberfall, oder was haben die vor...?«

»Kann sein, aber das gibt nur unnötigen Ärger. Und außerdem, so unangenehm ist das auch nicht, ein wenig zu warten... Die Nacht ist so schön, wir haben Zeit.«

Wir wanderten ein paarmal mit den Eimern hin und her, und bei der letzten Tour loderte das Feuer auf und überschwemmte die ganze Gegend mit einem ziemlich teuflischen Licht. Die anderen hatten was zu essen gemacht, ich brachte ein paar Flaschen Bier in Umlauf, und alle schienen sich zu freuen.

Nach kurzer Zeit nahm mich Vincent beiseite, er wirkte verärgert.

»Ich muß sagen, daß mir das nicht gefällt«, meinte er.

»Haste Angst, wir stecken die Berge in Brand?« fragte ich ihn.

»Nein, darum geht es nicht. Aber du gehörst zu den Neuen, anscheinend hast du noch nicht so ganz begriffen.«

»Ich höre, Alter.«

»Gut. Weißt du, diese Wanderung durch die unberührte Natur hat das Ziel, uns zu reinigen, sie soll uns dabei helfen, der vergessenen Reinheit wieder näher zu kommen, wir müssen uns unseres Körpers bewußt werden. Ich glaube, ich habe das deutlich erklärt, bevor wir losgegangen sind, aber mir scheint, du hast nicht zugehört.«

»Das scheint nur so, ich versichere es dir.«

»Paß auf, ich finde, das ist doch keine große Anstrengung, die Zivilisation für achtundvierzig Stunden zu vergessen. Biste nicht meiner Ansicht?«

»Doch, nichts leichter als das, Alter.«

Er kratzte sich am Kopf und warf einen Blick auf die Sichel des Mondes, die hinter den Bäumen emporstieg.

»Nun gut, dann erklär mir mal eins«, meinte er. »Wo kommt denn dann diese ganze Schweinerei her, all diese

Bierflaschen...? Was soll dieser ganze Alkohol, hm, was soll das...?«

»He, du übertreibst, da ist doch kaum Alkohol drin!«

»Und ob. Und nachher holste uns bestimmt noch ein paar Joints raus oder 'nen anderen Dreck von der Art...«

»Da tuste mir aber unrecht, Alter.«

Er überlegte einen Moment, dann musterte er mich von oben bis unten.

»Schön«, meinte er, »ich glaube, ich werde über diesen Zwischenfall noch einmal hinwegsehen, aber versuch dich in Zukunft dem Gruppengeist ein wenig anzupassen. Das kann dir nur nutzen.«

»Ich weiß nicht, was in mich gefahren ist«, sagte ich.

Wir setzten uns wieder zu den anderen ans Feuer und aßen einen Happen. Ich vertiefte mich bis zum Ende der Mahlzeit in die Betrachtung der Flammen, ich hörte den anderen kaum zu, und als Vincent seinen Scheißsermon über die Natur loswurde, hielt ich mir buchstäblich die Ohren zu, es gibt Typen, die können einem alles vermiesen, alles machen sie kaputt, anders als man glauben könnte, wird man nicht zwangsläufig intelligenter, wenn man sich für eine Sache begeistert.

Ich dachte schon, der Scheiß würde nie aufhören, aber in dem Moment, als ich alle Hoffnung fahrenließ, wurde ich mit ein paar anderen dazu erwählt, das Feuer auszumachen. Wir hielten uns ran. In der Zwischenzeit schlugen zwei, drei mutige Kerle in Rekordzeit Zelte auf, so daß nur noch eine Handvoll übrigblieb, die sich die Hütte teilen mußte, immer noch genug für meinen Geschmack, aber entweder oder, entweder das oder sich von den Mücken auffressen lassen und im Frühtau baden.

Die Hütte war relativ groß, und zudem war da noch eine Art Zwischengeschoß, auf das man über eine steile Leiter gelangte. Ich wußte auf Anhieb, was ich zu tun hatte. Während die anderen noch rumdrucksten und sich Nettigkeiten sagten, faßte ich Lucie am Arm und schmiß unsere Schlafsäkke nach oben.

»Das ist unsere einzige Chance«, sagte ich.

Oben angekommen, rieb ich mir fast die Hände, ein reizendes Plätzchen mit einem kleinen Fenster, und der Mond schien voll rein. Lucie war gerade dabei, die Schlafsäcke auszubreiten, da tauchte ein Kopf über der Kante des Holzbodens auf, ein Kopf von fünfzig Jahren mit einer Brille und Zöpfen, die rechts und links baumelten. Ich wäre fast zerplatzt, aber zu spät, die Alte erklomm mühsam die letzten Sprossen und kreuzte im Pyjama und mit einem zusammengerollten Schlafsack unterm Arm oben auf.

»Ich glaube, hier oben ist es doch viel schöner«, meinte sie.

»Ganz schön eng ist es hier«, sagte ich.

Schon wieder eine, die schwerhörig ist, aber ich hatte keine Zeit nachzuhaken, die Leiter schwankte erneut. Ich warf mich nach vorn und rüttelte an dem Ding, bis der Typ unten aufgab, kein Platz mehr, laß den Quatsch, sagte ich und zog die Leiter mit Wut im Bauch hoch.

Danach legte ich mich neben Lucie, und die Alte lag auch nicht weit weg, sie lächelte zu uns rüber, ich tötete sie mit einem bösen Blick.

Wie ich's mir schon gedacht hatte, weigerte sich Lucie, irgend etwas anzufangen, solange unsere Nachbarin noch nicht schlief. Ich saß da wie auf glühenden Kohlen. Unten hatten sie das Licht ausgeblasen, aber oben schien der Mond rein, und ich konnte sehen, wie die dämliche Alte gegen den Schlaf ankämpfte, mit offenem Mund fummelte sie an einem ihrer Zöpfe herum.

Das Spielchen dauerte 'ne gute halbe Stunde, dann kippte ihr Kopf zur Seite und ich gab Lucie ein Zeichen, die alte Nervensäge sei endlich eingeschlafen, jetzt hätten wir bis zum frühen Morgen unsere Ruhe.

Sie zog ihren Pulli aus, und ich konnte mit ihren Brüsten spielen, ich knabberte an ihren Warzen.

Sie zog dieses enge Dingsda aus, und ich konnte mit ihren Beinen spielen, vor allem zwischen den Oberschenkeln.

Sie wollte ihren blauen Seidenslip abstreifen, aber da, da

gebot ich ihr Einhalt, damit wollte ich auch spielen, UND WIE! Dieser kleine Stoffetzen war ein wahres Wunder, der traf mich mitten ins Herz, das Material schien zu leben. Ich bedeutete Lucie, sie solle sich hinknien. Sie stützte den Kopf auf ihre Arme, und für einen Moment blieb ich reglos sitzen, ich war fasziniert. Ein Strahl des Mondes knallte voll da drauf und schleuderte über die Seide, ich biß mir auf die Lippen, meine Güte, dieses Ding konnte mich jeden Moment verschlingen, aber das mußte ich sehen, das wirkte wie galvanisiert, es kam mir darauf an, das alles so bewußt wie möglich zu erleben, was für eine wundervolle Haut sie hatte. Ich legte eine feuchte Hand auf den Slip und krümmte langsam die Finger. Der Stoff spannte sich wie ein Spinnaker im Wind, ich hörte Lucie atmen, und dann machte ich eine Faust, ich zerrte daran, bis ihr das Ding zwischen die Hinterbacken rutschte. Einfach fantastisch war das, ihre Spalte fing an zu schäumen, und da mußte ich mich unverzüglich drum kümmern, ich sah bald nur noch Sternchen.

Ich tat so, als wäre der Slip gar nicht da, Lucie stieß ein leises Grunzen aus und ich war drauf und dran, völlig überzuschnappen, als die Alte neben uns wach wurde. Sie guckte zu mir rüber und bekam Stielaugen. Ich richtete mich auf, und ein Rest glänzenden Speichels hing mir vom Mund, zum Glück hatte Lucie nichts gemerkt, und ich gab der Tussi ein Zeichen, sie solle die Klappe halten, indem ich einen Finger auf meine Lippen preßte. Sie ächzte, dann steckte sie aber wirklich den Kopf in ihren Schlafsack zurück, während ich im silbernen Schein des Mondes meine Hymne an die Natur wieder aufnahm.

Am frühen Morgen wurde ich von einer Hand wachgerüttelt. Ich sperrte ein Auge auf und sah ein Paar Zöpfe vor meiner Nase baumeln, ich drehte mich auf die andere Seite. Sie rüttelte stärker.

»Mein Gott«, sagte ich, »ich bin erledigt. Was wollen Sie...?«

»Ich muß runter«, meinte sie.

»Schön, machen Sie doch, was Sie wollen, ich halte Sie nicht zurück.«

»Ich kann die Leiter aber nicht alleine aufstellen, die ist viel zu schwer für mich...«

»Soso, aber warum legen Sie sich nicht wieder schlafen? Sie machen noch alles wach hier!«

»Ich muß Pipi... Sofort.«

Ich stieß einen Seufzer aus, der kein Ende nehmen wollte, und stand auf. Ich war nicht gerade in Bestform, ich hatte wacklige Knie und verquollene Augen, ich hatte höchstens zwei Stunden geschlafen und war nur ein Schatten meiner selbst. Ich hob die Leiter hoch, ich fand, die war viel schwerer als gestern, mit verzerrtem Gesicht rückte ich zum Rand und ließ das Ding runter. Die Frau bedankte sich, sie schenkte mir ein etwas seltsames Lächeln, bevor sie den Fuß auf die oberste Sprosse setzte. Keine Ahnung, was für einen Scheiß die wieder gebaut hatte, jedenfalls rutschte sie mit dem Fuß ab und wäre beinahe nach hinten abgegangen. Ich fing sie in höchster Not mit einem Arm auf.

»Herrgott, passen Sie doch auf, Sie haben wir vielleicht 'nen Schrecken eingejagt«, sagte ich.

»Oh, ich danke Ihnen... Das war sehr freundlich von Ihnen«, meinte sie.

»Schon gut«, sagte ich.

»Zu dumm... die Leiter ist weggerutscht...«

»Nein, die Leiter war das nicht. Seien Sie vorsichtig.«

»Glauben Sie mir, ich hab gespürt, wie sie seitlich weg-ging.«

»Ach wo, da brauchen Sie überhaupt keine Angst zu haben.«

Sie war immer noch nicht beruhigt, und ich, ich schlief fast im Stehen ein. Sie fing an zu rütteln, um zu sehen, ob das Ding hielt, und in der Tat, diese verdammte Scheißleiter rutschte über die Kante. Ich hatte meinen nackten Fuß genau an der Stelle. Mir war, als hätte ich ihn auf ein Gleis gestellt und eine Lokomotive wäre mit einem langgezogenen Pfeifen über ihn weggebraust. Der Schmerz zuckte mir bis in den

Schädel. Ich bekam eine Art Schwindelanfall. Ich kippte nach vorn und sauste kopfüber nach unten, ich knallte auf den Tisch.

Auf die Tour habe ich mir den Arm zerdeppert.

JAYNE ANNE PHILLIPS

UNZUCHT

Auch wenn ich kein Geld habe, muß ich mir schließlich verschaffen, was ich zum Leben brauche. O ja, ich weiß genau, welchen von meinen Liebhabern ich anrufen muß, wenn mich die Polizei dabei ertappt, wie ich gerade ein paar Pornofotos an den Mann bringe; wenn mir die Ladendetektive die Handgelenke rumdrehen und mir die geklauten Strümpfe aus dem Ärmel ziehen. Und die Metzger hauen mir ins Kreuz, bis die eingewickelten Haxen unten rausfallen; das Papier reißt, und die weißen Knochen mit dem durchwachsenen Fleisch kommen zum Vorschein, und sie schubsen mich hart gegen die Wand. Sie beschimpfen mich, und ich rufe meine Liebhaber an. Ich werde bald 15, meine Liebhaber werden immer älter. Ich weiß genau, wer von ihnen mir freudestrahlend entgegenkommen wird, für die Kaution aufkommt und mich mit nach Hause nimmt in sein Bett und mich mit Whiskey aufwärmt. Ich kann den ganzen Tag dableiben; ich kann genausogut gleich wieder abhauen, sobald die Tür des großen Autos aufgeht. Selbst im Davonlaufen höre ich noch, wie sie amüsiert hinter mir herlachen.

Ich treibe mich mit meinen Bildern in der Nähe der Schule herum. Die kleinen Jungen paffen Zigaretten, sind weibisch wie Schwuchteln, aber sie lassen den Starken raushängen. Ihre Camels sind krumm und zerknittert, wenn sie sie aus der Hosentasche ziehen, am Ende schon ein bißchen abgelutscht. Ich sehe es richtig vor mir, dieses feuchte Mundstück, rosa verschmiert, abgefärbt vom zarten Rosa ihres Schmollmunds. Ich sehe die harten Nippel unter ihren T-Shirts; ihr Brustkasten ist schmal und fest. Die Umrisse des flachen Bauches und ihr kleiner Penis, irgendwo in der kurzen Unterhose versteckt. Um den lächelnden Mund sprießt schon der erste Flaum, zeigen sich die ersten listigen Fältchen. Aber keine Akne; ich mache mich an sie heran, bevor sie Pickel kriegen, nehm sie mir vor, wenn sie das erste Mal diesen entrückten Blick in die Augen kriegen, ihre Augen unruhig hin und her gehen. Ich zeige ihnen, was ich zu bieten habe. Zu fünft oder sechst stehen sie um mich herum, klimpern mit ihren Münzen, wippen unruhig auf den Ballen ihrer Turnschuhe. Ich weiß, in der Grundschule haben sie einen Basketballtrainer, ein ehemaliger Jockey, der sich mit seinem Bierbauch und 'nem Ständer in der Trainingshose in den Umkleideräumen rumdrückt, und so was haut mich völlig aus den Socken. Sie kommen näher. Ich beobachte die verkrampften Zehen in ihren Turnschuhen. Jetzt arbeite ich nur mit den Augen. Schaue hoch und suche mir den aus, der mir paßt. Ich sage ihm, daß er das Geld einsammeln soll und verabrede in der Pause einen Treff mit ihm im Park auf der anderen Straßenseite; im hohen Rohr eines Abzugkanals oder in einer weichen Graskuhle, in einem verlassenen Auto unter der Brücke oder sonst an einem schattigen Plätzchen. Kommt vor, daß ich ihnen auch ein paar Pillen zeige. Oder eins von den Bildern; eine schlampige Rothaarige mit einer Blondine, das Mädchen liegt wie ein Eunuch auf den weißen Knien. Die Rothaarige hat prachtvolle Beine, man sieht ihre straff gespannten Muskeln, und es kommt ihr im Stehen. Ich erzähle ihnen davon. Schon mal einer von euch im Stehen gekommen? Ich frage sie, und ihre Blicke gehen vom einen zum anderen. Ich weiß, sie haben es schon in dunklen Schlafzimmern unter der Decke gemacht. Das klatschende Geräusch und dieser trockene Drang. Aber sie kapieren nicht, wieso ihre kleinen Schwänze plötzlich ganz steif sind, wenn sie morgens aufwachen, ahnen nicht, was da noch alles auf sie zukommt.

Dann warte ich also mittags auf sie. Ich rauche nicht, finde ich abscheulich. Ich lutsche einen glatten Kieselstein, warte. Auf einem Tankstellenklo habe ich mir die Zähne geputzt. Ich beiße mir mit den Zähne auf den Lippen rum, sauge daran,

damit sie geschmeidig und weich sind. Reibe mir einen Tupfer Öl auf den Hals und einen zwischen die Hände. Ambergris oder Moschus zwischen meine Brüste, dann unten auf die verborgene Stelle unter meinem Nabel, wo die haarige Spur zu sprießen beginnt. Vielleicht bürste ich mir auch das Haar. Ich lasse sie dabei zuschauen; öffne die Puderdose und fahre mir langsam mit der Zunge über die Lippen. Von meiner Zunge sehen sie nur vorn die weiche Spitze; ich tu so, als sei das nichts für sie.

Meist kommt nur einer von ihnen, der, den ich mir ausgesucht habe, und sein Freund wartet irgendwo in einem Versteck, wo er uns belauert.

Ich sehe es ihnen an, ob sie alleine kommen oder nicht. Manchmal sind sie high, sind auf irgendwas drauf; das ist mir gleich. Ich empfange sie in einem alten Autowrack irgendwo in einem Hinterhof, habe eine Decke über den Sitz gebreitet, oder statt des Rücksitzes liegt eine alte Matratze drin. Im Fond sind die Fenster mit Papiersäcken verhängt, mit gesprenkeltem Lehm zugeschmiert, und das Sonnenlicht wirft breite Muster durch die dreckverkrusteten Scheiben, durch das braune Packpapier.

Er ist nervös. Hält mir in der ausgestreckten Hand das Geld hin. Oder er tut ein bißchen unwirsch, knufft mich mit seiner kindlichen Faust. Vielleicht kommt ein hübscher Blondschopf an, mit einem süßen Hals, dessen Schlüsselbeine sich hervorwölben wie ein Flügelpaar; oder ein Sommersprossiger, dem das aschfarbene Haar über die Augen fällt. Oder ein dunkler Junge mit dicken Augenwimpern und kurzgestutztem, wolligen Haar, vollen rosigen Lippen, die auf dem düsteren Rücksitz noch ein bißchen voller werden. Ich gebe ihm einen Schluck Whiskey, krame in den Fotos, tue so, als würde ich sie ordnen. Nehme auch einen Schluck, scherze mit ihm. Diesen Teil mag ich am liebsten; er lehnt sich im Sitz zurück, die Augen blicken schläfrig drein. Ich streichle über seine festen Schenkel, seine Brust; ich will, daß er sich wohlfühlt.

Ich lege die Bilder neben uns hin, manche von ihnen sind

nicht mal postkartengroß. Wir stecken die Köpfe zusammen, um sie miteinander zu betrachten. Ein blondes Girl, ein schwarzes Girl; sie schauen sich immer gern die Fotos an. Die eine lehnt sich zurück, ihre weiße Mähne fällt herunter, während die andere sich über sie beugt, sie an der Taille festhält, ihren Mund auf eine der Brüste drückt; sie ist so klein, daß man bloß den abstehenden Nippel sieht. Auf dem Bild kann jeder sehen, daß sie den Nippel zwischen ihren Lippen rein und raus flutschen läßt. Eine schwarze Hand berührt fast das bleiche Schamhaar, der Zeigefinger leicht gekrümmt, beinahe zärtlich tastet er sich vor zum Spalt, von dem kaum was zu sehen ist unter der vorgereckten Hüfte. Ich mag keine Bilder von rasierten Girls; sie kriegen es mit der Angst, wenn sie zuviel auf einmal sehen. Dann kommen sie nicht mehr.

Ich zeige ihnen Dinge, die sie nie zuvor gesehen haben. Ich könnte mich von ihnen anfassen lassen, doch nein. Ich lege ihnen die Hände und Füße zurecht, und schön so liegenbleiben, ja? Manchmal erzählen sie mir Geschichten, ständig erzählen sie mir von ihren Baseballspielen und den wilden Kämpfen mit ihren Freunden. Die Lippen weich und schmollend, in den Augen ein harter, gläserner Glanz. Sie verschlukken die Worte und nuscheln wie Babys, ich halte sie im Arm, halte sie fest, singe die ältesten Songs. Manchmal werden ihre Gesichter in meinem Blickfeld immer kleiner und kleiner. Ich konzentriere mich auf ihren Hals, auf die Schultern. Lockere ihnen die Kleider, massiere ihnen die Kopfhaut, kneife sie fest am Ansatz des Nackens. Zum Beispiel dieser spanische Typ mit dem dunklen Haar, seine Augenlider beginnen zu flattern, und ich ziehe ihn herüber zwischen meine Beine, knöpfe ihm das Hemd auf. Schiebe ihm die Hose runter bis auf die Knie, und man sieht seine dünnen Beine, den glatten Schwanz, und unser Atem geht heiser und stoßweise, es klingt wie Musik. Er ist unfähig, die Beine zu bewegen, kriegt aber einen Steifen in meinem Schoß, liegt auf mir drauf, die Handflächen nach außen gekehrt. Im nächsten Moment wird er die Augen verdrehen, und ihm kommt's, und ganz sanft werde ich ihm meine schlüpfrigen nassen Finger zwischen die Lippen schieben. Dann ziehe ich mein Hemd aus, massiere mir mit den glibberigen Fingern meine Brüste, bis die Warzen sich hart aufrichten, mit schaumigen Schlieren außenrum. Ich drücke seinen Mund darauf. Lasse meine Hand hinuntergleiten zu der geheimen engen Stelle zwischen seinen Arschbacken. Manchmal treibt es ihnen die Tränen in die Augen.

Von meinen Pflegeeltern bekam ich immer Puppen geschenkt, und ich spielte Kirche. Anfangs wartete ich immer, bis alle außer Haus waren; später war es mir dann völlig schnuppe, ob mir dabei jemand zuschaute. Ich reihte die ganzen Puppen auf der Couch auf, setzte sie in Reih und Glied hin. Es waren häßliche Dinger dabei, die meisten hatten nicht mal Kleider an, oder sie hatten die Arme nach hinten gebogen. Die Puppen stammten vom Müll, aus der Weihnachtssammlung der Heilsarmee, vom Trödelmarkt. Eine von ihnen hatte im Feuer gelegen. Eine der Plastikhände war völlig weggeschmolzen, es war nur noch ein aufgequollener, von lauter kleinen Luftbläschen durchsetzter Stumpf zu sehen; das heiße, tröpfelnde Plastik war auf dem Arm zu kleinen Knoten erstarrt. Wir saßen alle zur Stirnseite des Raumes hin. Stundenlang saßen wir so, ohne uns zu rühren, als ob wir jemandem zuhörten, beim Predigen im Auge behielten.

Onkel Wumpy schenkte mir eine Puppe. Sie nennen ihn so. Er hatte ein blatternarbiges Gesicht, ein Paar riesige Ohren, und graues, weiches Fleisch. Sein Gesicht ist übersät mit lauter winzigen Narben, die Haut ist gerötet. Wir haben auf dem Jahrmarkt gewonnen, Cowboyhüte, einen Gummirevolver, einen Plüschleoparden mit grünen Glitzeraugen für Kitty. Wir machten uns gerade auf den Nachhauseweg, um Kitty von der Arbeit abzuholen, liefen zwischen den Ständen und Attraktionen hindurch, das Sägemehl am Boden war ganz klebrig von all dem süßen Kram und dem verschütteten Bier.

Da kamen wir an der Schießbude mit den Enten vorbei. Wumpy war so besoffen, daß ich ihm helfen mußte, als er das Gewehr anlegte, und wir schossen sie ab, eine nach der anderen. Kleine gelbe Enten mit toten Augen und aufgesteckten Schwanzfedern; sie glitten vorbei, waren an einer Schnur festgehakt. Wir trafen, und mit einem knackenden Geräusch kippten sie nach hinten, als bräche etwas mittendurch. Wir landeten zwölf Treffer; die ganze Bande klappte wieder hoch, zog wieder nacheinander an uns vorüber, die Augen so tot wie zuvor. Und wir hielten drauf, schossen und schossen... bis der Ausrufer hinter seiner Theke hervorkam, in der Hand die dicke Zigarre mit dem langen Aschekegel. Er hielt sie zwischen zwei Fingern, wie etwas Schmutziges, das er dennoch zu schätzen wußte. Dann zog er daran und nahm uns prompt das Gewehr weg. Die Menge hinter uns murrte. Er knallte mir die Puppe vor den Bauch. Sie war fast einen Meter groß, hatte Perlenohrringe, hochhackige Schuhe aus Lackleder. Trug ein langes weißes Kleid und einen Schleier, der mit einem durchsichtigen Plastikvogel festgesteckt war. Ich machte den Vogel ab, hielt in an Wumpys Feuerzeug. Sein Hals schmolz und krümmte sich, der flache Kopf sackte auf die Flügel. Den Vogel hatte ich immer an einem Platz liegen, wo ihn keiner sehen konnte. Schließlich buddelte ich ein Loch und begrub ihn, an einer Stelle, bei der ich mir sicher war, daß ich sie vergessen würde.

Wie ich Wumpy traf? Ich war zwölf und wohnte bei Minnie. Sie nahm mich mit in den Schnellimbiß, wo ich immer mit dem Lappen die Resopaltische abwischen mußte. Ich bückte mich, rubbelte das hartgewordene Ketchup von den Aluminiumbeinen. Neben dem Grill lagen die Tiefkühlfritten zum Auftauen, sie waren schlaff und glitschig wie ein Fisch. Sie warf sie in das siedende, rußgeschwärzte Fett; es zischte und brodelte, und als sie rauskamen, waren sie glänzend und knusprig. Sie war vierzig und hatte ein altes, verkniffenes Rattengesicht. Trug eine Brille mit dicken Gläsern und auf dem Kopf ein rotes Taschentuch; drehte gern das Radio laut, wenn die Gospelshows kamen. Eine ihrer Hände war ganz verkrümmt. Sie hatte Arthritis, Rheuma, Hühneraugen, und wenn sie zu Hause in die Dusche lief, sah ich ihre wunden Füße mit den knotigen Zehen. In ihren langen Bademantel gehüllt, vornübergebeugt, den Blick starr auf die Badezimmertür gerichtet, huschte sie vorbei, die Arme um die Taille geschlungen, und schlug die Tür hinter sich zu.

Nach der Schule ging ich zum Schnellimbiß, wo ich ihr bis sieben beim Abräumen der Tische half. Leise fluchte sie über die Bergarbeiter. Gab mir einen Klaps auf den Hintern, wenn ich nicht schnell genug war, oder packte mich mit dieser harten Hand mit den arthritischen Knöcheln am Arsch, zwickte hinein.

Abends kam Wumpy immer auf einen Kaffee herein. Er arbeitete bei der Straßenmeisterei, stutzte das Gebüsch und Gestrüpp an den Straßenrändern. Beobachtete Minnie und mich. Dann kam immer Kitty mit ihm rein. Hatte eine Zellophantüte voll White Crosses dabei, billiges Speed. Sie bestellte ein Pepsi, schluckte ein paar von ihren Pillen, zerdrückte sich auf der Tischplatte noch einige zu Pulver. Sie zwinkerte mit den Augen, schenkte mir Haarschleifen, sagte, sie würde mich gerne mitnehmen ins Kino. Wumpy sagte zu Minnie, ich hätte mal ein paar neue Kleider nötig, er und Kitty würden mit mir nach Pittsburgh fahren und mir ein paar Kleider kaufen. Sie gaben ihr dreißig Dollar.

Im Motel stand ich im Badezimmer und kotzte. In der Kloschüssel schwammen die rausgewürgten Sopors, Klümpchen von weißem, unaufgelöstem Pulver in einer Lache aus klarem Schleim. Mir kam es immer wieder von neuem hoch, es ging so einfach, daß ich fast lachen mußte. Dann kamen sie nackt herein und zogen mir die Kleider aus. Ich konnte nicht mehr auf den Füßen stehen; sie trugen mich ins Bett. Wumpy machte sich von hinten an sie ran und fickte sie, sie sagte immerzu diese Worte, aber ich konnte einfach nicht mehr die Augen aufhalten. Sie zog mich rüber, sagte zu mir Honey, Honey. Ich hing in einer dunklen Kuhle und wippte immerzu auf und ab. Seine großen Arme hielten mich umschlungen, bis er mich dann hochhob. Hob mich an den Hüften hoch, und ich spürte ihren Mund an meinen Beinen, hatte das Gefühl, als würde ich immer größer werden. Die Decke begann sich zu drehen, wie die Lichter in den düsteren Fluren des Kinderheims, wenn ich mitten in der Nacht aufwachte. Dann ein Flash, ein Zucken der Muskeln, und ich rollte mich zusammen, kuschelte mich in die Laken.

Ich stand am Fenster und befühlte die dünnen Vorhänge. Ich beobachtete die beiden, wie sie schliefen, rannte nicht davon. Ich schaute auf Wumpys breiten Rücken, wie er sich hob und senkte.

Wumpy machte es nie mit mir; er gab mir Bilder, die ich an den Mann brachte. Ich wollte ihm das Geld geben, doch er lachte mich aus. Im Fleisch auf seinen Händen hatte er lauter winzige Sterne. Er nahm mich mit in die Bars. Wir schleppten dann einen Mann mit in irgendein Motel; Wumpy sagte immer, er müsse aufpassen... stand neben dem Bett, während ich ein bißchen japste und würgte, als hätte ich lauter kleine explodierende Salzbrocken im Hals –

Immer wieder kommt der Traum, der Traum ist immer noch da. Natalie hat den Traum gemacht. Ich schlief mit ihr, als ich acht Jahre alt war, sechs Monate lang schliefen wir zusammen. Nachts fing sie an zu wimmern, machte ins Bett. Wir waren beide Mündel unter Amtsvormundschaft, und sie kriegten Geld für uns. Das Schlafzimmer war kalt, sie schlang ihre schmächtigen Ärmchen um mich. Fragte, ob sie mich anschauen dürfe. Doch ich schlief ein, wollte mir nicht mit ihr im Bett die Kleider ausziehen. Ich schlafe ein, und immer wieder kommt derselbe Traum.

Natalie steht im Sand. Hinter ihr schwappt der Ozean über, die Wellen haben schwarze Kämme. Natalie mit ihrem zerfetzten Slip, den knubbligen Knien, ihren wäßrigen, blauen Augen. Natalie steht reglos da wie eine Statue, die Beine breit, hat die Hand da unten. Ihre Finger am Fummeln, und ihr Gesicht weiß wie Schnee. Sie kneift und zerrt so hart dran rum, daß es blutet, sie ruft um Hilfe, sie will zu mir. Überall um uns herum tanzende Gesichter, große Gesichter, nichts als Lippen und Zähne, und sie halten mich fest für Natalie. Natalie auf mir drauf, Natalie drückt sich auf mich. Ihre wäßrigen Augen sind stumm. Sie seufzt vor Wollust, und um uns herum kocht ihr heißer Urin.

Ich weiß noch, wie Natalie mich immerzu anschaute. Die Leute sind den ganzen Tag über weg, wir sind allein mit dem ruhigen Baby. Einmal ist nichts zu essen da, nur eine Dose Salz. Eine hellblaue Dose, der silberne Ausgießer springt heraus. Vorndrauf ist ein Mädchen mit schimmernder weißer Haut und Grübchen, sie hat einen wehenden Pferdeschwanz und trägt einen Schirm in der Hand. Ich kann es essen, Natalie. Ich kann es alles auf einmal aufessen. Sie steht am Fenster und schaut hinaus in den Schnee. Ich weiß, sie hat Angst. Ich setzte mich auf den Boden, direkt vor ihre Füße. Die Dose ist rund wie ein Tomtom, ich kippe sie um. Das Salz schießt in meinen Mund, er wird immer voller, aber ich kann nicht aufhören, es hineinfließen zu lassen... ich bin am Ersticken, aber Natalie weigert sich strikt, mich anzuschauen, sie schreit und schreit. Sie tritt nach mir mit ihren nackten, blauen Füßen, die Dose fliegt quer durchs Zimmer, Fontänen von Salz schießen heraus. Als es dunkel wird, glitzert das Salz am Boden in einem eigenartigen kühlen Glanz. Natalie bleibt in ihrem Sessel sitzen, rührt sich nicht von der Stelle, und ich muß alleine schlafen gehen.

Im Kinderheim kriegte ich immer diese protzigen, aufwendigen Grußkarten; schätze, da steckte irgendein Witzbold dahinter. *Der lieben Tochter von ihrer Mutter zu Weihnachten,* mit Girlanden aus Goldpapier und samtigen Weihnachtssternen. Ich dachte, womöglich stecken die Pförtner dahinter oder die Jungens in der High-School; ich stellte mir vor, wie sie mit verschmitzten Augen den Umschlag zukleben, ihr Atem stinkt nach Bier... irgendwie drehten sie es, daß die Briefkarten aus Wichita oder Tucson kamen. Die Behörden vermittelten mich von den einen Pflegeeltern an die nächsten. Die

Ferien über war ich immer im Heim, und sie erledigten unterdessen die Formalitäten, um mich bei einer neuen Pflegefamilie unterzubringen. Dann war jedesmal ein neuer da von diesen Jungen mit den käsigen Gesichtern und den abgefressenen Fingernägeln, dem graubraunen Strubbelkopf. Die Karten kamen, und immer verkehrt. Als ich zehn wurde, *Dem Baby zum ersten Weihnachtsfest* – ein aufklappbares Steckenpferd, und eine Mami mit blondem Haar und großen Augen. Ich wurde sieben, und auf der Karte stand *Der Debütantin* in silberner Prägeschrift; das Bild zeigte ein Mädchen mit Nerzstola und Stöckelschuhen. Als ich die ersten paar Male von den Bullen hopsgenommen wurde, empfahl der Psychiater, meine Post einzubehalten. Sie sagten, wahrscheinlich käme ich in eine Anstalt.

Kleinkind, weiblich, Alter ca. 14 Monate, ausgesetzt im Dezember 1960, Diagnose: stumm. Aber als ich drei war, machte ich Geräusche wie Lastwagen und Wespen, ich schrie und sang. Sie denken, ich würde spinnen, zum Beispiel wegen dieser einen Sache –

Nachts schließe ich mich gern im Badezimmer ein. Stelle mich vor den Spiegel, halte mir eine brennende Kerze unters Kinn. Starre die Schatten auf meinem Gesicht an und sehe die weißen Konturen eines Schädels. Ich lege mich vor den Toiletten auf die kalten Bodenfliesen und mache es mir selbst. Ich besorge es mir, liege auf dem Bauch dabei. Halte den Atem an und reite auf meinen Fingerknöcheln und mir ist schwarz vor den Augen, ich spüre das leise Rauschen des Wassers in den Rohren im Fußboden. Galoppiere über diesen Hügel und rolle in die Hitze, bis mich ein durchdringendes Geräusch innehalten läßt. Wenn ich mich umdrehe und die Augen aufschlage, ist die Decke höher als sonst, hat die Farbe von Elfenbein, durch die Gitter fällt das Licht der Straßenlaternen herein. Ich mach mir's bequem, mach es mir. Liege auf dem kalten Boden, den geometrischen Fliesen. Meine Haut weiß wie Porzellan, ich bin so groß wie die alten Waschbecken dort und die Toiletten, die leeren weißen Wannen. Milchglas, Marmor, Stein, und es gluckst in den alten Rohren. Wenn mir diese weißen Blitze vor den Augen hin und her zucken, lauf ich immer hierher. Ich beobachte sie. Ich weiß, das bin ich. Sie rennt von einer Toilette zur nächsten, zieht die Spülung, rennt immer wieder von der einen zur anderen. Das Rauschen des Wassers schwillt immer lauter an, dann das schrille Zischen, wenn die Wasserkästen wieder vollaufen. Es gluckst und röhrt. Ich liege am Boden und lausche. Ich lasse keinen herein.

Ich glaube, Natalie ist längst tot. Sie sagte, wenn sie zwölf wäre, würde sie sterben. Aber nur dann. Im August saßen wir unter den Bäumen und stemmten Steine. Sie vergrub ihre Füße im Sand und sagte, sie wäre ein Stein. Ich konnte sie zwicken, bis mir die Fingernägel blau anliefen, und wenn sie nicht dabei schrie, mußte ich tun, was sie von mir verlangte. Sie wollte wieder ›Haus‹ spielen: ich bin ein Haus, ein riesengroßes Haus. Krabbel zwischen meinen Beinen durch, das ist die Tür. Und sie kletterte auf meinen Rücken, legte mir ihre Hände ums Kinn, bog meinen Kopf nach hinten, und ich sah ihr Gesicht über mir. Sie streichelte meinen Hals, steckte mir ihre rosa Zunge ins Ohr und zischelte. Schschsch. Zischelte nochmal. Schschsch. Brummte, ganz tief kam es aus ihrem Bauch. Sie machte eine Männerstimme nach. Ich liebe dich. Du gehörst nur mir allein. Iß deinen Teller leer. Und ich leckte ihr über die ganze Hand, leckte zwischen ihren Fingern auf und ab.

Einmal schlich die Alte hinter uns her. Wir waren in dem Schuppen hinterm Haus. Natalie gefiel es in diesem Raum mit seinen Werkzeugen und Krügen, den verrosteten Rechen, den Holzstapeln und quiekenden Ratten. Sie zog sich aus, hängte ihre Kleider an irgendwelche Nägel an der Wand, so daß es aussah wie ein Mädchen ohne Arme. Ihre Füße verschwanden in einem großen Paar schwarzer Männerstiefel. Ganz weiß war sie und ohne Haar, sie klapperte mit den metallenen Schnallen. Natalie lachte und lachte. Wir hatten die stumpfen Hämmer in den Händen, wir ließen sie mit voller Wucht herabsausen. Es gab kleine, flache Dellen auf dem Boden, lauter kleine runde Kreise, die sich in das alte Holz drückten, wie von unsichtbaren Münzen. Natalie sagte, wir machen Geld. Immer mehr, auf den Wänden, auf dem Boden. Natalie am Fenster, ich höre es splittern, die Glassplitter liegen in glitzernden Häufchen auf ihren glänzenden schwarzen Gummistiefeln.

Er öffnet die knarrende Tür. Was zum Teufel macht ihr hier. Ich versteckte mich neben der Werkbank, hinter den Spinnweben. Er schnallt seinen Gürtel auf, ich höre ein kurzes schwirrendes Sirren, als der Gürtel aus den Schlaufen fährt. Er kriegt sie zu fassen, wirft sie über die Werkbank. Natalie wird still, die großen Stiefel fallen ihr von den Füßen. Ihre Fußsohlen sehen fast aus, als hätten sie Gesichter aus Alabaster, sie baumeln vor meinem Gesicht; ihre dünnen weißen Beine hängen herunter. Das klatschende Geräusch des Gürtels und das tiefe Atemholen zwischendurch. Du kleines Miststück. Er nimmt einen Penny und wirft ihn, er verschwindet zwischen den Schatten im Staub. Sie weiß es, sie weiß immer, wohin er rollt, sie findet ihn jedesmal. Hände voll klimpernder Münzen. Natalie läuft umher mit ihrer Gänsehaut, häuft vor seinen Schuhen ein Häufchen Kupferpennies auf. Er stößt sie runter auf die Knie, Natalie läßt ein unterdrücktes Kichern hören. Ich sehe seinen Rücken, die breiten Hüften, die grüne Arbeitshose. Nimm es in die Hand, sagt er. Natalie sagt, sie kann nicht, ihre Hände seien giftig.

Ich bin so rein wie der treibende Schnee. Ich halte das Haus in Ordnung, mache Suppe aus der Dose. Wumpy trinkt sein Bier. Die leeren Dosen drückt er immer zusammen, bis sie völlig verbeult sind, und wirft sie in die Ecke. Ich möchte ihn anfassen, ihn ganz fest drücken; dann macht er immer die Augen zu und gibt mit seiner kratzigen Stimme diese Laute von sich. Wenn ich mein Hemd ausziehe, haut er mir eine rein. Kitty hält mich im Arm, o mein Baby. Sie will, daß ich tue, was sie will. Wumpy tut, was sie sagt. Immer mehr will sie, was ich will. Wir bewegen uns hin und her auf dem schwarzweiß karierten Boden.

Kitty ist auf Bewährung. Wir geben ihr viel Kaffee zu trinken und helfen ihr auf die Beine. Jeden Samstag muß sie zu ihrem Bewährungshelfer, mit ihm quatschen. Manchmal treibt sie was auf, kommt mit einem Briefchen Heroin retour. Die Tage werden immer trüber, der Schnee sinkt wie Federn herab, schneit uns ein. Kitty ist im Tran, hockt auf dem Fensterbrett, rollt sich in ihrem ausgebeulten roten Mantel zusammen wie eine Haselmaus. Sie lehnt sich immer gern so weit hinaus, bis sie fast herunterfällt. Und Wumpy, ich beobachte ihn durch das schiefe Loch in der Badezimmertür, er ist am liebsten alleine dabei. Bindet den Arm ab, pumpt, bis die Vene anschwillt. Er summt vor sich hin; dann seufzt er auf. Aus den Wasserrohren, die sich durch die Wände ziehen, kommt ein wäßriges Gähnen und Sirren. Es ist so ruhig, daß ich das Klicken höre, wenn die Neonreklame draußen umspringt und die blaue Schrift über den Boden wirft. Zimmer frei, verkündet sie, Zimmer frei. Wenn ich jemand näherkommen sehe, kriege ich es mit der Angst: wenn Natalie nicht tot wäre, sie würde mich finden.

MAUREEN BRADY

Unter die Haut

Laura wartete nervös, während die Frau den Vertrag über den Mietwagen ausfüllte. »Ist ein Zweisitzer okay?« fragte sie.

»Sicher«, antwortete Laura unkonzentriert. Die Frage drang kaum in ihren Gedankenfluß ein. Was mietete sie da eigentlich – ein Motorrad? Wenige Minuten später fand sie sich in einem Zweisitzer wieder – ein Auto, tatsächlich. Ein sportlicher Ford mit Schalensitzen vorne und einem langen Heck. Die Straßenkarte legte sie auf den Beifahrersitz und machte sich dann zur Bay-Brücke auf – zu ihrem Rendezvous mit Chana, die sie bei ihrem Vetter Richard in Berkeley Hills abholen würde. Ihr Kopf druckte ein Bild aus: Chana. Braune Augen mit einem gewissen Funkeln, weiche Wangen, süßer Duft. Und ihr Herz jagte einen aufgeregten Blitz direkt nach unten, in den Bauch und zwischen die Beine. Pures Glück, wenn sie sich jetzt nicht verfuhr, so erregt und abgelenkt war sie. Einen ganzen Monat lang hatte sie voller Aufregung gewartet, seit jener Wanderung im Osten. Und das hatte ein starkes Glühen in ihrem Herzen entfacht.

Als sie merkte, daß sie fast da war, fuhr sie von der Straße ab, hielt in den Hügeln an und versuchte sich zu sammeln. Vorbereiten. Wozu? Sie wußte, daß es gut werden würde. Sie wußte, daß sie einander mochten. Sie wußte, daß jener Tag auf dem Berg zauberhaft gewesen war und daß die gleichen Personen von damals wieder zusammenkamen. Durchatmen, sagte sie sich. Und sie holte zehnmal tief Atem. Beim zehnten Atemzug fiel ihr ein, daß sie beim Unterzeichnen des Vertrages noch nicht einmal kontrolliert hatte, ob die Gebühr für den Mietwagen korrekt war. Sie kramte den Vertrag hervor und war erst recht verwirrt, weil die Leute die Gebühr überhaupt nicht eingetragen hatten. Aber klar doch: Sie warteten eben ab, ob sie das Auto pünktlich zurückbrächte.

Weitere tiefe Atemzüge. Ihr war schwindlig. Wie würde Chana wohl sein? Und schon wieder ein Adrenalinstoß in den Unterleib. Diese intensive Energie, mitten im Körper. Als würden die Nerven dort unten nur allzu gern das Steuer übernehmen, wenn sie den Wagen nicht endlich in Bewegung setzte. Weiter, los! Die Warterei hatte lange genug gedauert.

Sie startete den Wagen. In der nächsten Straße links wohnte der Vetter, und die Zeit schien dahinzurasen. Da stand sie schon an der Tür und klingelte. Die Tür war groß und öffnete sich nach draußen. Irreführend. Sie hatte sich vorgestellt, wie Chana sie begrüßen würde. Im Eingang einer Tür, die nach innen aufging. Und nun diese Tür. Was tun?

Chana drückte die Tür auf, kam heraus, umarmte Laura sanft, die einer Ohnmacht nahe kam. Eine strahlende Chana. Sie trug Rot, blickte freundlich. Ihre kurzen dunklen Haare fielen ihr ein wenig in die Stirn und kringelten sich dann nach oben. Sie bat Laura herein. Laura lächelte ein wortloses Ja. Fordere mich nicht zum Reden auf. Chana führte sie zur hinteren Veranda, wo Vetter Richard und seine Freundin saßen. Sie führten ihr einen Kolibri vor, und Lauras Herz flatterte genauso ungestüm wie die zarten Flügel des Vogels. Das Haus war am Hügel gebaut, und die Veranda schien in der Luft zu hängen. Laura schaute Chana an, ließ sich von ihrer intensiven Schönheit ergreifen und hatte plötzlich das Gefühl, als ob das Haus jeden Augenblick die Klippe hinunterrutschen könne. Zu sich selbst: Weiteratmen. Zu den anderen: »Aufregend, hier zu leben. Ihr müßt euch doch immerzu einem Abgrund nahe fühlen.«

»Ich merke es überhaupt nicht«, sagte Vetter Richard und sah nicht, wie erregt sie war.

Chana führte Laura durchs Haus. Im Badezimmer küßte sie sie. Laura hielt Chanas Kopf, und mit klopfendem Herzen spürte sie das Echo ihres letzten Zusammenseins. Gleichzeitig das ausgeprägte Gefühl, einander fremd zu sein. Sie wollte Chanas Körper an sich drücken, ihn spüren, bis alle vorhandenen Berührungspunkte miteinander korrespondierten.

»Komm, wir verabschieden uns und brechen auf«, sagte Chana. Ihr Vetter beschrieb den kniffligen Weg zur Richmond-Brücke. Chana schien ganz gelassen, schien den Angaben folgen zu können, während sie Laura mit funkelnden Augen anblickte, anflirtete. Laura ging dichter an den Rand der Veranda, eine gute Aussicht, sie traute sich aber immer noch nicht, hinunterzusehen.

Sie machten sich auf. Beim ersten Abbiegen verloren sie den Weg, aber sie fuhren weiter, ein bißchen ziellos. »Was meinst du?« fragte Laura.

»Ich glaube, dieser Weg bringt uns hin.«

»Ich mag, wie du deinem Instinkt folgst«, sagte Laura und kurvte nach Berkely hinunter. Sie fühlte sich gleichermaßen übermütig und verloren. Und genauso lernten sie sich jetzt kennen. Laura war hin und her gerissen zwischen ihrem Vertrauen auf jene Instinkte und dem Gefühl, sich selbst und Chana gegenüber fremd zu sein. Was, wenn sie nun Block um Block in die falsche Richtung fahren würden? Sie wollte am Ozean sein, weg vom Auto. Sie wollte dort sein, wo sie sich umarmen konnten. Und doch war sie froh um diese Aufgabe, dieses Fahrenmüssen. Sie brauchte Zeit, um ein Gefühl für Chana zu entwickeln, bevor sie einander lieben würden. Ein Gefühl für die wirkliche Chana, nicht für ein Fantasiewesen. Im letzten Monat hatten sie sich süße, zärtliche Liebesbriefe geschrieben, ermutigende Worte. Sie entdeckten dabei viel Gemeinsames: Die Vorlieben beim Essen, die Lieblingsbücher, die Aufregungen, die sie gerade im Beruf durchlebten.

Laura hatte in einem Künstlerort an der Westküste gewohnt, während Chana daheim in New York kurz davor war, ihrem Verleger ihr erstes Buch vorzulegen. Schon bei der Ankunft an ihrem Zufluchtsort hatte Laura gefunden, daß die Schlafnische viel passender fürs Liebemachen als fürs Geschichtenerzählen war. Geradezu entzückend, wie sich die beiden Wände an das große Doppelbett schmiegten. Draußen stand eine Eiche und streckte ihre Äste den Fenstern entgegen. Das Muster des Laubes, nachts ganz schwarz, hatte etwas Märchenhaftes. Im Mondlicht verloren die Blätter ihre Konturen, wurden zu geheimnisvoll arrangierten Flekken. Morgens, ganz grün, boten sie dann einen völlig anderen Eindruck. Laura liebte es, dort zu schlafen. Das Hinüberdriften in die Traumwirklichkeit der Nacht, das Aufwachen im sanften Grün Kaliforniens. Sie erwachte stets mit einer gespannten Offenheit, die sie lange Jahre nicht mehr erlebt hatte. Und sie sehnte sich jetzt danach, mit diesem Gefühl wach zu werden und Chana schlafend neben sich zu finden. Sie wollte jene Offenheit, jenes Wunder wiedererleben, das sie in Chanas Augen entdeckt hatte, als sie sich damals auf dem Berg nach vielen Küssen voneinander lösten und sich lange wortlos anblickten.

Inzwischen hatten sie die Richmond-Brücke gefunden und überquert und fuhren Richtung Küste, als sie in eine Nebelbank gerieten. Laura sah die Gegend zum ersten Mal so verhüllt. Bei ihren anderen Fahrten auf der Bundesstraße Eins hatte sie immer die grandiose Aussicht auf die zerklüftete Küste genossen. Jetzt schloß der Nebel sie ein, und sogar dann, als sie genau wußte, daß sie dicht am Ozean waren, konnte sie den Strand nicht erkennen. Sie hatte sich schon ausgemalt, wie sie Chana zu dieser Stelle mit dem Ausblick führen würde. Wie sie ihre Hand nehmen und sie an einen ruhigen Platz auf dem Hügel bringen wollte. Wie sie ihre Reaktion beobachten würde. Und die Aussicht würde genauso fantastisch sein wie das starke Gefühl, das sie miteinander verband. Und jetzt? Chana nahm ihre Hand, küßte sie vorsichtig und drückte sie gegen ihr eigenes Herz. Laura lächelte. Innerlich fühlte sie sich ganz warm. Und auch ganz erschrocken. Wer war Chana? Wer war sie selbst? Warum empfanden sie so viel füreinander und wußten so wenig vom andern? Sie warf Chana ab und zu einen Blick zu, doch die kurvenreiche Straße erforderte ihre ganze Aufmerksamkeit. Bei der nächsten Gelegenheit hielt sie an und sagte: »Laß uns ein Stück den Hügel hinunterlaufen und herausfinden, ob wir den Ozean hören können.«

Sie stiegen beide aus. Laura räkelte sich und fühlte, wie ihre Spannung ein wenig nachließ. Sie brauchte eine Sekunde, um festzustellen, daß nicht sie, sondern der Wagen sich rückwärts bewegte. Er rollte rückwärts. Sie stürzte zur Tür und trat auf die Bremse. Ihr war das Ungeschick peinlich, sie wurde rot. »Du bist wohl etwas abgelenkt«, sagte Chana und kam näher. Laura stellte die Automatik auf ›Parken‹ und zog die Handbremse heftig an. Dann lachte sie.

»Der Beifahrer muß darauf achten, daß das Auto nicht im Leerlauf abgestellt wird.«

Chana zog sie aus dem Wagen, umarmte und küßte sie. »Gut, daß wir nicht auf einem Berg standen«, sagte sie.

Sie gingen hinunter zu einer Stelle, von der aus sie sehen konnten, wie die Wellen gegen die Felsen brandeten. Zunächst saßen sie dicht beieinander, wie damals auf dem Berg. Sie küßten sich, rochen das Haar der anderen. Spürten, wie stark sie sich gegenseitig anzogen. Dann legten sie sich hin. Der Nebel hüllte sie ein. Sie konnten weder Straße noch Himmel sehen. Manchmal erblickten sie den Ozean, dann verschwand er wieder. Aber immer war sein rhythmisches Rauschen zu hören. Sie hielten einander umschlungen und schaukelten sanft.

»Wie ich mich danach gesehnt habe«, flüsterte Laura.

»Ich weiß, ich weiß«, erwiderte Chana.

Die Lust erhitzte ihre Gesichter, als sie dort Seite an Seite lagen, die Körper der Länge nach aneinandergepreßt. Der Nebel sorgte für Abgeschiedenheit. Der Raum, den er ihnen verschaffte, war unpersönlich und schmucklos. Ohne Ecken und Wände. Der Raum kam noch näher. Sie küßten sich leidenschaftlich. Als sie die Augen wieder öffneten, war der Nebel dünner geworden, ihr Liebesraum größer.

Lauras Körper ging in den Felsen über, auf dem sie lagen, sie waren eins. Ihre Hand wanderte langsam auf und ab, erkundete die sanften Konturen von Chanas Körper, erinnerte sich an die schöne Kurve des Rückens. Sie strich an Chanas festen Schenkeln entlang und stellte sich dabei vor, mit welcher Grazie sie sich beim Laufen bewegten.

Chana drückte mit ihrem Becken gegen sie, und Lauras Erregung wurde übermächtig. Die Lust durchzuckte ihren Körper wie ein Gewitter und übertrug sich dann auf Chana. Sie war atemlos, rasend vor Wonne und Begierde.

»Ich liebe deinen Geruch«, flüsterte Chana, und dann rollte sie sich auf den Rücken, und Laura rollte mit, so daß sie oben lag. Laura preßte sich heftig gegen sie, streichelte und roch Chanas Nacken, atmete tief die feuchte Meeresluft ein. Sie spürte, wie sich der Kolibri in ihrer Brust rührte, während ihr heißes Zentrum Glutwellen ausstrahlte, die der brennenden Lust von Chana begegneten. Plötzlich wollte sie sie nackt haben. Sie wollte in ihr sein, ihre Feuchtigkeit spüren. Und sie wollte, daß sie selbst so erlebt wurde. Ohne Hüllen, ohne Fesseln. Aber sie wußte auch, daß es seine Zeit brauchte, diesen Zustand der Verzückung zu erreichen. Wie das Aufblühen einer Rose: zu jedem Zeitpunkt schön, und mit einem ganz eigenen Rhythmus. Sie neigte den Kopf nach hinten und sah in Chanas Gesicht ein Verlangen, das ihrem eigenen gleichkam. Wie ausdrucksstark dieses Gesicht war. Wie heftig erinnerte sein Mienenspiel an die Brandung da unten: Die Lust jagte los, überschlug sich, ebbte dann ab. Und ihre geschlossenen Lippen formten ein leises Lächeln, das ihr Gesicht weitete. Die Zeit schien genauso undeutlich wie die Grenzen ihres Liebesraumes. Sie schien lange zu dauern, wenn Laura daran dachte, wie intensiv sie jede einzelne gelebte Minute empfand. Und sie war doch so kurz, denn es gab jetzt kein Warten mehr, das Warten war endlich vorbei.

In einem kleinen Strandort machten sie eine Kaffeepause, bevor sie zu Lauras Atelierwohnung fuhren. Chana bestritt die Unterhaltung überwiegend allein. Laura hatte Mühe, die Worte zu begreifen oder gar selbst etwas zu äußern, obwohl sie sich gerne auf diese Art verständlich gemacht hätte. Da war schon wieder dieses Gefühl, am Abgrund zu stehen, so wie auf Richards Veranda. Nur weil sie am Tisch Chana

gegenübersaß. Sie fand die Schönheit der Geliebten so überwältigend, daß sie sich über die anderen Leute im Café wundern mußte, die so taten, als sei dies ein ganz gewöhnlicher Tag. Keiner nahm Notiz von dieser außergewöhnlichen Frau und ihrem klaren Blick, die ihr, Laura, kaffeetrinkend gegenübersaß und pure Freude ausstrahlte. Sie ging zur Toilette und vergewisserte sich im Spiegel: Ja, doch, es war möglich, das Strahlen zu sehen, auch bei ihr. Ihre Augen sahen grüner aus, ihre Haare glänzten in einem warmen Hellbraun. Ihre Haut war weich und rein, frisch und einladend. In ihr glühte und pulsierte es, und sie fühlte sich dem Kern ihres Wesens ganz nah.

Als sie im Studio ankamen, spürte sie immer noch diese Nähe, empfand aber auch das Fremdartige der Wohnung. Eine Zuflucht, ein Geschenk für einen Monat. Wie merkwürdig es war, daß keine etwas von der Wohnung der anderen wußte. Sie führte Chana herum, zeigte ihr die Glaskuppel oben auf dem Gebäude, den Holzboden, die kleine Küche, das reizende Badezimmer. Immer noch Chanas Hand festhaltend, führte sie sie die zwei Stufen hinunter in die Schlafnische. Sie fiel auf das Bett, lehnte sich zurück und genoß die vertraute, geliebte Aussicht. »Komm her.« Sie streckte sich Chana entgegen, die lächelnd am Bett stand und sich dann neben sie legte.

»Es ist ein Paradies«, sagte sie, und ihre Stimme war fast heiser. »Du hast nicht geschwindelt.«

»Vor allem jetzt, wo du hier bist, ist es ein Paradies«, sagte Laura.

Dann hielten sie sich fest, und Laura konnte kaum noch atmen. Irgendwo in der Woge von Lust versuchte sie Luft zu schöpfen. Bei der Umarmung spürte sie, wie fest ihr eigener Körper, wie fest der Körper Chanas war. Es dämmerte, und das Licht spielte auf Chanas Gesicht, das sich immer wieder veränderte. Manchmal war es ganz weich vor Verzückung, manchmal ängstlich, manchmal von Leidenschaft übergossen. Laura genoß jede dieser Regungen, denn sie waren ein Echo ihrer eigenen komplexen Emotionen. Wenn sie und

Chana wirklich Fremde füreinander waren, warum schienen ihre Körper schon jetzt so vertraut zu sein? Mehr als vertraut, so als hätten sie eine lange Zeit auf dieses Zusammensein gewartet, als hätten sie sich lange danach gesehnt.

Sie küßten sich inniglich. Laura rollte sich nach oben. Chana legte ihre Hand ganz sanft unten auf Lauras Rücken und schaukelte sie sanft hin und her, und Laura spürte, wie sich die süße Wärme in ihrer Muschel ausdehnte. Sie fuhr mit ihren Fingern durch Chanas Haar und hielt ihren schönen Kopf fest. Wie sie diesen Rhythmus liebte. Chana zog ihre Bluse so weit hoch, daß ihre nackten Bäuche sich aneinander rieben. Und die Wärme weitete sich aus. Laura fühlte, wie sich ihre Bäuche küßten – weiche Decken, die das so verletzliche Innere verhüllten. Sie erhob sich, um ihr Hemd auszuziehen, und streifte auch Chanas Hemd ab. Da lagen Sie, Brust an Brust, und spürten, wie die Wärme nach oben flutete. Laura umfaßte eine der Brüste Chanas, küßte, züngelte. Sie sah, wie die Brustwarze sich versteifte. Als sie sich zurücklehnte, um Chana anzuschauen, bewunderte Chana ihre Brüste und sagte, daß sie vollkommen wären. Laura murmelte eine Antwort. Sie rollten herum, so daß jetzt Chana oben lag. Der gleiche sanfte, aber kühne Rhythmus. Sie mehrten ihre Lust, aber nicht bis zum Höhepunkt. Um einen Orgasmus zu bekommen, brauchte Laura keine Steigerung der Intensität, denn es war schon intensiv genug, sie brauchte nur Vertrauen. Sie mußte die zärtliche Hingabe hinter den Liebkosungen spüren, um dieser Zuwendung vertrauen zu können.

Laura war verletzlich. Sie war dünnhäutig geworden nach der Trennung von ihrer langjährigen Geliebten. Vor vier Monaten hatte sie die gemeinsame Wohnung, das Bett verlassen. Und noch viel weiter zurück lag die Zeit, als sie ihre Sexualität wirklich gemeinsam gelebt hatten. Sie dachte daran, wie sie sich manchmal große Mühe bei ihren Zärtlichkeiten gegeben hatten, wie sie selbst lange an der äußersten Grenze gestanden hatte, den Sprung zum Höhepunkt fast geschafft hätte. Und doch nicht konnte, noch nicht. Sie erinnerte sich daran, wie es nach dem Tod ihres Vaters gewesen war, als sie nach der Beerdigung heimkehrte und sich so schrecklich allein fühlte. Bess schien nicht wirklich da zu sein. Sie war da und ihr doch fern. Laura war nicht in der Lage, ihre Bedürfnisse auszusprechen. Mehr Festhalten. Mehr Zuwendung. Mehr Fürsorglichkeit beim Festhalten. Bess war selbst sehr bedrückt, denn sie hatte ihren Job verloren. Außerdem kam sie aus einer Familie, in der man nicht über den Tod sprach, in der Gefühle verdrängt wurden. Und so konnte Laura ihre Hemmungen nicht überwinden. Wenn ihr Orgasmus käme, das wußte sie genau, kämen auch die Tränen, und ihre Lust wäre von Trauer eingehüllt. Mit jemandem Lust zu teilen, ohne Fürsorglichkeit zu bekommen – das wäre nichts anderes als ein Betrug am Körper. Und ihr Körper, der ihr oft genug treuer war als ihr Kopf, verweigerte sich schlicht. »Es ist schon in Ordnung«, sagte sie zu Bess, »wir müssen nicht so leistungsorientiert sein.« Aber Bess zögerte nun, die sexuelle Initiative zu ergreifen. Ausgerechnet in einer Phase, da sie, Laura, die Initiative der Geliebten brauchte.

Chana lag auf ihr, sie hatte ungefähr das gleiche Gewicht wie sie selbst. Bess war erheblich schwerer gewesen, und in dieser Position hatte sie sich von Bess fast erdrückt gefühlt. Laura empfand ein herrliches Freiheitsgefühl, weil sie diese Wahl getroffen hatte. Und diese Gefühlswoge spülte sie zurück zu jenem Glühen im Bauch, zwischen den Beinen. Gleichzeitig spürte sie, wie nahe die Tränen bei der Lust lagen. Chana schaukelte sie wieder. Tröstlich. Der Rhythmus stimmte genau. Wie wußte Chana das? Laura schaute ihr ins Gesicht, versuchte es zu ergründen. So süß, so weich, so geheimnisvoll. Auch sie hat wohl Erinnerungen, dachte Laura. An was? An wen? Wohin brachte sie diese Verbindung, diese Bewegung der Intimität? Sie konzentrierte sich. Chana war ganz und gar da, tief in ihrem Körper. Sie rief Lauras Namen. Sie sagte: Du, du...«, und Laura wurde von dem Ruf noch mehr geweckt.

Sie hielten inne, um ihre Slips ungeduldig abzustreifen.

Und als sie sich wieder berührten, war es wie ein neues Treffen. Wie im Augenblick, als die Tür aufging und Chana heraustrat. Und wie zuvor, als sie auf dem Felsen lagen und ihre Körper der Länge nach aneinander drückten. Ihre Bäuche und Brüste, ihre Lippen und Wangen trafen wieder zusammen. Immer noch neu, aber nicht mehr fremd, so öffneten sie sich füreinander. Laura preßte ihren Schenkel zwischen die Beine Chanas und spürte die weiche Haut der anderen. Sie spürte die feuchte Hitze Chanas, die Glut, die von ihr ausging. Sie hielt ganz still, weil das Gefühl in ihr bereits so voll, so groß war. Sie wollte einfach nur fühlen. Welch große Befriedigung, weil alle ihre Sinne, jede Körperzelle geweckt worden waren. Sie atmete den süßen Duft von Chanas Nacken ein, drückte ihre eigenen Schenkel, spürte, wie die Hitze in ihr stieg. Sie tastete nach Chanas Scham. So schön geschwollen. Weich und voll wie ein Brot aus guter Hefe. Ihr Finger forschte, rutschte durch das Feuchte. Sie fühlte sich gleichzeitig aufgeregt und heiter. Wie beim Besteigen eines neuen Berges, wenn sie sich zum ersten Mal dem Gipfel näherte. Würde sie sich verirren? Würde man sie finden? Chanas Reaktionen sagten ihr, wann ihre Berührungen richtig waren. Sie glitt tiefer. Eine enge Höhle, warm und feucht und so weich wie Samt. Ein Heim. Ein Geheimnis. Wie vollkommen sich diese Vagina anfühlte. Und welche Kraft von ihr ausging. Wie die Flut, die sie empfunden hatten, als sie im Nebel zusammenlagen. Laura hatte Lust hinzuschauen. Und das tat sie. Sir rückte etwas von Chana ab, ließ ihre Finger auf dem Pfad zwischen den Venuslippen entlanglaufen und sah das zarte Rosa. »Ein schöner rosa Garten«, murmelte sie. Mit dem Sprechen steigerte sich ihre Lust. Selten zuvor hatte sie sich so ausgedrückt. Es war eine neue Art, aktiv zu sein. Die Gefühle durften heraustreten, glühten zwischen ihnen. Waren nicht mehr in ihrem Herzen versteckt, zu einem Bündel verschnürt, zu welchem die andere nur mühselig und langsam vordringen konnte. Ein Garten war ein Ort des Wachsens, ein Ort der Wunder. Diese Liebkosungen waren wie das Aussäen einer Liebe, die vielleicht zwischen ihnen blühen würde.

Chana zog sie an sich, ihre Körper schmiegten sich aneinander, Brust an Brust. Sie hielt Laura an den Hüften fest, und Laura spürte, wie die Lust ihren Bauch zur Glut brachte, wie die Wellen von Chanas Verlangen ihr eigenes antrieben und wie ihr Herz überströmte. Diese Frau war eine Fremde, und doch kannte sie sie. Während des ganzen Monats nach der Wanderung im Osten hatte sie Chanas Gegenwart genau gefühlt. Eine liebevolle Präsenz, wie ein Schutzengel. In genau diesem Bett hatte sie Chana spirituell gespürt, und sie hatte sich so sehr nach Chanas körperlicher Gegenwart gesehnt, daß es weh tat.

Chana lag oben, hob sich an. Sie strahlte geradezu. Ihre Augen waren voller Freude. Laura fuhr mit den Fingern durch ihr dunkles Haar, das vom Kopf abstand. Chana küßte Lauras Brüste, ihren Bauch. Dann glitt sie hinunter zu Lauras Scham. Jetzt war sie die Forscherin, sie teilte die Lippen, tastete sanft mit den Fingern. Dann leckte sie sie. Küßte sie. Saugte sanft an ihr. Laura hielt sich an Chanas weichem Haar fest, während sie sanft ihr Becken kreisen ließ. Sie fühlte sich verwundbar, weil Chanas Brust nicht mehr gegen ihre eigene drückte, doch sie konnte die Liebe in Chanas Mund spüren, sie mußte nur jener Stelle zwischen den Beinen erlauben zu empfinden. Es fiel ihr schwer, zuzulassen, daß sich jemand völlig auf sie konzentrierte, ohne daß sie selbst aktiv wurde, ohne daß sie selbst gab. Und sie sagte sich: Nimm es, laß sie dich lieben. Laß sie ihre Lust daran finden. Hab Vertrauen. Das Nehmen forderte Laura mehr ab als das Geben. Doch als sie zum Aufnehmen bereit war, glühte sie von innen her und hieß mit ihren Kreisbewegungen Chanas Liebkosungen willkommen. Sie fühlte sich so voll. Sie war am Rande eines Orgasmus. Sie war am Rande der Tränen. Wenn sie jetzt, während der ersten Liebesnacht, in den Armen dieser Frau weinte, was würde das bedeuten? Sie kam nicht. Sie weinte nicht. Chana hielt sie wieder umschlungen. Die Lippen dicht an Lauras Ohr, flüsterte sie mit dieser weichen Stimme: »Ich möchte, daß du kommst.«

Lauras Lust explodierte, als Chana ihren Wunsch aussprach. »Es wühlt mich auf, wie du mich berührst, wie du mich küßt«, sagte sie und wußte im Augenblick des Sprechens, daß diese Worte sie an den Tränen vorbeiführen würden.

»Du kannst aufgewühlt sein – und dennoch kommen«, sagte Chana mit ruhiger Gewißheit.

»Was ist mit dir?« fragte Laura.

»Kein Problem«, antwortete Chana.

Laura spürte, wie ein Adrenalinstoß in ihren Unterleib jagte. Sie spürte, wie ihr Verlangen stärker wurde, wie ein mächtiger Sog. Ihr Verlangen wurde immer größer, heißer, als Chanas einladende Worte durch ihren Kopf pulsierten. Sie tastete nach unten, teilte ihre eigenen Venuslippen, preßte sie gegen die Chanas und fing an, sich zu bewegen. Chana flüsterte ihr Liebesworte ins Ohr. Manchmal verstand sie sie nicht, aber sie konnte die Zärtlichkeit darin spüren, die Konzentration. Hier waren Laura und Chana. Gemeinsam. Und ihre jeweiligen Erfahrungen waren auch da, alle Liebesnächte der Vergangenheit. Aber hier, in diesem Augenblick, ging es um sie. Laura flüsterte Chanas Namen. Sie ließ ihren Kopf los. Sie war ihr Körper. Sie war das Feuer und der Geist, die in ihr lebten. Sie ritt ihren Körper. Sie hatte so lange gewartet. Dann, endlich, fiel sie über den Rand, keuchte, spürte, wie sich die Glut innerlich ausdehnte. Als bräche die Sonne mit Macht hinter einer Wolke hervor. Sie stöhnte ihre Lust hinaus. Sie spürte die liebevolle Umarmung von Chana. Ihr Atem wurde ruhiger, dankbar lag sie da. Daß so etwas möglich war. Daß es dieses Wunder, daß es Chana gab.

Chana zeigte, wie souverän sie war. Sie ruhte sicher in ihrem Körper, ihre Bewegungen verrieten das. Sie ließ ihre Erregung steigen, dann hielt sie einen Augenblick lang inne, weil sie einen Ort der Lust erreicht hatte, den sie genießen und nicht sofort wieder verlassen wollte. Dann bewegte sie sich wieder. Sie rief Lauras Namen, sie sprach zu ihrer Scham. Laura schaute in ihr Gesicht. So voll, so lustgeprägt. Es machte sie hitzig. Dann wurde aus Chanas Atmen ein Stöhnen. Jeder Atemzug ein Schrei, zu jedem Schrei ein Echo.

Jedes Echo rührte an Lauras Herz. Sie hielt sie. Sie hielt sie fest. Sie war so glücklich, sie zu halten.

ANÄIS NIN

Linda

Linda stand vor dem Spiegel und betrachtete sich kritisch – am hellichten Tag. Sie hatte die Dreißig überschritten und machte sich Sorgen wegen ihres Alters, obwohl es nichts gab, das ihre Schönheit hätte beeinträchtigen können. Sie war schlank, sie sah jung aus. Sie konnte jeden ohne weiteres über ihr Alter täuschen, nur sich selbst nicht. Nur sie glaubte zu wissen, daß ihr Fleisch nicht mehr so straff wäre, es hätte ein wenig von der marmornen Glätte, die sie so oft im Spiegel bewundert hatte, verloren. Dabei wurde sie keineswegs weniger geliebt. Im Gegenteil: Sie besaß jetzt eine Anziehungskraft auf alle diejenigen unter den jüngeren Männern, die überzeugt waren, daß nur eine reifere Frau sie in die Geheimnisse der Liebeskunst einweihen könnte; Mädchen ihres eigenen Alters, glaubten sie, wären zurückgeblieben, naiv, unerfahren und stets unter dem wachsamen Auge ihrer Familienangehörigen.

Lindas Mann, ein gut aussehender Vierziger, hatte sie jahrelang mit der Inbrunst eines jugendlichen Liebhabers geliebt. Daß nun jüngere Männer Linda bewunderten, schien ihm nichts auszumachen. Er war überzeugt, sie nähme sie nicht ernst, er dachte, ihr Interesse entstammte ihrer Kinderlosigkeit und dem Bedürfnis, sich mütterlich jungen Menschen zuzuwenden, deren eigentliches Leben gerade begonnen hatte. Dagegen stand er selbst in dem Ruf, sich an Frauen aller Klassen und jeder Art heranzumachen.

Sie dachte oft an ihre Hochzeitsnacht zurück, in der sich André als ein höchst rücksichtsvoller Geliebter gezeigt hatte. Er hatte buchstäblich jeden Fleck ihres Körpers angebetet, als sei er ein Kunstwerk. Er hatte sie berührt, er hatte sie bewundert und ihr geschmeichelt, er war entzückt über ihre zierlichen Ohren, ihre wohlgeformten Füße, ihren schlanken Hals, ihr üppiges Haar, ihre feingeschnittene Nase, ihre sanften Wangen, ihre wollüstigen Schenkel. Sein Geflüster, seine Stimme, sein Streicheln öffnete ihr Fleisch, wie eine Blume sich der Wärme und dem Licht öffnet.

Er machte aus ihr ein vollkommenes Instrument der Liebe, das bei jeder Art von Zärtlichkeit vibrierte. So brachte er ihr zum Beispiel bei, ihren Körper nur mit Ausnahme des Mundes, einzuschläfern und all ihre Sinnlichkeit im Mund zu konzentrieren. Sie war jedesmal wie eine halb betäubte Frau und lag völlig passiv da. Ihr Mund und ihre Lippen waren zum Geschlechtsorgan geworden.

André war besessen vom weiblichen Mund. Wenn er auf der Straße ging, hielt er Ausschau nach Frauenmündern. Er sah im Mund ein Abbild der Vagina. Waren die Lippen schmal, verkniffen, dann bedeutete das auch keine offene, sinnliche Möse. Waren sie dagegen voll, versprachen sie auch eine großzügige Muschi. Feuchte Lippen verfolgten ihn. Ein Mund, der sich nach außen stülpte, der geöffnet war wie für einen Kuß – dem stellte er beharrlich nach, bis er die Frau, zu der er gehörte, nehmen und wieder einmal seine Überzeugung von den verräterischen Eigenschaften des weiblichen Mundes unter Beweis stellen konnte.

Es war Lindas Mund, der ihn von Anfang an gefangengenommen hatte. Er war pervers, er war wie schmerzlich verzerrt. In der Art, wie sie ihn bewegte, wie sie ihre Lippen leidenschaftlich entfaltete, war etwas, das einen Menschen verriet, der wie ein Sturmwind über den Geliebten hinwegfegen würde. Als er ihr zum erstenmal begegnete, gab es für ihn nur diesen Mund, der ihn einsog, als befände er sich bereits in ihr. So war es auch in der Hochzeitsnacht. Ihr Mund faszinierte ihn. Über ihren Mund hatte er sich geworfen und ihn geküßt, bis er brannte, bis die Zunge erlahmte, die Lippen geschwollen waren. Und dann, als er endlich ihren ganzen Mund erregt hatte, war er in ihn eingedrungen. Er hatte sich über sie gekauert und seine muskulösen Hüften gegen ihre Brüste gedrückt.

Er behandelte sie niemals wie eine Ehefrau. Er umwarb sie jedesmal wieder von neuem, machte ihr Geschenke, brachte ihr Blumen, bereitete Überraschungen vor. Er führte sie zum Abendessen in *chambres séparées,* zeigte sich mit ihr in den besten Restaurants, wo die Kellner stets glaubten, sie wäre seine Mätresse.

Er bestellte die erlesensten Speisen und Getränke, er berauschte sie mit geflüsterten Zärtlichkeiten, er umwarb ihren Mund. Er bestürmte sie, bis sie ihm gestand, daß sie ihn begehrte. Dann fragte er sie: »Wie willst du mich? Welcher Teil von dir will mich heut nacht?«

Manchmal antwortete sie: "Mein Mund will dich, ich will dich in meinem Mund spüren, ganz tief in meinem Mund.« Oder sie erwiderte: »Ich bin naß zwischen den Beinen.«

So unterhielten sie sich über die Restauranttische hinweg und in den *cabinets particuliers,* die für Liebespaare reserviert sind. Wie diskret doch die Kellner waren, wie genau sie wußten, wann sie nicht stören durften! Musik erfüllte die kleinen Zimmer, es gab einen Diwan. Während man ihnen die Mahlzeit servierte, hatte André Lindas Knie gedrückt und sie verstohlen geküßt. Nun nahm er sie auf dem Diwan in all ihren Kleidern, als seien sie ein Liebespaar, das es zu eilig hatte, um sich auszuziehen.

Er begleitete sie in die Oper und ins Theater, wo es dunkle Logen gab, er liebte sie während der Vorstellung. Er liebte sie in Taxis, auf einem Hausboot, das vor der Kathedrale von Notre Dame vertäut war und Liebespaaren als Absteige diente. Er fuhr mit ihr in kleine, abgelegene Ortschaften und übernachtete mit ihr in romantischen Dorfgasthöfen. Oder aber er nahm sich ein Zimmer in einem der Luxuspuffs, die er aus seiner Junggesellenzeit kannte. Dort behandelte er sie wie eine Hure, er zwang sie, sich seinen Launen zu fügen, ihn anzuflehen, sie auszupeitschen, er befahl ihr, auf allen vieren herumzukriechen und ihn nicht etwa zu küssen, sondern ihn wie ein Tier überall abzulecken.

Diese Praktiken machten sie so scharf, daß sie es mit der Angst zu tun bekam. Sie fürchtete den Tag, an dem André ihr nicht mehr genügen würde. Ihre Sinnlichkeit, das wußte sie, war erst zum Leben erweckt worden, während seine das letzte Aufflackern eines Mannes war, der im Exzeß gelebt hatte und ihr nun das Beste, Auserlesenste präsentierte.

Eine nervöse Unruhe hatte sich Lindas bemächtigt. Der Tag kam, da André zehn Tage verreisen mußte. Ein Bekannter rief sie an, ein Freund von André, *der* Modemacher von Paris und Liebling aller Frauen. Er sagte: »Langweilst du dich denn nicht, Linda? Willst du zu uns kommen? Wir geben eine unserer speziellen Partys. Hast du eine Maske?«

Linda wußte, worauf er anspielte, denn sie und André hatten sich oft über Jacques' Partys im Bois de Boulogne amüsiert. Sie waren seine Lieblingsform der Unterhaltung und bestanden darin, daß sich an lauen Sommernächten maskierte Pariser Prominenz versammelte, die, wohlversorgt mit Champagner, in den Bois fuhr und sich auf einer geeigneten Lichtung vergnügte.

Die Versuchung war groß, denn Linda hatte niemals eine dieser Partys mitgemacht. André war dagegen und hatte erklärt, die Sache mit der Maskierung gefiele ihm nicht, denn er könnte aus Versehen die falsche Frau erwischen.

Linda beschloß, die Einladung anzunehmen. Sie wählte eines ihrer neuen, aus schwerer Seide gemachten Abendkleider, das ihren Körper wie ein nasser Handschuh modellierte. Sie trug keine Unterwäsche und auch keinen Schmuck, der sie hätte verraten können. Sie änderte ihre Frisur, indem sie aus ihrem gewohnten Pagenkopf eine nach oben gekämmte Coiffure machte, die ihre zierliche Kopfform und ihren langen Nacken betonte. Dann band sie sich eine schwarze Maske vor und steckte sich vorsichtshalber das Gummiband mit einer Haarnadel fest.

Im letzten Moment entschied sie sich, auch ihre Haarfarbe zu ändern, und tönte sich ihr Blondhaar blauschwarz. Dann kämmte sie es wieder hoch und war selber erstaunt, wie sehr es sie veränderte.

Etwa achtzig Gäste hatten sich in dem Atelier des Malers versammelt. Das Licht war gedämpft, um die Anonymität der

Gäste zu wahren. Als alle da waren, wurden sie auf die wartenden Autos verteilt. Die Fahrer wußten, wohin es ging. Dort, wo der Wald am dichtesten war, befand sich eine ideale, moosige Lichtung.

Dort ließ man sich nieder, schickte die Fahrer weg, und die Champagnerkorken knallten. In den überfüllten Autos hatten sich die Gäste bereits angeheizt. Die Masken verschafften offenbar selbst den vornehmsten und zurückhaltendsten unter ihnen die Illusion der Freiheit, denn sie benahmen sich wie hungrige Bestien. Hände fuhren unter elegante Roben und faßten an, was sie berühren wollten, Knie kämpften miteinander, der Atem ging schneller.

Zwei Männer hatten es auf Linda abgesehen: Der eine gab sich große Mühe, sie durch Küsse auf Mund und Brüste scharf zu machen. Der andere hatte mehr Erfolg, denn er verstand es gut, unter ihrem langen Kleid ihre Beine zu streicheln. Als er merkte, wie ihre Erregung stieg, wollte er sie ins Dunkel schleppen.

Der andere protestierte, aber er war zu betrunken, um seinen Rivalen aus dem Feld schlagen zu können. Sie ließ sich von der Gruppe wegführen und auf den moosigen Waldboden legen, dort, wo die Bäume besonders dunkle Schatten warfen. In der Nähe erklang Protestgekreisch, Grunzen und die Stimme einer Frau: »Mach's mir, mach's mir, ich kann nicht länger warten, mach's mir, mach's mir!«

Die Orgie war in vollem Gange. Frauen liebkosten einander. Zwei Männer kitzelten eine Frau, bis sie fast den Verstand verlor. Dann hörten sie auf, nur um sich an ihrem Anblick zu weiden. Ihr Kleid war verrutscht, ein Träger abgerissen, eine Brust entblößt. Verzweifelt versuchte sie, sich zu befriedigen. Mit einer obszönen Geste preßte sie sich gegen die beiden Männer und rieb sich an ihnen.

Linda war verblüfft über die Wildheit ihres Angreifers. Sie, die bisher nur die wollüstigen Zärtlichkeiten ihres Ehemannes erfahren hatte, befand sich im Griff von etwas ungleich Mächtigerem, einer Begierde, die so ungestüm war, daß sie sie verzehrte.

Seine Hände hatten sich wie Klauen in ihr Fleisch gegraben, er hatte ihren Schoß seinem Schwanz entgegengehoben, als wäre es ihm gleich, ob er ihr dabei die Knochen brach. Wie ein Bock stieß er zu, es war wie ein Horn in ihr, wie ein Aufspießen, das aber nicht weh tat, sondern sie herausforderte, Gleiches mit Gleichem zu vergelten. Nachdem er sich einmal mit einer Vehemenz und Gewalt befriedigt hatte, die sie überwältigten, wisperte er: »Jetzt will ich, daß du dich befriedigst, daß du dich fertigmachst, verstehst du? Und zwar so, wie du es noch nie zuvor getan hast.« Dabei streckte er ihr seinen steifen Schwanz wie einen holzgeschnitzten Phallus entgegen, hielt ihn ihr hin, damit sie über ihn ganz nach Wunsch verfügte.

Er stachelte sie an, ihren Heißhunger an ihm zu stillen. Sie fühlte es kaum, als sie ihre Zähne in sein Fleisch schlug. Er stöhnte ihr ins Ohr: »Weiter, mach weiter, ich kenne euch Frauen, ihr laßt euch niemals richtig gehen, um einen Mann so zu nehmen, wie ihr es wollt.« In bisher ungeahnten Tiefen, ja im Kern ihres Wesens loderte ein Feuer, das sich nicht löschen ließ, dem Mund und Zunge des anderen nicht genügten, auch nicht der Schwanz, der in ihr war. Es war ein Fieber, das selbst ein Orgasmus nicht linderte. Sie spürte seine Zähne, die sich in ihre Schulter gegraben hatten, sie biß ihn in die Kehle. Dann sank sie zurück und verlor die Besinnung.

Als sie wieder erwachte, befand sie sich auf einem Messingbett in einem ärmlichen Zimmer. Neben ihr schlief ein Mann. Sie war nackt, er war es auch, aber ein Laken deckte ihn halb zu. Sie erkannte den Körper, der sie in der Nacht im Bois fast vergewaltigt hatte. Es war der Körper eines Athleten, groß, sonnengebräunt, sehnig. Er war ein gut aussehender Mann mit einer wilden Mähne. Während sie voller Bewunderung auf ihn herabblickte, schlug er die Augen auf und lächelte.

»Ich konnte dich einfach nicht wieder mit den anderen zurückgehen lassen«, sagte er. »Wer weiß, ob ich dich jemals wiedergesehen hätte.«

»Wie hast du mich hierhergebracht?«

»Ich habe dich gestohlen.«

»Und wo sind wir?«

»In einem armseligen Hotel. Ich wohne hier.«

»Dann bist du nicht...«

»Nein, ich gehöre nicht zu den anderen, wenn du das meinst. Ich bin ein einfacher Arbeiter. Eines Abends, als ich durch den Bois nach Hause radelte, wurde ich unfreiwilliger Zeuge eures Spielchens. Ein Ringelpiez, dachte ich. Da habe ich mich einfach ausgezogen und mitgemacht. Den Frauen schien es zu gefallen. Es war ja dunkel, also blieb ich unentdeckt. Nachdem ich sie gevögelt hatte, schlich ich mich davon. Und gestern abend, als ich von der Arbeit kam, hörte ich wieder Stimmen. Ich beobachtete, wie dieser Mann dich küßte. Da habe ich dich ihm einfach ausgespannt. Nun bist du hier, bei mir. Es ist gut möglich, daß du Unannehmlichkeiten haben wirst, aber ich konnte dich einfach nicht aufgeben. Du bist eine richtige Frau. Die anderen waren nur Attrappen im Vergleich zu dir. In dir lodert ein Feuer.«

»Ich muß jetzt gehen«, sagte Linda.

»Aber nicht, ehe du mir versprichst, wiederzukommen.«

Er setzte sich auf und sah sie an. Seine körperliche Vollkommenheit gab ihm etwas Würdevolles. Seine Nähe ließ sie vibrieren. Er fing an, sie zu küssen. Eine wohlige Mattigkeit überschlich sie. Sie legte die Hand auf seinen steifen Schwanz: Die Ekstasen der vergangenen Nacht pulsierten immer noch in ihrem Blut. Sie ließ ihn wieder in sich hineinkommen; es war, als wollte sie sich überzeugen, daß sie nicht träumte. Es war kein Traum. Dieser Mann, der sie wie mit einem heißen Eisen durchbohrte, der sie küßte, als sei es der letzte Kuß für ihn, er war wirklich.

Und Linda kam zurück, denn nur bei ihm fühlte sie sich wirklich lebendig. Aber ein Jahr später verlor sie ihn. Er verliebte sich in eine andere Frau und heiratete sie. Linda hatte sich inzwischen derart an ihn gewöhnt, daß ihr nun jeder andere Mann zu weich, zu rücksichtsvoll, zu schwach und blaß erschien. Unter den Männern ihrer Bekanntschaft war keiner, der die animalische Stärke und Leidenschaft ihres verlorenen Geliebten besaß. Sie suchte ihn überall, in den *bistros*, den trostlosen *quartiers* der Stadt – überall. Sie gab sich mit Boxern, Zirkusartisten, Athleten ab, aber keiner konnte sie erregen.

Als Linda nun ihren Arbeiter für immer verloren hatte, weil dieser eine Frau für sich allein, ein Heim und einen Menschen haben wollte, der sich seiner annahm, beichtete sie ihrem Friseur. Der Pariser Coiffeur spielt im Leben einer eleganten Französin eine Schlüsselrolle, denn er frisiert sie nicht nur, sondern er weiß auch immer, was gerade Mode ist. Er ist ihr schärfster Kritiker und gleichzeitig auch ihr Beichtvater in Liebesdingen. In den zwei Stunden, die eine Frau im Frisiersalon zubringt, wo man ihr Haar wäscht, in Wellen legt und trocknet, kann man vieles beichten. Und die kleine Kabine bewahrt Geheimnisse wie ein Beichtstuhl.

Als Linda aus der kleinen Provinzstadt im Süden Frankreichs nach Paris gekommen war und dort ihren künftigen Mann kennenlernte, war sie knapp zwanzig gewesen. Sie war ein unvorteilhaft angezogenes, schüchternes, naives Ding mit üppigem Haar, mit dem sie aber nichts anfangen konnte. Sie schmückte sich auch nicht. Tagsüber bummelte sie die Rue Saint Honoré entlang und besah sich die eleganten Auslagen. Dabei ging ihr auf, woran es ihr fehlte. Es wurde ihr klar, was mit dem berühmten Pariser Chic gemeint war, jenem minuziösen Sinn für das kleinste Detail, das aus jeder Frau ein Kunstwerk macht. All das diente ausschließlich der Betonung der körperlichen Vorzüge. Zum größten Teil war dieses Kunstwerk ein Erzeugnis der Schneiderin, denn sie verstand es wie keine andere, der französischen Kleidung ein erotisches Flair zu geben und die Linien des Körpers und alle seine Reize mittels der Kleider hervorzuheben.

Diese Künstlerinnen wußten nur zu gut, daß schwere schwarze Seide den Schimmer eines nackten, nassen Körpers suggeriert. Sie verstehen es vorzüglich, die Konturen der Büste zu modellieren und den Faltenwurf den Bewegungen der Glieder anzupassen. Sie kennen die Wirkung koketter

Schleier, wissen, wie Spitzen auf der Haut, wie aufreizende Unterwäsche, wie ein gewagt geschlitztes Kleid wirken können.

Der Schnitt einer Sandale, die Glätte eines Handschuhs – sie verleihen der Pariserin einen einmalig verwegenen Chic, der den Zauber anderer Frauen in den Schatten stellt.

Die Kunst der Verführung hat in Frankreich Tradition, und sie hat im Verlauf der Jahrhunderte eine Vollkommenheit erreicht, die nicht nur bei wohlhabenden Frauen, sondern auch bei kleinen Ladenmädchen zum Vorschein kommt. Der Friseur ist der Hohepriester dieses Kultes der Perfektion. Er ist es, der die Mädchen, die aus der Provinz kommen, schult, er ist es, der vulgäre Frauen lehrt, raffiniert zu sein, er gibt blassen Kreaturen Farbe, er verleiht ihnen eine neue Persönlichkeit.

Linda hatte das Glück, in die Hände von Michel zu fallen, der in der Nähe der Champs-Elysées einen Salon betrieb. Michel war ein schlanker, eleganter, ein wenig effeminierter Vierzigjähriger. Er war stets zuvorkommend und besaß untadelige Manieren. Er küßte seinen Klientinnen die Hand, er trug stets einen gepflegten, gewachsten und an den Enden hochgezwirbelten Schnurrbart. Seine Konversation war geistreich und niemals langweilig. Er war ein Philosoph, er kreierte Frauen.

Als Linda ihn das erstemal aufsuchte, legte er den Kopf zur Seite wie ein Porträtmaler, der gerade eine Skizze beginnt.

Nach ein paar Monaten wurde aus Linda ein perfektes Produkt und Michel zu ihrem Beichtvater und Regisseur. Übrigens war er nicht immer der Friseur der Damen der Pariser Hautevolee gewesen; er machte keinen Hehl daraus, daß er aus ärmlichen Verhältnissen stammte und in einem Armenviertel, wo sein Vater einen Friseurladen betrieb, seine Lehrjahre absolviert hatte. Die Frauen, die dort aus und ein gingen, hatten ungepflegtes, durch Unterernährung, billige Shampoos und lieblose Behandlung verdorbenes Haar. »Trocken wie eine Perücke«, sagte er. »Und viel zuviel ordinäres Parfüm. Da war ein junges Mädchen, an die entsinne ich mich noch genau. Sie arbeitete in einem Schneideratelier und war verrückt nach Parfüm, konnte es sich aber nicht leisten. Darum hob ich ihr immer auf, was in den Flacons übriggeblieben war. Jedesmal, wenn ich einer Frau das Haar mit einer wohlriechenden Lotion spülte, hob ich einen kleinen Rest davon auf. Und wenn Gisèle kam, goß ich es ihr in den Ausschnitt. Sie war so entzückt, daß sie überhaupt nicht wahrnahm, wie gerne ich es tat, denn jedesmal nahm ich den Kragen ihres Kleides zwischen Daumen und Zeigefinger, schob ihn ein wenig beiseite und ließ das Parfüm in den Ausschnitt laufen. Dabei erhaschte ich einen Blick auf ihre jungen Brüste. Und sie hatte eine Art, sich danach wollüstig zu drehen, sie schloß die Augen, sie atmete den Duft ein, ja sie schwelgte darin. Manchmal rief sie: »Ach Michel, diesmal hast du mich ja ganz naß gemacht!« Und dann rieb sie ihre Brüste an dem Kleid, um sie zu trocknen. Eines Tages konnte ich einfach nicht widerstehen: Ich ließ das Parfüm in ihren Halsausschnitt rinnen, und als sie den Kopf zurückwarf und die Augen schloß, fuhr ich ihr mit der Hand über die Brüste. Natürlich ist Gisèle nie wiedergekommen.«

Er fuhr fort. »Das war aber nur der Beginn meiner Laufbahn als Parfümeur der Frauen. Ich fing an, mich ernsthaft damit zu beschäftigen, und besorgte mir einen Zerstäuber, um damit die Busen meiner Kundinnen einzusprühen. Sie haben es niemals abgelehnt. Dann lernte ich, sie nach Sitzungen abzubürsten. Auch das macht Freude – den Mantel einer gut gebauten Frau abzubürsten.«

»Vielleicht«, sagte er, »wissen Sie, daß das Haar mancher Frauen – nun, es versetzte mich in einen Zustand, den ich Ihnen kaum beschreiben kann; möglich, Sie nehmen daran Anstoß. Jedenfalls gibt es Frauen, deren Haar intim duftet, nach Moschus. Es wirkt eben auf einen Mann, und ich kann mich nicht immer beherrschen. Sie wissen bestimmt, wie ausgeliefert und schutzlos Frauen sind, wenn sie sich zurücklehnen, um ihr Haar waschen zu lassen, wenn sie unter der Trockenhaube sitzen oder sich gerade eine Dauerwelle machen lassen.«

Manchmal fixierte Michel eine Kundin und sagte dann: »Sie könnten leicht Ihre fünfzehntausend Francs im Monat machen.« Und damit meinte er ein Apartment auf den Champs-Elysées, einen Wagen, elegante Kleidung und einen Freund, der sie aushielt. Oder aber sie hatte das Zeug zu einem jener Luxusgeschöpfe, die das Zeug hatten, die Mätresse eines Senators, eines prominenten Schriftstellers oder eines beliebten Schauspielers zu werden.

Gelang es ihm, einer Frau zu einem derartigen Status zu verhelfen, blieb es sein Geheimnis, denn er war diskret, und wenn er es erwähnte, dann nur verschlüsselt. So kannte er eine Frau, die seit zehn Jahren mit dem Vorsitzenden eines großen amerikanischen Konzerns verheiratet war. Sie besaß noch immer ihren Ausweis als eine registrierte Pariser Prostituierte und war sowohl der Polizei als auch den Ärzten der Krankenhäuser bekannt, bei denen sich Pariser Huren allwöchentlich untersuchen lassen mußten. Selbst nach zehn Jahren noch konnte sie sich nicht an ihren nun gar nicht mehr neuen Stand gewöhnen und vergaß manchmal, daß sie ja genügend Bargeld bei sich hatte, um den Stewards, die sie während ihrer Transatlantikflüge bedienten, ein Trinkgeld zu geben. Statt dessen überreichte sie ihnen eine kleine Karte mit ihrer Adresse.

Michel war es, der Linda geraten hatte, nie eifersüchtig zu sein und immer daran zu denken, daß in Frankreich die Frauen in der Überzahl waren und daß jede Ehefrau ihrem Mann gegenüber großzügig sein sollte. Er gab ihr zu bedenken, wie viele Frauen niemals die Liebe erfuhren. Er meinte das sehr ernst, denn er sah in der Eifersucht eine Form von Geiz. Die einzig wahrhaft großzügigen Frauen – das waren Huren, das waren Schauspielerinnen, die sich niemals versagten. Für ihn gab es kein geizigeres Wesen als den typisch amerikanischen *Gold-Digger*, eine Frau, die wußte, wie man den Männern das Geld aus der Tasche holte, die ihnen aber nichts dafür gab. Michel hielt es für ein Zeichen von schlechtem Charakter. Er war der festen Überzeugung, daß in jeder Frau eine Hure steckte und daß die Erfahrung einer Hure einer jeden von ihnen guttun würde, denn es gäbe keine bessere Art, sie daran zu erinnern, daß sie weibliche Wesen waren.

Als Linda ihren Arbeiter verlor, war es selbstverständlich, daß sie Michels Rat einholte. Er riet ihr, auf den Strich zu gehen. Nur so, erklärte er ihr, hätte sie die Gelegenheit, nicht nur sich und ihre Anziehungskraft zu bestätigen, sondern auch, ohne daß die Liebe dabei eine Rolle spielte, einen Mann zu finden, der sie mit der notwendigen Wildheit behandelte. In ihrer eigenen Welt würde sie zu sehr angebetet, idealisiert, verwöhnt, um ihren wahren Wert als weibliches Wesen zu erkennen.

Linda sah ein, daß dies in der Tat der beste Weg war, ihre Anziehungskraft, ihre Potenz, ihre Reize auf die Probe zu stellen. Darum nahm sie die Adresse, die ihr Michel gab, stieg in ein Taxi und ließ sich zu einer Wohnung in der Avenue du Bois fahren. Der Wagen hielt vor einem versteckt liegenden, vornehmen Privathaus. Man empfing sie, ohne weiter zu fragen.

»*De bonne famille?*« war alles, was man wissen wollte, denn es war ein Nobelbordell, wo man sich auf Frauen der besten Gesellschaft spezialisierte. Sofort nahm die Madame den Telefonhörer ab und ließ sich mit einem der Kunden verbinden. »Wir haben einen Neuzugang, eine Dame von großer Eleganz.«

Linda wurde in ein geräumiges Boudoir mit elfenbeinbeschlagenen Möbeln und Brokatvorhängen geführt. Sie hatte Hut und Schleier abgelegt und stand vor einem großen, goldgerahmten Spiegel, um sich ihr Haar zu kämmen. Die Tür tat sich auf.

Der Mann, der hereinkam, war eine groteske Erscheinung, klein, von gedrungener Gestalt und mit einem viel zu mächtigen Kopf. Seine Gesichtszüge waren die eines alten Kindes, weich, verschwommen und viel zu zart für sein Alter und seinen massigen Körper. Er schritt rasch auf sie zu und küßte ihr zuvorkommend die Hand. Dann sagte er: »Meine Liebste, wie wunderbar, daß Sie sich meinetwegen von Ihren häuslichen Verpflichtungen freigemacht haben.«

Linda wollte protestieren, aber dann merkte sie, daß der Mann Wert auf dieses Spiel legte. Sofort übernahm sie die ihr zugewiesene Rolle, aber gleichzeitig überkam sie ein unheimliches Gefühl, gerade diesem Mann zu Gefallen zu sein. Ihr Blick ging zur Tür, sie überlegte, ob und wie sie fliehen könnte. Er mußte ihre Gedanken erraten haben, denn er sagte: »Sie brauchen sich nicht zu fürchten. Was ich von Ihnen will, ist nicht zum Fürchten. Ich bin Ihnen sehr verbunden, daß Sie ihren guten Ruf für mich aufs Spiel gesetzt, daß Sie Ihren Gatten um meinetwillen verlasen haben. Ich verlange nur ganz wenig, und Ihre Gegenwart hier hat mich überglücklich gemacht. Noch nie habe ich eine schönere, vornehmere Frau gesehen. Ich liebe Ihr Parfüm, die Art, in der Sie sich kleiden, Ihren erlesenen Schmuck. Bitte gestatten Sie mir, Ihre Füße zu betrachten. Was für schöne Schuhe, wie elegant sie sind, was für zierliche Knöchel Sie haben. Bitte glauben Sie mir, es geschieht nicht oft, daß eine so attraktive Frau zu mir kommt. Ich habe kein Glück bei Frauen.«

Ihr kam es vor, als hätte er sich noch mehr in ein Kind verwandelt, alles an ihm schien infantil, seine ungeschickten Gesten, seine weichen Hände. Als er sich eine Zigarette anzündete, hatte sie den Eindruck, er hätte noch nie geraucht, so unsicher benahm er sich dabei, so neugierig verfolgten seine Augen den Rauch.

»Ich kann nicht lange bleiben«, sagte sie, denn ihr wurde immer unheimlicher. So etwas hatte sie sich nicht vorgestellt.

»Ich will Sie auch nicht lange beanspruchen«, sagte er. »Darf ich Sie um Ihr Taschentuch bitten?«

Sie gab ihm ihr duftiges, zart parfümiertes Tuch. Er vergrub entzückt seine Nase darin und sagte: »Ich beabsichtige nicht mit Ihnen zu schlafen, ich will Sie nicht besitzen, wie Sie es sicherlich von anderen Männern gewohnt sind. Ich möchte Sie nur bitten, dieses Taschentuch zwischen Ihren Beinen hindurchzuziehen und es mir dann zu überlassen. Das ist alles.«

Also war es doch viel einfacher, als sie befürchtet hatte. Bereitwillig tat sie, was der Mann verlangte. Er sah ihr gespannt zu, wie sie ihren Rock hob, ihr spitzenbesetztes Höschen aufhakte, hinunterschob und mit dem Taschentuch langsam zwischen den Beinen durchfuhr. Dann beugte er sich vor und preßte die Hand auf das Tuch. Er wollte den Druck verstärken, er bat sie, es noch einmal zu tun.

Dabei bebte er am ganzen Körper. Die Augen waren glasig geworden. Linda merkte, wie erregt er war. Er nahm das Taschentuch an sich und betrachtete es, als wäre es eine Frau, ein kostbares Juwel.

Alles das nahm ihn zu sehr in Anspruch, um irgend etwas zu sagen. Er ging hinüber zum Bett, breitete das Taschentuch auf der Überdecke aus und warf sich, indem er gleichzeitig die Hose aufknöpfte, darüber. Er stieß und rieb. Dann setzte er sich im Bett auf, wickelte das Tuch um seinen Schwanz und masturbierte, bis es ihm kam und er vor Wollust aufschrie. Linda war vollkommen vergessen. Er war wie von Sinnen. Das Taschentuch war durchnäßt. Dann legte er sich nach Luft ringend zurück.

Linda verließ ihn. Im Korridor begegnete ihr die Frau, die sie empfangen hatte. Sie war offenbar überrascht, daß Linda schon gehen wollte. »Ich habe Ihnen unseren distinguiertesten Klienten vorgestellt«, meinte sie, »eine harmlose Kreatur.«

Kurz nach diesem Zwischenfall saß Linda eines Sonntagmorgens auf einer Bank im Bois, um die neuesten Frühjahrstoiletten zu bewundern. Sie berauschte sich an der Farbenpracht, der Eleganz, den Parfüms. Aber dann bemerkte sie einen seltsamen Geruch in unmittelbarer Nähe. Sie wandte den Kopf zur Seite. Zu ihrer Rechten saß ein gut aussehender, etwa vierzigjähriger Mann von gepflegtem Äußeren. Sein glänzend schwarzes Haar war glatt und sorgfältig zurückgekämmt. War es seine Pomade, die so merkwürdig roch? Der Duft versetzte Linda zurück in eine Zeit, da sie sich in Fez aufgehalten hatte. Jedenfalls wirkte es erregend.

Sie sah den Mann an. Auch er hatte sich umgedreht und

lächelte ihr mit blendend weißen Zähnen zu. Die Eckzähne waren ein wenig schief gewachsen und gaben seinem Lächeln etwas Verschmitztes.

Linda sprach ihn an. »Sie benutzen ein Parfüm, das ich in Fez kennengelernt habe.«

»Das stimmt«, erwiderte der Mann. »Ich war auch in Fez und habe mir das Parfüm dort auf dem Markt besorgt. Ich liebe Parfüms. Aber seit ich dieses entdeckt habe, gibt es für mich kein anderes.«

»Es duftet wie Edelholz«, fuhr Linda fort. »Ich meine, Männer sollten immer wie Edelhölzer riechen. Mein Traum ist es, Südamerika zu besuchen, wo es ganze Wälder von Edelhölzern geben soll, die ganz wunderbare Düfte ausströmen. Einmal hatte ich mich in Patschuliparfüm verliebt, einen sehr alten Duft. Er wird heute gar nicht mehr verwendet. Ursprünglich kam er aus Indien, und die indischen Schals unserer Großmütter rochen immer noch nach Patschuli. Ich gehe auch gern in der Gegend der Docks spazieren, wo die Speicherhäuser einen Gewürzgeruch ausströmen. Tun Sie das auch?«

»Ja«, entgegnete er. »Und ich verfolge manchmal Frauen, nur weil ihr Parfüm, ihr Duft, mich anzieht.«

»Fez war eine Stadt voll der schönsten Männer. Ich wollte dort bleiben und einen Araber heiraten.«

»Weshalb taten Sie es nicht?«

»Weil ich mich in einen anderen Araber verliebte. Ich hatte ihn mehrmals besucht. Er war der schönste Mann, den ich jemals gesehen hatte. Sein Teint war dunkel, er hatte riesige, pechschwarze Augen und einen derart leidenschaftlichen Gesichtsausdruck, daß ich ganz hingerissen war. Seine Stimme klang wie ferner Donner, aber er selbst war ganz sanft. Sprach er mit jemandem, selbst auf der Straße, ergriff er ihn bei beiden Händen, ganz zärtlich, als wollte er jedes Lebewesen mit derselben Zuneigung und Zärtlichkeit berühren. Ich war ganz weg, aber dann…«

»Was dann?«

»Einmal, es war sehr heiß, saßen wir in seinem Garten und

tranken Pfefferminztee. Er nahm den Turban ab. Darunter war sein Kopf völlig kahl. Das ist eine arabische Sitte. Offenbar rasieren sich die Männer das Haupthaar. Jedenfalls ernüchterte mich der Anblick, und ich wurde von meiner Leidenschaft geheilt.«

Der Unbekannte lachte.

Als seien sie verabredet, waren sie beide aufgestanden und gingen nun nebeneinander. Linda war betäubt von dem Duft, den seine Haare ausströmten, berauscht, als hätte sie zuviel getrunken. Ihre Beine schienen ihr nicht mehr zu gehorchen, ihr Kopf schwamm. Ihre Brüste hoben und senkten sich, sie holte bei jedem Schritt tief Luft. Der Unbekannte neben ihr betrachtete das Wogen, als wäre es das Meer, das sich zu seinen Füßen ausbreitete.

Am Rande des Bois hielt er an. »Dort oben wohne ich«, sagte er und wies mit dem Spazierstock auf ein Apartmenthaus mit vielen Balkonen. »Würden Sie einen Augenblick hereinkommen und auf meiner Terrasse einen Apéritif nehmen?«

Linda nahm die Einladung an. Sie glaubte, sie würde ersticken, wenn man ihr den Duft, der sie so verzauberte, plötzlich entzöge.

Sie saßen auf der Terrasse vor ihren Apéritifs und schwiegen. Linda hatte sich zurückgelehnt und ihre Augen geschlossen. Die Augen des Unbekannten waren auf ihre Brüste geheftet. Dann aber machte er sie auch zu. Keiner von beiden rührte sich. Beide verfielen ins Träumen.

Er machte die erste Bewegung. Er küßte Linda und versetzte sie zurück in jene Tage in Fez, da sie in dem Garten des hochgewachsenen Arabers gesessen hatte. Sie entsann sich an alles, was sie damals empfunden hatte, an ihr Verlangen, in das weiße Cape des Arabers gehüllt zu sein, an ihr Verlangen nach seiner mächtigen Stimme, seinen brennenden Augen. Das Lächeln des Unbekannten *war* ihr Araber, aber diesmal mit dichtem, parfümiertem, schwarzen Haar, das duftete wie die Stadt Fez. Die beiden Männer liebten sie. Sie hielt die Augen geschlossen. Der Araber entkleidete sie, berührte sie mit seinen feurigen Händen. Schwaden von Parfüm dehnten ihren Körper aus, öffneten ihn, bereiteten ihn zur Hingabe vor. Ihre Nerven waren zum Zerreißen gespannt.

Sie öffnete die Augen einen Spalt und sah das weiße Gebiß, die wunderbaren Zähne und wie sie im Begriff waren, sich in sie zu vergraben. Sein Glied berührte sie, drang ein. Es war, als wäre er unter Strom gesetzt, als jagte jeder Stoß einen elektrischen Impuls durch ihren Körper.

Er zwang ihr die Beine auseinander, als wollte er sie zerbrechen. Sein Haar hing ihr ins Gesicht. Der Geruch stieg ihr in die Nase, sie fühlte ihren Orgasmus nahen und feuerte den Mann an, schneller zuzustoßen, damit sie gemeinsam kämen. Im Augenblick des Orgasmus brüllte er wie ein Tiger, es war ein überwältigender Aufschrei der Ekstase, der Wonne, des Entzückens, ungezähmt, wild, wie sie ihn noch nie vernommen hatte, das Gebrüll eines Urwaldtieres, das sich seiner Beute freut, das vor Vergnügen brüllt. Sie machte die Augen auf. Ihr Gesicht war noch immer bedeckt mit seinem schwarzen Haar. Sie nahm es in den Mund. Ihre Körper waren ineinander verstrickt. In der Eile hatte sie ihr Höschen nur halb heruntergezogen, es hatte sich um ihren Knöchel gewunden. Sein Fuß hatte sich darin verfangen, und beide sahen hinunter auf ihre durch ein Stück schwarzen Chiffon aneinandergefesselten Beine. Sie mußten lachen.

Sie besuchte ihn viele Male. Ihre Sehnsucht nach ihm fing lange vor ihrer Zusammenkunft an, lange bevor sie sich für ihn anzog. Mitten am Tag überfiel sie die Erinnerung an das Parfüm, und wenn sie gerade im Begriff war, die Straße zu überqueren, schien eine Wolke von Duft auf sie zuzukommen, aus dem Nirgendwo. Sie war so überwältigt, daß es ihr zwischen die Beine fuhr und sie stehenbleiben mußte, hilflos, geöffnet. Ihre Haut duftete danach, und der Geruch weckte sie, wenn sie allein schlief. Noch nie war sie so leicht zu erregen gewesen. Sie hatte immer einen langen Anlauf gebraucht, sie wollte liebkost, gestreichelt werden, aber für den

Araber, wie sie ihn in Gedanken getauft hatte, war sie stets bereit. Sie war geil, ehe er sie noch überhaupt berührt hatte, sie hatte Angst, sie könnte kommen, wenn er nur die Hand auf ihre Möse legte. So war es einmal geschehen. Sie hatte ihn besucht und war schon feucht und zitterte. Die Schamlippen waren hart, als hätte man sie gestreichelt, ihre Brustwarzen standen, ihr ganzer Körper vibrierte. Als er sie küßte, spürte sie die Sprengkraft in sich und legte seine Hand direkt auf ihren Venusberg. Das Übermaß erotischer Spannung ließ sie explodieren.

Und dann passierte es – es war etwa zwei Monate, nachdem sie einander kennengelernt hatten –, daß sie ihn besuchte, er sie in die Arme nahm, und nichts geschah. Es war, als sei er nicht mehr derselbe Mann. Er stand vor ihr, ein zwar gepflegter, aber doch ganz durchschnittlicher Mann, der genauso aussah, wie irgendeiner von einem Dutzend gutgekleideter Franzosen, wie einer von vielen, die auf den Champs-Elysées flanierten, Theaterpremieren besuchten oder sich beim Pferderennen zeigten.

Was war geschehen, was hatte diesen Wandel bewirkt? Wo war der überwältigende Rausch geblieben, den sie in seiner Nähe gefühlt hatte? Weshalb kam er ihr auf einmal so durchschnittlich vor? Er war wie jeder andere Mann, er war dem Araber ganz unähnlich. Sein Lächeln war weniger blendend, seine Stimme weniger wohlklingend. Sie stürzte sich in seine Arme, sie wollte den Duft seines Haares einfangen. Dann rief sie verzweifelt: »Dein Parfüm! Du trägst ja kein Parfüm!«

»Es ist mir ausgegangen«, erklärte der Araber-Franzose, »und ich kann es nicht mehr beschaffen. Weshalb sollte dich das so verstören?«

Linda versuchte verzweifelt, die Stimmung wieder heraufzubeschwören, in die er sie jedesmal versetzt hatte. Aber ihr Körper reagierte nicht: In ihrer Fantasie mußte sie einfach den Garten in Fez, den Garten des Arabers sehen. Sie stellte sich vor, er säße neben ihr auf einem niedrigen, weichen Diwan. Der Araber hatte sie auf den Diwan geworfen und sie geküßt, während der kleine Springbrunnen sanft plätscherte. Das geliebte Parfüm brannte als Weihrauchstäbchen in einem Gefäß an ihrer Seite. Aber nein: vergebens, der Traum schwand wieder. Es gab keinen Weihrauch, es roch genauso wie in jeder französischen Wohnung. Der Mann an ihrer Seite war ein Fremder geworden, die Magie, die ihn so begehrenswert gemacht hatte, war gewichen. Linda kam nie wieder zu ihm zurück.

Obwohl Linda das Abenteuer mit dem Taschentuch nicht besonders gefallen hatte, plagte sie nach Monaten des Eingeschlossenseins in ihre eigene Sphäre wieder die Unruhe.

Erinnerungen quälten sie, Geschichten, die man ihr erzählt hatte, und das Bewußtsein, inmitten von Männern und Frauen zu leben, die einander liebten. Sie fürchtete, da ihr eigener Gatte ihr nun nicht mehr genügte, körperlich abzusterben.

Sie erinnerte sich, daß sie schon in sehr jungen Jahren sexuelle Reize gespürt hatte. Ihre Mutter hatte ihr einen zu engen Slip gekauft, der ihr zwischen den Beinen scheuerte. Dies hatte ihre Haut gereizt, und nachts, als sie gerade einschlafen wollte, hatte sie sich da unten gekratzt. Beim Hinüberdämmern wurde aus dem Kratzen ein Streicheln. Sie merkte, daß es ein wohliges Gefühl verursachte. Deshalb machte sie weiter, bis ihre Finger einen ganz bestimmten Punkt im Zentrum berührten. Dann steigerte sich das Gefühl. Unter ihren Fingern wurde diese Stelle hart und noch empfindlicher.

Ein paar Tage später ging sie zur Beichte. Der Priester saß auf einem Stuhl, und sie mußte zu seinen Füßen niederknien. Er war ein Dominikaner und trug einen langen Gürtel mit einer Quaste, die fast auf den Boden reichte. Linda hatte sich an sein Knie gelehnt und spürte den Druck der Quaste. Der Priester hatte eine wohlklingende warme Stimme, die einschläfernd wirkte, wenn er sich vorbeugte und sie anredete. Als sie ihre läßlichen Sünden – Trotz, Lügen und so weiter – gebeichtet hatte, zögerte sie. Es fiel ihm auf, und er flüsterte ihr nun mit einer viel leiseren Stimme ins Ohr: »Hast du unkeusche Träume gehabt?«

»Was für Träume, Vater?«

Die harte Quaste befand sich genau zwischen ihren Beinen und preßte gegen die Stelle, die sie in den Nächten zuvor mit ihren Fingern liebkost hatte. Sie rutschte noch ein wenig dichter heran. Sie wollte die warme, einschmeichelnde Stimme des Priesters noch näher hören, die sie wegen ihrer unkeuschen Träume befragt hatte.

Er sagte: »Träumst du, daß du jemanden küßt oder von ihm geküßt wirst?«

»Nein, Vater.«

Inzwischen hatte sie herausbekommen, daß die Quaste viel wirksamer war als ihre Finger, denn sie war auf eine rätselvolle Weise Teil der warmen Stimme und der geflüsterten Worte – wie ›geküßt‹ – geworden. Sie drückte sich noch dichter an ihn und sah zu ihm auf. Er ahnte, daß sie noch etwas auf dem Herzen hatte. »Hast du dich jemals gestreichelt?«

»Selber gestreichelt?« fragte sie. »Wo denn?«

Der Prieser wollte schon zur nächsten Frage übergehen, denn er könnte sich ja geirrt haben, aber der Ausdruck ihres Gesichts bestätigte seinen Verdacht.

»Berührst du dich jemals mit den Händen?«

Genau in diesem Augenblick wünschte sich Linda, sie könnte eine Bewegung machen, damit durch die Reibung jenes unvergleichliche, überwältigende Lustgefühl einträte, wie sie es ein paar Nächte zuvor das erstemal erlebt hatte. Aber sie fürchtete, der Priester könnte Verdacht schöpfen und sie von sich stoßen. Und dann würde sie das Gefühl ganz und gar verlieren. Deshalb war sie entschlossen, seine Aufmerksamkeit um jeden Preis abzulenken. »Vater, es stimmt, ich muß Ihnen etwas sehr Schlimmes beichten. Eines Nachts habe ich mich da unten gekratzt, und dann...«

»Mein Kind, mein Kind«, unterbrach sie der Priester, »du mußt sofort damit aufhören. Es ist unkeusch. Sonst wirst du dein Leben ruinieren.«

»Weshalb ist es unkeusch?« fragte Linda und drückte sich wieder gegen die Quaste. Ihre Erregung stieg. Der Priester beugte sich so dicht über sie, daß seine Lippen fast ihre Stirn streiften. Ihr wurde schwindlig. »Das sind Liebkosungen, die dir nur dein Gatte geben darf. Wenn du es selber tust, wenn du dich mißbrauchst, wirst du dich schwächen, und niemand wird dich später lieben. Wie oft hast du es getan?«

»Dreimal, Vater. Und dann habe ich auch etwas geträumt.«

»Was hast du geträumt?«

»Daß mich jemand gerade dort berührt.«

Jedes Wort, das sie sprach, steigerte ihre Erregung. Unter dem Vorwand, sich schuldig, sich beschämt zu fühlen, warf sie sich gegen die Knie des Priesters und beugte den Kopf, als wollte sie in Tränen ausbrechen. In Wahrheit aber war es die Berührung der Quaste, die ihr den Orgasmus verschaffte. Sie bebte. Der Priester hielt es für Schuld und Scham, bückte sich, hob sie aus ihrer knienden Stellung auf, nahm sie in die Arme und tröstete sie.

HENRY MILLER

John Thursday

Eine Hexe, böse und alt wie die im Märchen, arbeitet in der Garderobe. In Amerika hat jedes Lokal, egal wie heruntergekommen es ist, irgendein junges Ding, bei dem man den Hut abgibt. Aber die Leute hier sind Realisten. Für sie ist ein gutaussehendes Weib, das Mäntel aufhängt, eine ganz schlimme Verschwendung. Einen Mantel kann jeder aufhängen, aber für eine ansehnliche Frau gibt es bessere Verwendung... Ernest flüstert mir zu, daß man bei dieser begabten Besenstielreiterin die Arrangements für die Separées trifft...

Das Lokal ist voll von spanischen Matrosen, Zuhältern und Huren. Die erkenne ich gleich. Die anderen... weiß der Himmel, da müßte man wohl ihre Polizeiakte lesen, um zu erfahren, was oder wer sie sind. Ernest findet sein Weib sofort.

»Hände weg«, sagt er aus dem Mundwinkel, als wir auf ihren Tisch zusteuern. »Und bleib hier beim Wein, der ist das sicherste.«

Das Lokal stinkt säuerlich nach altem Essen und abgestandenem Bier. Ich bin froh, daß wir gegessen haben, bevor wir hergekommen sind.

Ernest hätte mich vor seiner Möse nicht warnen müssen – wir mögen einander nicht. Sie ist zwar recht hübsch, und ich denke, ich könnte sie bumsen, ohne das Licht ausdrehen zu müssen, aber wir ziehen uns einfach gegenseitig nicht an. Sie und Ernest beginnen über die Lesbierin zu streiten... sie findet, daß er sich da dumm verhält... die Lesbierin hat ihr Geschenke gemacht und Ernest nicht. Ich beginne mich zu langweilen...

Das Orchester legt sich mit sprunghaften Melodien ins

Zeug... Eines muß man den Jungs ja lassen, ausdauernd sind sie. Nacheinander tanzen drei Frauen – alle haben Goldzähne. Das ist alles so furchtbar, daß sogar ein Tourist gemerkt hätte, daß es authentisch ist... echt spanisch. Eine Stunde schleppt sich dahin.

Ohne jegliche Vorwarnung betritt ein Mädchen die Tanzfläche. Sie ist verschleiert, aber man kann sehen, daß sie jung und sehr hübsch ist. Die Irren, die die ganze Zeit den Lärm gemacht haben, setzen ihre Gitarren ab...

»Flamenco«, sagt Ernest. »Ich habe gehört, daß sie die Jüngste ist, die das tanzt... ich meine, wirklich tanzt.«

Ich weiß viel zu wenig darüber, aber Leute, die angeblich etwas davon verstehen, haben mir gesagt, daß es zehn Jahre dauert, eine Flamenco-Tänzerin auszubilden. Zehn Jahre, um einen Tanz zu lernen, der zehn Minuten dauert! Das gehört zu den Dingen, die mich nicht sonderlich interessieren... Mir kommt das wie Kraftverschwendung vor, genauso wie wenn einer die Bibel auswendig lernt. Aber egal, soll es zehn Jahre dauern, und deshalb sind alle Frauen, die den Flamenco tanzen, jenseits des Alters, in dem sie ihn eigentlich tanzen sollten.

Aber dieses Mädchen! Ernests Kleine beobachtet, wie ich ihr zusehe, und erzählt mir, daß diese Tänzerin auch in einem Raum über dem Lokal für ein ausgewähltes Publikum auftritt. Sie läßt ihren Schal Wellen schlagen und klickt mit den Kastagnetten. Der Tanz beginnt, und man kann sofort erkennen, daß dieses Weib genau weiß, was sie macht. Wenn du einen Steifen bekommst, dann ist die Tänzerin gut, das ist anscheinend die Idee des Flamenco

»Wie heißt sie?« frage ich, als die Kleine an mir vorbeiwirbelt und mir einen Schlafzimmerblick zuwirft. »Was ist mit diesem Tanz, den sie oben macht?«

»Dazu mußt du zur Großmutter an der Garderobe gehen«, sagt Ernest. »Das Mädchen heißt Rosita... aber paß auf! Dieses Röschen hat Dornen...«

Sie heizt dir das Blut an, dieses Weib. Sie streut dir Pfeffer unter deinen Schwanz... John Thursday wittert irgendwo eine Möse in der Luft und hebt seinen Kopf. Ernest und seine Ziege spielen miteinander unter dem Tisch. Wenn der Tanz noch drei Minuten länger gedauert hätte, hätte jeder in dem Lokal abgespritzt...

Das Mädchen dreht sich mit einem Schwung ihres Hinterns herum und rafft ihre schweren spanischen Röcke und Unterröcke um ihre Beine. Ich wende mich Ernest zu. Ich muß wissen, ob diese Show im oberen Stock Schwindel ist.

»Schau, Alf«, sagt er, »ich weiß nur, daß sie da oben nackt tanzt. Gesehen habe ich es nie.«

»Warum gehen wir nicht nach oben und schauen uns das an – alle zusammen?«

Aber Damen sind nicht zugelassen. Es ist nur für Männer, und Ernest will sein Weibstück jetzt nicht verlassen. Gut, dann gehe ich eben allein. Ich gehe zur Garderobe und feilsche mit Großmutter... Ich muß es einfach sehen.

Oben sitzen in einem Zimmer ohne Fenster und ohne Luft etwa zwanzig Männer an Tischen und plaudern. Hier sind nicht so viele Matrosen, hauptsächlich ölige Männer in Geschäftsanzügen mit blitzenden Diamanten so groß wie Eier... ich schnappe mir den letzten guten Platz und bestelle Wein.

Sie lassen dich nicht lange warten. In Amerika schrauben sie bei einer solchen Show die Preise für die Drinks aufs Vierfache herauf und halten dich so lange hin, bis sie die Miete für den Monat zusammen haben. Aber hier tritt das Mädchen auf, sobald alle da sind, die nach oben kommen wollen.

Rosita erscheint auf der einen Seite. Nackt, verdammt... sie ist schlimmer als nackt... Sie trägt einen hohen Steckkamm und eine lange Mantilla... das Ende berührt gerade ihren Hintern. Rote Pumps mit sehr hohen Absätzen. *Schwarze Strümpfe!* Die Strümpfe reichen bis hoch hinauf, und sie hat die Strumpfbänder an den Schenkeln sehr festgezogen... ihre Haut quillt hervor... Über dem Arm trägt sie einen Spitzenschal... ebenfalls schwarz. Außerdem, als Erinnerung an diesen ganzen alten Mist, eine Rose in ihrem Haar.

Sie fängt nicht sofort zu tanzen an, sondern stolziert über

das Parkett, damit wir die Möglichkeit haben, alles zu sehen, was sie bietet. Mein Schwanz stellt sich auf wie eine Marionette, ein Matrose versucht, nach ihrem Arsch zu grabschen, aber sie windet sich an ihm vorbei. Ich wäre nicht überrascht gewesen, wenn er versucht hätte, sie zu beißen.

Dieses Weib hat Haare, man kann es durch den Spitzenschal sehen, den sie über den Arm hängen hat und der ihre Möse bedeckt. Ihr Busch gleicht mehr dem schwarzen Pelz eines Tieres als gewöhnlichen Schamhaaren. Aber sie trägt den Schal so raffiniert, daß man überhaupt keinen Blick auf ihre Falle werfen kann, bevor sie nicht bereit ist, sie zu zeigen.

Ob man sie nun als jung oder nicht jung bezeichnet, hängt davon ab, wo man aufgewachsen ist und was für einen Geschmack man hat... sie ist achtzehn, und ihre Brüste lassen einen wünschen, daß man zu einer Milchdiät verdonnert wird. Sie sind groß und beben und die Spitzen stehen wie rote Knöpfe... Ihr Arsch wackelt bei jedem Schritt, und um ihren Hintern sieht man die Abdrücke des Korsetts, das sie gerade ausgezogen hat... man denkt an die Peitsche...

Sie hat den Schleier weggelassen, und wenn ein Spanier wahrscheinlich auch Vorbehalte ihrem Aussehen gegenüber gehabt hätte (sie halten nach Frauen Ausschau, weil sie wissen, daß ihre Mädchen es nicht lange bleiben), ist sie genau die Sorte Weib, die ich suchen würde, wenn ich nach einer romantischen Möse Ausschau hielte. Ich sehe mich im Raum um. Alle Augen kleben an ihr wie Gummistempel. Himmel, sie muß sich, wenn sie zum Tanzen herauskommt, jedesmal fühlen, als würde sie aufgefressen...

Ich weiß nicht, was den Mädchen für diese Dinge gezahlt wird. Das ist mehr, als nur eine Hure zu sein... Nehmen wir eine Hure: Ein Mann kommt zu ihr mit einem Jucken in der Hose, und sie versucht ihr Bestes, um es zu beheben. Es ist eine Dienstleistung, ja eine Gefälligkeit der Hure. Aber jedesmal vor zwanzig Männern aufzutreten... hinauszugehen und ihnen dieses Jucken absichtlich anzuzüchten... das ist wahre Hurerei. Worauf es hinausläuft ist, daß da eine hinausgeht und danach verlangt, vergewaltigt zu werden; Männer so weit aufgeilt, daß jeder von ihnen in seiner Fantasie den Teufel aus ihr herausvögelt! Was kann sie dafür bekommen? Himmel, sie müßten eine neue Währung einführen... es gibt in der Bank von Frankreich nichts, mit dem sie dafür zahlen könnten...

Rosita läßt ihre Absätze auf dem Boden klappern wie Kieselsteine, die auf ein Dach fallen. Sie wirft ihren Kopf zurück und ihre Zähne blitzen... ihre Titten heben sich und ihr Becken wölbt sich vor... der Schal wiegt sich...

John Thursday ragt hervor wie der abgesägte Ast eines Baumes. Selbst wenn ich gewollt hätte, hätte ich ihn nicht unten halten können... nicht wenn dieses Weib sich vor ihn hinwirft... Sie wirbelt durch das Zimmer und ihr Schal gleitet nach oben... ihr Bauch ist dunkel und haarig... eine fingerdicke Haarlinie schlängelt sich von ihrem Busch hinauf... ihre Feige ist ein roter Wulst, der in der Mitte feucht gespalten ist... fruchtbar und offen.

Ihre Absätze stampfen lauter, und bei jedem Schritt, den sie tut, hüpfen ihre Titten... ihre Augen wirken nun leicht trunken.

»Tanz, du Schwanzbläserin, tanz!« brüllt jemand auf spanisch. Alle im Zimmer lachen, und Rosita wirft ein dunkles Lächeln über ihre Schulter. Jemand zwickt sie in den Hintern. Sie kreischt auf und springt davon, verwandelt den Sprung in einen kühnen, trunkenen Schritt und den Schrei in einen Tanzruf... wild schleudert sie ihre Hüften...

»Ah!« kommt der Ruf aus vielen Kehlen, als ihr Tanz wechselt. Sie fickt jetzt, sie fickt irgend jemanden in ihrer Fantasie... Sie fickt jeden von uns... sie wirft ihren Hintern vor und zurück... Fast kann man ihre Finger über ihren Bauch spielen sehen, über ihre Arme, über die bewegten Hüften...

Im Raum bewegt sich jetzt niemand... Rosita legt die Hände an die Hüften, dreht sich langsam, bis sie an jedem Tisch jedem Mann ihre Möse dargeboten hat... auf allen Seiten quellen hungrige Augen aus geröteten Gesichtern... sie ist von einem Wall der Lust umgeben... wo immer sie sich hindreht, sind Augen, die sie nehmen... Sie trudelt in immer kleiner werdenden Kreisen zur Mitte des Parketts und dreht sich langsam auf den Zehenspitzen um.

Jeder, der sie jetzt beobachtet... sie sehen sie vor sich und flehen um Gnade... Rosita fällt langsam auf ihre Knie... ihr Kopf senkt sich, als sie nach vorne greift... ihr Mund scheint mit einem wilden, obszönen Laut etwas zu berühren... sie wird nach hinten geworfen, stützt sich mit Armen, die der Kraft, die sie nach unten zwingt, nicht standhalten können... sie spreizt die Knie, während sie sich nach hinten beugt... die Männer stimmen ein Geheul an...

Und diese Hure kann dann noch lachen! Sie schüttelt sich vor hohem verächtlichem Lachen, läßt ihren Körper nach hinten fallen, spreizt ihre Knie weiter und zeigt ihre Möse... der Raum erfüllt sich mit bösem Knurren. Rositas Lachen übertönt wie eine hysterische Flut das dumpfe Keuchen, das ihr entgegenschwillt...

»Dreckiges Biest!« Ein Mann spuckt sie an, als sie ihm ins Gesicht lacht. Ein Matrose schüttet sein Bier in ihre Richtung. Ich fühle meine Eier in der Hose krabbeln... Himmel, kann diese Hure denn nicht sehen, was sie macht? Ein paar dieser Idioten sind betrunken genug, sie zu Tode zu prügeln... Ein riesengroßer Kerl wirft seinen Stuhl um und schwankt auf sie zu, steht vor ihr und hebt die Faust über den Kopf... Rosita lacht, und sein Gesicht wird aschfahl... die Muskeln in seinen Armen ballen sich zusammen...

Irgendwie steht das Weib plötzlich auf den Füßen: Der Riesenkerl greift nach ihr wie ein Bär... und sie wirft ihm ihren roten Schal ins Gesicht. Als sie zur Tür läuft, bekommt jemand ihre Mantilla zu fassen... der Kamm wird ihr vom Kopf gerissen und das Haar fällt ihr über die Schultern...

Eines weiß ich... in drei Minuten werden zwanzig Männer in der Garderobe stehen und mit Großmutter feilschen. Verdammt, vielleicht stellen sie sich auch vor Rositas Tür an... ich renne die Treppe hinunter...

»Schnell! Das Mädchen, das oben tanzt...«

Die Hexe nimmt mein Geld und gibt mir auf einer Schale

Wechselgeld zurück. Nummer 3 im hinteren Gang... Sie ist ein ganz reizendes Kind, willig und sicher befriedigend...

Rosita sitzt auf einem französischen Eisenbett und raucht einen Zigarillo. Sie sieht genauso aus wie vorhin, als sie aus dem Raum lief... sie atmet immer noch rasch...

»Ich dachte mir, daß du kämst«, sagt sie. Dann fügt sie hinzu: »Ich hoffte, daß du kämst...«

Wahrscheinlich hören alle ihre Kunden denselben Spruch... das macht nichts. Ich sehe sie mir an und greife nach ihrer Feige. Sie lacht und wirft den Zigarillo weg. Ihr Bauch fühlt sich heiß und ein wenig verschwitzt an.

Während ich mich ausziehe, erinnern mich ihre Augen an die der Männer, die sie beobachteten, als sie tanzte. Sie schaut auf John Thursday, als würde sie ihm gern den Kopf abbeißen... sie ist geil, kein Zweifel...

»Schau!« sagt sie. Sie spreizt ihre Beine und läßt mich in ihre Spalte blicken. Zwischen ihren Schenkeln ist es feucht; ein kleiner Fluß geht von ihrer Möse aus. Sie legt sich in meinen Armen zurück, während ich sie befummle... plötzlich stechen ihre Zähne in meinen Arm wie heiße Nadeln.

Ich kann ihr geben, was sie möchte... sie greift nach meinen Eiern und reibt sich ihre Titten an meiner Brust, dann packen ihre Finger meinen Schwanz am Hals sie zieht an John Thursdays Bart und krault sein Kinn. Als sie merkt, wie hart er ist, gibt sie einen weichen zufriedenen Laut von sich, wie eine Katze. Als ich sie auf Herz und Nieren prüfe, stößt sie ihre Zehen ins Bett... die Laken schieben sich zusammen, werden zu harten Klumpen unter uns... Rosita drückt meine Schenkel zwischen ihren Beinen und reibt ihren Busch und ihre Möse an mir... reibt sich an meinem Bein, und ihr haariger Bauch kitzelt meine Hüfte.

Ich zerre sie vom Bett und lasse sie in die Knie gehen, genauso wie auf dem Höhepunkt ihres Tanzes. Sie blickt zu mir auf. Sie weiß, was ich will... Mein Pimmel zittert vor ihr... sie legt ihre Hände auf meine Knie und beugt sich vor... sie nimmt meinen Schwanz in ihren Mund und leckt, sie wartet darauf, von mir nach hinten gezwungen zu werden.

Lach jetzt, du Hure! Versuch, mit diesem Schwanz in deinem Mund zu lachen! Versuch, dein Lachen aus den Mundwinkeln hervorquellen zu lassen, direkt in meinen Busch, es wird sich in den Borsten verfangen... ich werde dir dein Lachen hinunterdrücken, deinen Bauch damit anfüllen und es aus deinem Arsch holen... ich werde aus deinem Lachen ein Sabbern machen, und wenn es mir gekommen ist, wird dein Lachen in meinem Sperma ersticken... wenn du kicherst werden kleine Spritzer meines Safts aus deine Ohren spritzen... und statt des herzhaften Lachens wirst du Tränen aus Sperma haben... die dir von der Nase tropfen...

Rositas aufgestützte Arme geben meinem Druck nach... sie spreizt die Beine und läßt sich nach hinten fallen, bis ihr Haar den Boden berührt. Ich knie und halte meinen Schwanz in ihren Mund, und sie saugt und gräbt ihre Finger in meine Hüfte. Ich spüre, wie sich ihr Bauch unter meinem Hintern beugt und senkt. Ich kneife sie in die Brüste und lasse sie den Speichel von meinen Eiern lecken...

Sie kann meinen Saft nicht schlucken! Ihr Kopf ist zu tief und es würgt sie, als sie es versucht... aber ich halte sie, ich halte meinen Schwanz in ihren Mund, bis sich alles wieder beruhigt hat, und dann merke ich, daß sie mir immer noch davon saugt. Sie hat nicht aufgehört, nicht für einen Augenblick, und sie hat den Mund voll Sperma, das sie nicht schlucken kann.

Ich hebe sie hoch, lege einen Arm um sie und streife ihr mit meiner Hand durch das Haar. Sie schüttelt den Kopf... sie will es nicht schlucken. Sie dreht sich von mit ab, und wir raufen einige Augenblicke auf dem Teppich. Plötzlich lacht sie und öffnet ihren Mund, um mir zu zeigen, daß es nicht mehr da ist.

Sie liegt auf dem Bauch, während ich auf dem Boden sitze, und sie beginnt wieder an meinem Schwanz zu lecken. Ihre Zunge schlängelt sich um meine Eier und sie küßt sie. Ob mir ihr Tanz gefallen hätte, möchte sie wissen. So ist es jedesmal, wenn sie tanzt, erzählt sie mir... sie zeigt ihnen alles und zum Schluß gröhlen sie. Eines Nachts hat sie ein Neger, ein großer schwarzer Kerl mit blauen Lippen, mit einem Messer geritzt... sie zeigt mir eine feine, erhöhte Linie quer über ihrem Bauch... Nachher kam er und fickte sie und blieb die ganze Nacht... der einzige Neger, den auf ihr Zimmer zu schicken sie der Großmutter je erlaubt hätte.

Ich wundere mich, daß noch niemand an die Tür geschlagen hat. Oh, das ist nicht ihre Art. Manchmal nimmt sie einen... nie mehr als drei, nachdem sie getanzt hat. Hin und wieder läßt sie zwei Männer zur gleichen Zeit herein, aber nie mehr. Sie könnte sie alle haben, wenn sie wollte, aber das hat sie nur einmal gemacht. Fünfzehn Männer, einer nach dem anderen, und das, nachdem sie getanzt hatte! Sie waren so grob, daß sie Angst hatte, sie müßte zwei hinauswerfen lassen.

Wie lange sie schon tanzt? Das weiß sie nicht mehr... sie glaubt, daß sie zwölf war, als ihr Vater sie sich ausziehen und für ein paar Männer nackt tanzen ließ... er hatte daheim in Madrid eine Bar. Sie erinnerte sich, daß sie Angst hatte... einer der Männer wollte sie ficken, und ihr Vater erwischte ihn später, als er auf der dunklen Veranda mit ihr spielte... ihr Vater prügelte ihn die Treppe hinunter... sie log und sagte er hätte ihr überhaupt nichts getan... sie hätte seine Schwanz geküßt und in den Mund genommen...

Während sie mir das erzählt, küßt sie meinen Schwanz und nimmt ihn in den Mund. Ich bekomme wieder einen Steifen... sie leckt meine Beine und meinen Bauch. Sie mag mich, sagt sie... Sie habe vorgehabt mich zu suchen, wenn ich nicht auf ihr Zimmer gekommen wäre. Ob ich nicht die ganze Nacht bleiben wolle? Es würde mich nicht mehr kosten, und sie garantiere mir, daß sie mir mehr Ständer bescheren könne als jedes andere Mädchen des Etablissements...

Ich erklärte ihr, daß ich mit Freunden hier bin und daß ich bald wieder hinunter müßte... und die Kleine scheint tatsächlich enttäuscht zu sein. Sie steckt sich meinen Schwanz in den Mund und besorgt es mir noch ein paar Minuten... dann steht sie auf und legt sich mit gespreizten Beinen aufs Bett. Sie streichelt ihren Busch, als wäre sie in das, was darunter liegt, ganz verliebt.

John Thursday hat anscheinend vergessen, daß er gerade eine französische Lektion bekam. Er richtet sich auf und möchte die Verabredung mit den Pfirsichhälften einhalten, die zwischen Rositas Schenkeln liegen. Als ich zu ihr trete, streckt das Weib ihre Beine in die Luft, schwenkt sie und ihre Arme kreisen wie Krebsscheren.

Rosita hat eine großartige Möse, wenn sie einmal geöffnet vor dir liegt... ich wünschte, ich hätte eine Taschenlampe, um in dieses dunkle Loch zu schauen. Es sieht aus wie die Höhle von Kalkutta... ich kann mir fast vorstellen, daß die Körper aller Männer, die jemals versucht haben sie zu ficken, auf einem Haufen da drinnen liegen. Durch ein Loch wie dieses müßte man geradewegs bis zu ihren Weisheitszähnen sehen können.

Aber ich habe einen Schwanz, der es füllen kann... ich greife nach Rositas wirbelnden Beinen und drückte sie so weit nach oben, bis die Knie ihre Titten berühren. Was ich von ihr vor mir habe, ist nur Arsch und Möse... sonst nichts. Ich stecke meinen Schwanz in die Höhlengegend, und er verschwindet in der Mitte ihres Buschs. Wackelt sie nicht? Bevor ich noch meinen Schwanz in Aktion setze, beginnt sie schon zu hopsen, als hätte ich einen Eimer glühender Kohle in ihre Ofentür geschüttet. Sie greift unter ihrem Hintern herum nach meinen Eiern und knetet sie, bis ich mir Sorgen mache, ob auch die Verankerung hält... sie kommt, jault sie... ich sauge an ihren Titen... ich habe einen ausbrechenden Vulkan unter mir.

Ich habe sie noch einmal richtig zu ficken begonnen, als die erste Hürde bereits genommen ist. Dann nehme ich sie mir vor, als hätte ich die Absicht, einige Jahre hier zu verbringen... In drei Minuten habe ich sie so weit, daß sie stöhnt... nach fünf bittet sie um Gnade.

Als ich komme, ist es mir, als würde sich das Zimmer um mich herum einige Male überschlagen. Es erwischt mich schwer in der Magengrube. Alles ist verzerrt, aber ich höre Rosita gurren... es hat sie auch erwischt.

Ein verrücktes Weib... sobald ich von ihr lasse, wirft sie

sich bäuchlings auf den Boden... küßt meine Füße und knabbert an meine Zehen... ich muß bleiben, sagt sie... ich kann nicht einfach gehen und so einen wunderbaren Schwanz aus ihrem Leben nehmen. Sie will, daß ich die ganze Nacht bleibe... die ganze Woche... es koste nichts. Sie schaut auf meine Kleider... sie wolle mir einen neuen Anzug kaufen... eine Menge neuer Anzüge. Was wohl bedeutet, daß sie mich als ihren Zuhälter will... Aber ihr letzter, erzählt sie mir, ist vor einem Monat betrunken aus dem Fenster gefallen...

Verdammt, ich habe nicht die Zeit, jemandes Zuhälter zu sein... und außerdem halte ich das spanische Temperament nicht länger als ein paar Wochen aus. Ich versuche ihr das zu erklären, aber sie will nicht zuhören... sie hat jetzt diese Meise im Kopf, und je mehr ich ihr zu erklären versuche, desto sturer wird sie. Ihre Stimme hebt sich, und sie wird sauer. Ich werden sauer... ich hatte einen wunderbarer Fick, aber ich habe nicht dafür bezahlt, daß ich mit irgend jemandem streiten muß. Ich brülle zurück. Schließlich ziehe ich mich an.

Ich habe alles an außer einem Schuh... als ich das üble kleine Messer in ihrer Hand sehe. Ich greife mir eine Bürste von der Kommode und ziele auf sie. Ich treffe daneben, sie auch... das Messer schlägt gegen die Wand und fällt zu Boden. Auf einem Schuh hüpfe ich in den Flur hinaus... Rosita läuft zum Messer. Wir schreien einander durch die offene Tür an, bis ich sie wieder den Arm heben sehe... dann schlage ich die Tür zu. Es klingt, als ob Knochen krachen... es ist eine dünne Tür... der schwarze Punkt des Messers bricht durch. Sie hat einen kräftigen Arm, diese verrückte Hure... und ein viel zu gutes Ziel. Ich ziehe meinen anderen Schuh an und mache, daß ich hier schleunigst wegkomme.

Ernest ist nicht mehr unten. Er und seine Möse sind wahrscheinlich Arsch-Schubsen spielen gegangen. Ich hole meinen Hut von der verwitterten alten Hexe in der Garderobe. Ob es mir gefallen hat, fragt sie? Ich müsse einmal wiederkommen...

ALMUDENA GRANDES

Die Schuluniform

Es war ein sonderbarer Tag, von Anfang an merkwürdig, und das nicht nur wegen der Hitze, dieser trockenen, afrikanischen Hitze, die für diese Jahreszeit, Mitte September, ungewöhnlich war.

Meine Schwägerin rief mich in aller Herrgottsfrühe an und fragte, ob ich etwas für sie übernehmen könnte. Ganz nebenbei wollte sie mir erzählen, daß es Pablo gutginge mit seinem neuen Mädchen, so nannte sie sie, sein Mädchen, diese farblose Muse, die er bei was weiß ich für einem intellektuellen Provinzzirkel aufgegabelt hatte, ein blutjunges Ding.

Die Agentur lief nicht besonders gut. Ich wußte, daß Susanna mich nur aus Freundschaft vermittelt hatte und nicht, weil sie wirklich Leute brauchte. Milagros, so erzählte sie mir jedenfalls, brauchte meine Zeit mehr als ich ihr Geld, aber trotzdem antwortete ich ihr, daß ich sehr beschäftigt sei, daß ich kein weiteres Buch übernehmen könne, und darum fühlte ich mich den ganzen Tag schlecht.

Ich verabscheue es, wenn ich mich so rüde verhalte, aber ich konnte nicht anders.

Der Vormittag wurde ein mittleres Fiasko. Mir gelang es nicht, eine verfügbare Tippse aufzutreiben, die Positive für die Anzeige der Deutschen kamen nicht rechtzeitig aus der Setzerei, und einer unserer Stammkunden annullierte einen umfangreichen Auftrag. Den gesamten Vormittag verbrachte ich für nichts und wieder nichts am Telefon.

Die Arbeit lief schlecht.

Gegen Mittag erhielt ich einen Anruf aus dem Kindergarten von Inés. Die Erzieherin wollte mich sprechen, weil meine Tochter ihr Sorgen bereitete, ihr Verhalten sei außerordentlich unsozial. Offensichtlich ist das nicht normal für ein Mädchen von vier Jahren.

Pablo hatte seinen Anrufbeantworter laufen.

Ich hatte daran gedacht, ihn zum Essen einzuladen. Unter dem Vorwand, über die plötzliche soziale Minderwertigkeit unserer gemeinsamen Erbin zu beratschlagen, wollte ich natürlich nur herausfinden, bis zu welchem Grad ich meine Macht über ihn verloren hatte. Aber ich traute mich nicht, eine Nachricht auf Band zu sprechen.

Chelo rief mich am frühen Nachmittag an.

Ihr ging's noch schlechter als mir, sie hatte eine ihrer feuchten Depressionen, die bei ihr immer alle möglichen Sekrete, Tränen, Nasenschleim, Säber und eine belegte Zunge auslösen, kaum wahrnehmbare Geräusche, schmutzige Geräusche aus den Eingeweiden, die, man weiß nicht wie, aus der Telefonleitung kommen. Das Opfer genießt, haucht lustvoll seinen letzten Seufzer über dem Opferstein aus, das Schwert schwebt über dem zarten Hals, entschlossen, Gerechtigkeit zu üben, die tödliche Vergeltung.

Diesmal erzählte sie mir etwas über die Kommission, die den Auswahlprüfungen für die Beamtenstellen vorsaß. Nach all den Jahren konnte man sie fast als ›ihre‹ Auswahlprüfungen bezeichnen.

Ich legte auf.

Ich ertrage sie nicht, ich ertrage ihre Anfälle von Hysterie nicht.

Allem Anschein nach bin ich keine besonders sensible Person. Ich habe mich daran gewöhnt, mit diesem Makel zu leben.

Noch heute kann ich mich genau daran erinnern.

Als ich von der Schule nach Hause kam, lag Marcelo im Bett und Pablo saß am Fußende.

Er war siebenundzwanzig Jahre alt und hatte gerade seinen ersten Gedichtband herausgebracht, zuvor hatte er schon mit seiner kritischen Ausgabe des *Cántico Espiritual* spektakulären

Erfolg gehabt. Aber damals hatte mich das noch nicht beeindruckt.

Er war groß und kräftig und hatte schon ein paar weiße Haare.

Ich kannte ihn, seit ich denken konnte, und liebte ihn auf eine vage und unschuldige Weise, ohne bestimmte Hoffnungen.

Ein Liedermacher, der gerade in Mode war, sollte in Madrid ein seit langem erwartetes Konzert geben, ein großes Ereignis für die gestrafte demokratische Opposition. Pablo sagte immer wieder, daß er da hingehen müsse. Und mein Bruder wiederholte ebenso hartnäckig, daß er sich unter keinen Umständen aus dem Bett bewegen könne; er hatte einen fürchterlichen Kater.

Also bot ich mich an, es war wie ein Reflex. Ich setzte meine sehnsüchtigste Miene auf, ballte die Fäuste, versuchte, Glanz in meine Augen zu bringen, und wiederholte wie ein Papagei, daß ich gern mitgehen würde, mitgehen würde, mitgehen würde, daß ich wirklich gern mitgehen würde.

Damit hatte ich noch nie Erfolg gehabt.

Diesmal aber musterte Pablo mich von oben bis unten und fragte meinen Bruder um seine Meinung. Marcelo überlegte einen Moment mit einem Gesicht, das zu meinem Erstaunen mehr Mißtrauen als alles andere ausdrückte, erinnerte Pablo an mein Alter und sagte dann, er solle tun und lassen, was er wolle.

Pablo sah mich wieder an. Ich blieb ganz ruhig, weil ich wußte, daß er mir doch einen Korb geben würde.

Er tat es nicht.

Er stand auf, faßte mich am Arm und fing an zu drängen. Wenn wir nicht augenblicklich aufbrechen würden, kämen wir zu spät, es gäbe keinerlei Garantien, daß das Konzert überhaupt länger als zehn Minuten dauern würde. Wenn wir den Anfang verpaßten, kämen wir kaum noch zeitig genug, um die Polizeisirenen zu hören.

Ich wehrte mich. Ich hatte noch keine Zeit zum Umziehen gehabt. Ich trug noch die Schuluniform, nur der Pullover war neu und paßte. Ich war inzwischen die größte von allen Schwestern. Den Rock hatte ich von Isabel geerbt, er war mir ziemlich kurz, endete eine Handbreit über dem Knie. Die Bluse stammte von Amelia, auch so ein Erbstück, bei dem die Knöpfe ständig drohten abzuspringen. Zu Beginn des Schuljahres hatte sich meine Mutter weniger denn je bereit gezeigt, Geld auszugeben, schließlich war es mein letztes Jahr. Die Strümpfe waren mehr oder weniger verschlissen, das Gummi ausgeleiert, und ich konnte nicht zwei Schritte gehen, ohne daß sie mir bis zum Knöchel herunterrutschten. Die Schuhe waren ein einziges Grauen, mit einer zwei Finger dicken Gummisohle. Und alles, außer dem grünen Dufflecoat, der ursprünglich einem meiner Brüder gehörte hatte, war von einer scheußlichen braunen Farbe.

Wenn man als siebtes von neun Geschwistern geboren wird, vor allem, wenn die letzten beiden Zwillinge sind, trägt man nicht einmal die Schuluniform als erste.

Es war zwecklos. Er war nicht bereit, auch nur eine Minute zu warten, obwohl uns noch reichlich Zeit geblieben wäre.

»Du bist hübsch so.«

Als wir aus der Tür gingen, rief mich Marcelo zurück und sagte mir, es sei besser, wenn Pablo zuerst ginge. Ich sollte unterdessen Amelia irgendeine Geschichte erzählen, ich würde zum Lernen zu Chelo gehen oder so was Ähnliches.

Ich begriff nicht, was diese Bemerkung sollte, Pablo hingegen schien schon zu verstehen, er sah Marcelo einen Moment an und sagte dann etwas, was ich noch seltsamer fand.

»Ach komm, Marcelo, für wen hältst du mich denn!«

Mein Bruder grinste und sagte nichts mehr dazu.

Er ging zuerst. Als ich die Treppe herunterkam, wartete er in der Eingangshalle auf mich.

Der Dufflecoat reichte mir nur knapp über den Rock, und der kratzige Saum schabte mir beim Gehen an den Beinen. Es war kurz vor Weihnachten und kalt.

Ich schloß den obersten Knopf und zog mir die Kapuze über. In dem kleinen Spiegel, der in der Holzfassade einer alten Molkerei eingelassen war, begutachtete ich mich verstohlen und fand, daß die Kapuze nicht so vorteilhaft für mich war. Außerdem stellte ich fest, daß nicht der kleinste Zipfel meiner Uniform zu sehen war. Ich hätte auch gar nichts unter dem grünen Mantel anhaben können.

Pablo hatte einen Fünfzehnhunderter aus zweiter Hand, ziemlich klapprig, aber immerhin ein Auto. Ich war sehr aufgeregt, es war das erste Mal, daß ich mit ihm ausging, das erste Mal, daß ich nachts ausging, und das erste Mal, daß ich mit einem Typen ausging, der ein Auto besaß.

Der Weg war lang. Die Castellana war verstopft von Autos, die bis zum Rand mit Kindern und Lebensmitteln vollgeladen waren, ganze Familien auf dem Weg zum Wochenende in der Sierra. Er redete ununterbrochen, in gehässigem und spöttischem Ton, erzählte mir Witze, abstruse Geschichten, überzog reichlich. Es war genau die Art von Unterhaltung, mit der er früher meine Mutter zu entwaffnen pflegte, wenn Marcelo Hausarrest hatte und er uns besuchen kam.

Ich konnte mich nicht des Gefühls erwehren, daß er mich wie ein kleines Mädchen behandelte.

Ich ertappte ihn ein paarmal dabei, wie er auf meine Beine starrte, aber ich war nicht in der Verfassung, mir darauf einen Reim zu machen.

Als wir parkten, ziemlich weit vom Konzertsaal entfernt, drehte er sich zu mir und erteilte mir eine Reihe von Instruktionen. Ich sollte mich auf keinen Fall von ihm trennen. Sollte die Polizei auftauchen, bräuchte ich nicht nervös zu werden. Käme es zu einer Prügelei, sollte ich nicht schreien oder heulen. Wenn wir wegrennen müßten, sollte ich ihm die Hand geben, und wir würden uns klammheimlich aus dem Staub machen. Er hatte Marcelo versprochen, mich unversehrt wieder zu Hause abzuliefern.

Er trug absichtlich dick auf, er wollte mich mit all dem Gerede über das Risiko und Weglaufen nur aufputschen.

Er fragte mich, ob ich mich wie ein artiges und folgsames Mädchen benehmen könnte.

Ich bejahte das sehr ernsthaft. Ich glaubte ihm alles.

Er beugte sich zu mir rüber und küßte mich zweimal, erst

ganz leicht mitten auf die linke Wange und dann aufs Jochbein, fast aufs Ohr.

Er hatte die Rettung des kleinen Mädchens aus der Gefahr ausgenutzt und eine Hand auf meinen Oberschenkel gelegt. Schon damals besaß er eine erstaunliche Begabung, die Frauen raffiniert aufs Kreuz zu legen.

Kaum waren wir am Eingang angekommen, begann auch schon das Ritual der Begrüßungen, der Küsse und Beglückwünschungen. In meinem grünen Dufflecoat und den bis zum Knöchel runtergerutschten Strümpfen kam ich mir zwischen all den Leuten lächerlich vor. Pablo schien vollkommen von seiner gesellschaftlichen Rolle in Anspruch genommen, so daß ich seinen Arm losließ und versuchte, ein bißchen hinter ihm zurückzubleiben. Aber der Schein trog, er hatte mich nicht aus den Augen gelassen. Er griff mich am Handgelenk und befahl mir, an seiner Seite zu bleiben. Ohne mich dabei anzusehen, faßte er nach meiner Hand, aber nicht, wie sich Verliebte an den Händen halten, mit verschränkten Fingern, sondern er drückte sie zwischen seinem Zeigefinger und Daumen, wie man die kleinen Kinder am Zebrastreifen anfaßt.

Auch später gab er mir nie anders die Hand.

Ein älterer, verschmitzt aussehender Mann, ein geheiligter Schriftsteller, der sich durch seine überdrüssige Miene von der Menge abhob, so als beeindrucke dieses Ereignis ihn in Wirklichkeit nur wenig, war der einzige, der meine Anwesenheit wahrnahm. Lächelnd betrachtete er mich eine Weile. Als wir an ihm vorbeikamen, wurde sein Lächeln noch breiter. Er wandte sich uns zu und sagte ganz leise:

»Mensch Pablo...«

Der brach in Gelächter aus.

»Du hast ihm gefallen. Weißt du, wer das ist?«

Natürlich wußte ich es.

Die Leute begannen, sich in einer Reihe aufzustellen, und wir reihten uns in die Schlange ein. Kurz darauf fing der Klamauk an. Die Typen vom Ordnungsdienst blockierten den Eingang und schrien, hier käme keiner ohne zu zahlen rein. Die Krawallmacher, eine Gruppe von fünfzehn oder zwanzig Jugendlichen, antwortete, sie dächten gar nicht daran, sich von der Stelle zu rühren. Also standen wir eine Zeitlang so da, bis jemand am Ende der Schlange zu schubsen anfing.

Der erste Stoß drängte mich aus der Reihe. Nun stand ich direkt hinter Pablo, klebte an ihm, meine Nase streifte seinen Nacken. Die hinter uns kreischten wieder, als wollten sie sich gegenseitig anfeuern, und mit einem neuen Anlauf schubsten sie weiter. Die sechs Knöpfe meines Dufflecoats, eine Art Knebel aus braunweiß marmoriertem Plastik, eine schlechte Imitation, die wohl wie Horn aussehen sollte, bohrten sich in seinen Rücken.

Ich fragte ihn, ob ich ihm weh getan hätte. Er antwortete, ja, ein bißchen. Ich knöpfte den Dufflecoat auf. In der Menge war mir heiß geworden. Von hinten wurde weiter geschoben. Die Luft wurde allmählich dick, es roch nach Schweiß. Pablo packte mich an den Handgelenken und legte meine Arme um sich. Er mußte meinen Körper an dem seinen spüren, meinen Atem in seinem Nacken. Mir ging es ausgezeichnet. Diese Situation stellte mir quasi einen Freibrief aus. Ich traute mich nicht, ihn zu küssen, aber dafür rieb ich mich an ihm. Ich tat es nur für mich, nur um für später etwas zu haben, an das ich mich erinnern könnte. Ich war mir sicher, daß er es gar nicht merkte. Ich rieb mich sehr langsam, drückte mich an ihn und löste mich wieder, preßte meine Brüste an seinen Rücken und knabberte winzige Fusseln von seinem granatfarbenen Pullover, bis die rauhe Wolle zwischen meinen Zähnen knirschte.

Der Tumult löste sich genauso jäh auf, wie er begonnen hatte. Es wurde wieder kalt. Ich machte mich so schnell wie ich konnte von Pablo los. Er verhielt sich jetzt äußerst seltsam.

Erst starrte er ein paar Minuten auf die Uhr, dann löste er sich aus der Reihe und begann, zielstrebig in die entgegengesetzte Richtung zu marschieren.

»Gehen wir.«

Ich gehorchte, ohne richtig zu begreifen, was eigentlich passiert war.

»Rauchst du Joints?«

Sein Tonfall war anders, ich erkannte ihn kaum wieder. Ich schwieg. Mir fiel nichts ein.

»Antworte mir.«

Klar rauchte ich Joints, aber das sagte ich ihm nicht. Ich vertraute ihm nicht mehr. Ich schüttelte den Kopf, sehr ernsthaft.

Ohne stehenzubleiben, nahm er einen Brocken aus seiner Tasche, erhitzte ihn und reichte mir eine Zigarette.

Ich wagte nicht, ihn zu fragen, was ich damit tun sollte. Ich leckte das Papier, löste es und krümelte den Tabak in meine Hand.

Er blieb kurz stehen, nahm die Tabakkrümel und drehte eine Rolle. Er zündete sie an, nahm zwei Züge und reichte sie mir.

Ich wußte nicht, was ich tun sollte, und schüttelte wieder den Kopf.

»Mein Gott, Lulú, du führst dich wie eine Idiotin auf!«

Er, Chelo und mein Vater waren die einzigen, die mich immer noch so nannten. Marcelo nannte mich normalerweise Ente, Entchen, weil ich ziemlich tölpelhaft war und es immer noch bin.

Ich nahm den Joint, zog ein paarmal daran und gab ihn zurück.

Wir gingen weiter und rauchten dabei. Nach einer Weile traute ich mich zu fragen.

»Warum sind wir nicht reingegangen?«

Er grinste mich an.

»Im Ernst, findest du den Typen wirklich gut?«

»Nein…« Ich sagte nur die halbe Wahrheit. Tatsächlich wußte ich damals nicht einmal, daß er auf Katalanisch sang.

»Ich auch nicht. Warum sollten wir also hingehen?«

Wir kamen an seinem Auto vorbei, aber er marschierte weiter.

»Wohin gehen wir?«

Er gab mir keine Antwort. Wir bogen in eine winzige Straße ein. Direkt hinter der Ecke war ein rotes Vordach mit goldenen Schriftzügen. Pablo öffnete die Tür. Bevor ich eintrat, bemerkte ich noch die zwei vertrockneten Lorbeerzweige rechts und links vom Eingang und das gelbliche Licht der an der Wand festgeschraubten Petroleumlampe.

»Paß auf, Ente! Da sind Stufen.«

Trotzdem wäre ich um ein Haar gefallen. Pablo schob einen schweren Vorhang beiseite, und wir betraten die Bar.

Ich war vor Scham wie gelähmt. Die meisten Typen trugen Krawatten. Das Durchschnittsalter der Frauen lag mindestens bei knapp dreißig. Auf den kleinen Klapptischen mit dem Untersatz für das Kohlebecken lagen rote Tischdecken. An den Tischen saßen fast nur Paare. Das Licht war gedämpft, die Musik ebenfalls.

Meine Haare hatten sich aus dem Zopf gelöst und fielen mir ins Gesicht. Der bloße Gedanke an meine Uniform löste Höllenqualen in mir aus. Alle Blicke waren auf mich gerichtet.

Diesmal stimmte es wirklich. Alle starrten mich an.

Wir setzten uns an die Theke. Der Barhocker war hoch und die Sitzfläche ziemlich klein. Der Rock spannte über meinen Schenkeln und wirkte dadurch noch kürzer. Ich schlug die Beine übereinander, was es noch schlimmer machte, aber ich wagte nicht, mich noch einmal zu bewegen.

Pablo redete mit dem Kellner, der mich verstohlen musterte.

»Was willst du?«

Ich überlegte, ich wußte es wirklich nicht.

»Komm mir jetzt nicht damit, daß du auch Abstinenzlerin bist...«

Der Kellner lachte, ich fühlte mich elend. Mit fester Stimme bestellte ich einen Gin-Tonic.

Pablo stellte mich grinsend dem Kellner vor.

»Sie heißt Lulú...«

»Oh! Lulú paßt gut zu ihr...«

»Eigentlich heiße ich Maria Luisa.« Weiß Gott, warum ich meinte, Erklärungen abgeben zu müssen.

»Lulú, sag dem Kellner guten Abend«, Pablo konnte vor Lachen kaum sprechen, ich begriff gar nichts mehr.

»Ich habe Hunger«, etwas Besseres fiel mir nicht ein. Ich hatte wirklich Hunger.

Sie stellten mir einen kleinen Teller mit Pommes frites hin, und ich machte mich darüber her.

»Gut erzogene junge Damen schlingen nicht so.«

Nun kehrte er wieder seine freundliche und charmante Seite heraus, seine Stimme aber klang immer noch anders als sonst. Er behandelte mich mit einer verwirrenden Mischung aus Strenge und Höflichkeit, er, der nie streng zu mir gewesen war und noch viel weniger höflich.

»Aber ich hab doch so einen Hunger.«

»Und gut erzogene junge Damen lassen immer etwas auf dem Teller zurück.«

»Aber...«

Er trank Gin pur. Er leerte sein Glas mit einem Zug und bestellte noch eins. Mein Getränk war alle, und ich machte Anstalten, es Pablo gleichzutun.

»Du trinkst heute nichts mehr.«

Bevor ich Zeit hatte, den Mund aufzumachen und zu protestieren, wiederholte er es mit Nachdruck.

»Du trinkst heute nichts mehr.«

Als wir gingen, verabschiedete sich der Kellner mit übertriebener Höflichkeit von mir.

»Du bist ein bezauberndes Mädchen, Lulú.«

Pablo brach wieder in Lachen aus. Ich hatte die Nase voll von diesem rätselhaften Gelächter, hatte genug davon, daß man mich wie ein weißes Lämmchen mit rosa Schleife um den Hals behandelte und daß ich nichts kapierte. Es war nicht etwa so, daß ich nicht genügend Fantasie gehabt hätte, nur verwarf ich meine Gedanken sofort wieder, weil sie mir zu unwahrscheinlich vorkamen. Es war zu unwahrscheinlich, daß er seine Zeit mit mir verschwenden wollte. Ich verstand nicht, warum er tatsächlich seine Zeit mir mir verschwendete.

Draußen war es ziemlich kalt. Pablo legte mir einen Arm um die Schultern, eine Geste, die ich, niedergeschlagen von all meiner Verwirrung, nicht interpretieren wollte. Schweigend gingen wir zum Auto.

Als er gerade die Tür aufschloß, fragte ich wieder. Ein Abend voller Fragen.

»Bringst du mich nach Hause?«

»Willst du nach Hause?«

Eigentlich wollte ich das, ich wollte ins Bett gehen und schlafen.

»Nein.«

»Gut.«

Im Auto sah er mich einen Moment an. Und dann steckte er, perfekt synchron, seine linke Hand zwischen meine Schenkel und die Zunge in meinen Mund, und ich öffnete meine Beine, öffnete meinen Mund und versuchte, so gut ich es verstand, ihm zu antworten. Aber ich wußte, daß es nicht besonders gut war.

»Du bist feucht...«

Seine Stimme, die diese zugleich überraschenden und schmeichelnden Worte sagte, klang wie von weit her.

Seine Zunge war heiß und schmeckte nach Gin. Er leckte mir das Gesicht, das Kinn, die Kehle, den Hals, und dann beschloß ich, nicht weiter zu denken, zum ersten Mal nicht zu denken. Er würde für mich denken.

Ich versuchte, mich loszumachen, den Kopf nach hinten zu legen, aber er ließ mich nicht. Er bat mich, die Augen zu öffnen.

Er rutschte auf mich und zwang sein linkes Bein zwischen meine Beine, preßte sich so auf mich, daß ich mich an seiner Baumwollhose reiben mußte.

Mir wurde heiß, ich spürte, wie mein Geschlecht anschwoll, immer stärker anschwoll, es war, als ob es von allein, von seiner eigenen Schwellung zuckte und rot würde, immer röter, violett würde und die Haut feucht schimmerte, klebrig, dick; mein Geschlecht wurde dicker von etwas, das nicht Lust war, nichts mit simpler Lust zu tun hatte, der vertrauten häuslichen Lust. Das hier hatte nichts damit zu tun, es war eher ein entnervendes Gefühl, ein unerträgliches, neues, ja sogar unangenehmes Gefühl, aus dem es aber kein Zurück geben konnte.

Er knöpfte mir die Bluse auf, zog mir aber den Büstenhalter nicht aus. Er streifte ihn nur herunter, schob ihn unter meine Brüste, die er dann mit Händen streichelte, die mir riesig vorkamen.

Er biß mich in eine Brustwarze, nur in eine, nur einmal, hieb die Zähne hinein, bis es weh tat. Dann ließen seine Hände von mir ab. Gleichzeitig verstärkte er den Druck seines Schenkels.

Ich hörte das unverwechselbare Geräusch eines Reißverschlusses.

Er nahm meine rechte Hand, legte sie um seinen Schwanz und wichste sich damit zwei- oder dreimal.

In jener Nacht kam mir auch sein Schwanz gigantisch vor, herrlich, einzigartig, übermenschlich.

Ich machte allein weiter. Auf einmal fühlte ich mich sicher. Dies war eine der wenigen Sachen, die ich konnte: wichsen. Im letzten Sommer hatte ich das reichlich mit meinem Freund im Kino betrieben, einem lieben Jungen in meinem Alter, der mich absolut kalt gelassen hatte.

Ich versuchte, mich zu konzentrieren, es gut zu machen, aber er korrigierte mich sofort.

»Warum bewegst du deine Hand so schnell? Wenn du so weitermachst, komme ich gleich.«

Ich verstand seine Bemerkung nicht.

Ich dachte, man müßte die Hand sehr schnell bewegen. Ich dachte, daß er einen Orgasmus haben wollte und wir dann nach Hause fahren würden. Ich dachte, daß das normal wäre, aber aus einer merkwürdigen Eingebung heraus sagte ich nichts.

Er umklammerte mein Handgelenk, um meiner Hand einen neuen Rhythmus einzugeben, einen langsamen, sachten Rhythmus. Er führte sie nach unten, nun berühre ich seine Eier, und wieder nach oben, jetzt habe ich die Eichel zwischen meinen Fingern, alles ganz langsam. So ging das eine gute Weile. Ich sah meine Hand an, ich war fasziniert; er sah mich an und lächelte.

Die Geilheit und anfängliche Heftigkeit waren verschwunden. Nun schien alles sehr sanft, sehr behutsam. Mein Geschlecht war immer noch angeschwollen, öffnete und schloß sich.

»Ich hab dir immer vertraut.« Seine Stimme klang weich.

Jenes nasse und pulsierende Stück Fleisch hatte sich in den Mittelpunkt meines Körpers verwandelt. Er berührte mich nicht mehr, er machte gar nichts. Unmerklich, um mich nicht zu behindern, war er nach und nach in seine ursprüngliche Position zurückgerutscht. Er saß wieder auf dem Fahrersitz, sein Oberkörper war nach vorn gebeugt, die Arme hingen schlaff herunter.

Er brachte seinen Mund an mein Ohr.

»Hast...?« Er sprach den Satz nicht zu Ende. Er verstummte nachdenklich, so, als suche er nach Worten. »Hast du schon mal einem Typen einen geblasen?«

Meine Hand hielt augenblicklich an, ich hob den Kopf und sah ihm in die Augen.

»Nein.« Diesmal log ich nicht, und er merkte es.

Er sagte nichts, lächelte weiter, streckte seine Hand aus und drehte den Zündschlüssel um. Der Motor sprang an. Die Fensterscheiben waren beschlagen. Draußen mußte es frieren, eine Dampfwolke kam aus der Motorhaube.

Er lehnte sich wieder in seinen Sitz zurück, blickte mich an, und ich spürte, wie eine Welt in mir zusammenbrach, die Welt über mir zusammenbrach.

»Ich ekel mich davor.«

»Verstehe.« Er setzte einen Fuß auf das Gaspedal und trat es zwei- oder dreimal durch.

Ich biß mir auf die Zunge. Ich beiße mir immer kurz auf die Zunge, bevor ich eine wichtige Entscheidung treffe.

Ich senkte den Kopf, schloß die Augen, machte den Mund auf und beschloß, daß ich es schließlich erst einmal ausprobieren könnte.

»Aber du spritzt nicht ab, ja?«

Das fand er niedlich, fast all meine Worte, fast all mein Handeln amüsierten ihn in jener Nacht.

»Nein, wenn du es nicht willst.«

Ich antwortete vollkommen ernst.

»Nein, will ich nicht.«

»Weiß ich doch, du Dummkopf, war doch nur ein Scherz.«

Sein Lächeln beruhigte mich nicht sonderlich, aber jetzt konnte ich nicht mehr zurück. Also senkte ich wieder den Kopf, schloß die Augen, öffnete den Mund und streckte meine Zunge heraus. Es war wohl besser, erstmal mit der Zungenspitze anzufangen, die Vorstellung, nur zu lecken, schien mir annehmbarer.

Pablo wölbte sich mir entgegen, streckte sich wie eine Katze und legte mir eine Hand auf den Kopf.

Ich umfaßte den Schwanz mit der linken Hand und begann unten, drückte die Zunge an die Haut und hielt kurz still. Dann fing ich an, mit ihr nach oben zu fahren, ganz langsam. Der größte Teil meiner Zunge blieb in meinem Mund, so daß, je weiter ich nach oben kam, meine Nase sich immer heftiger an der Haut rieb, dann kam meine Zunge und zuletzt folgte ich mit der Unterlippe der Furche meiner eigenen Spucke. Als ich oben angekommen war, kehrte ich nach unten zurück, zu den Eiern, um wieder von vorn zu beginnen.

Pablo stöhnte. Die Haare kitzelten mich am Kinn.

Das zweite Mal traute ich mich an die Eichel.

Sie schmeckte süß. Alle Schwänze, die ich in meinem Leben probiert habe, schmeckten süß, was nicht unbedingt heißen soll, daß sie gut schmeckten. Sein Schwanz war hart und heiß, fühlte sich klebrig an. Zu meiner Überraschung fand ich ihn insgesamt weniger abstoßend, als ich anfangs befürchtet hatte. Ich fühlte mich zunehmend besser, sicherer, die Vorstellung, daß er mir vollkommen ausgeliefert war, daß ein Biß genügte, einmal kurz zubeißen, um seine Männlichkeit zu vernichten, hatte etwas Tröstliches.

Mit der Zungenspitze leckte ich über seinen Spalt, fuhr herab an etwas, das wie eine Art unsichtbarer Naht an dem dicken Fleischwulst schien, und vergrub mich direkt unter ihm, um mit den Eiern weiterzumachen. Ich tat das alles sehr langsam – in Situationen wie dieser war es noch nie notwendig, mir etwas zweimal zu sagen –, und allmählich glaubte ich, daß ich es gut machte.

Objektiv betrachtet verschaffte mir diese Tätigkeit keine Lust, höchstens die, ein mir neues Fleisch zu spüren, das meine Zunge sehr viel direkter fühlte als meine Hände es jemals ertastet hatten, und dennoch wurde ich immer erregter. In irgendeinem Winkel meines Kopfes, weit genug weg, um nicht zu stören, dicht genug, um sich bemerkbar zu machen, pochten meine Minderjährigkeit, sechs Jahre immerhin noch bis zum einundzwanzigsten Geburtstag (die Volljährigkeit lag damals noch bei einundzwanzig, mir war es egal, schließlich wählte sowieso keiner), das Drama im Stausee, als ich im Wasser ohnmächtig wurde und Pablo mir das Leben rettete, Erinnerungen an die Sommer meiner Kindheit, er und mein Bruder, wie sie an zwei Mädchen auf der Schaukel im Garten rumfummelten und ich sie heimlich beobachtete, und die Worte meiner Mutter, wie sie zu ihren Freundinnen sagte: Pablo gehört zur Familie, er ist wie ein Sohn für mich...

Marcelo zu Hause dachte wohl, daß wir immer noch im Konzert waren. Ich versuchte, nicht zu vergessen, daß ich in einem Auto war, mitten auf der Straße, und den Schwanz eines Freundes der Familie leckte. Wellen heftiger Lust durchströmten mich. Ich sah mich selbst, entehrt, es war prickelnd. Mir fielen die üblichen Ermahnungen ein – mit dieser Sorte von Mädchen vergnügen sich die Jungen nur, heiraten tun sie sie nicht. Ich war mir auch der eigenartigen Situation bewußt, die jetzt zwischen uns entstanden war. Nach den Küssen und den absolut unverzichtbaren Handgriffen, um mich zu erobern, verhielt er sich vollkommen passiv. Aufrecht und bekleidet saß er auf seinem Sitz und ließ es sich machen. Ich dagegen lag gekrümmt auf dem Sitz, halbnackt und unbequem, und akzeptierte ohne große Fragen diesen Stand der Dinge.

Meine Mutter pflegte immer wieder zu sagen, mit ihm würde sie mich bis ans Ende der Welt gehen lassen. Ich fing gerade an, es zu sichten.

Als ich mich zu fragen begann, ob ich mich nun genug mit

ihm vertraut gemacht hatte, um ihn ganz in den Mund zu nehmen, entschied wieder einmal er für mich. Seine Hand, die auf meinem Kopf lag, drückte mich brüsk nach unten. Das kam so überraschend, daß ich gleich ein gutes Stück schluckte. Instinktiv stemmte ich meinen Kopf dagegen, aber er lockerte seine Hand nicht, unerbittlich drückte er mich nach unten. Dieses Spiel wiederholten wir fünf- oder sechsmal.

Es war lustig dieses Spiel.

Mein Mund war ausgefüllt. Ich spürte die kleinen Verdikkungen der Adern, die unmerklichen Erhebungen in der unebenen Haut, die sich straffte und zusammenzog, je nach den Stößen meiner Hand, sie schmeckte süß und nach Schweiß. Die Eichel stieß gegen meinen Gaumen, ich versuchte, ihn ganz zu schlucken, ihn ganz in meinen Mund zu nehmen und mußte gegen ein paar Würganfälle ankämpfen.

Pablo löste das Gummiband, strich mit den Fingern durch mein Haar und schloß seine Hand ein Stück oberhalb des Nackens, indem er ein Büschel Haare dicht an den Wurzeln packte. Er zog und zerrte mich an ihnen zu sich heran und führte mich so erneut. Seine Fingerknöchel bohrten sich mir in den Kopf. Es tat mir weh, ich wehrte mich aber nicht. Es gefiel mir.

Jetzt bewegte er sich auch, mit sanften Stößen schlüpfte er in meinen Mund und wieder heraus.

»Ich habe doch immer gewußt, was für ein verdorbenes Mädchen du bist, Lulú.« Er sprach ruhig, kaute die Worte wie ein Betrunkener. »Ich habe in der letzten Zeit viel an dich gedacht, aber nie habe ich geglaubt, daß es so einfach sein würde...«

Mein Geschlecht reagierte sofort auf den Schlag, es würde in Stücke zerbersten, wenn es weiterhin in diesem Rhythmus anschwoll.

Ich hielt die Augen geschlossen und konzentrierte mich voll auf das, was ich machte. Er hatte mich so weit zu sich herangezogen, daß ich praktisch quer auf dem Sitz lag, die Beine angewinkelt. Die Fensterkurbel drückte gegen meinen Oberschenkel. Weil ich so intensiv damit beschäftigt war, den

Takt meiner Hand und den meines Mundes in Einklang zu bringen, eine Herausforderung an meine angeborene Plumpheit, dauerte es eine Zeit, bis ich den einschneidenden Situationswechsel registrierte.

Wir fuhren.

Anfangs dachte ich, es sei nur Einbildung. In dieser Nacht war so viel passiert, und es passierte immer noch so viel. Aber auf einmal war der Wagen lichtdurchflutet. Ich machte die Augen auf, blinzelte nach oben und blickte in den Lichterschein sämtlicher Laternen der Castellana.

Zuerst Verblüffung. Wie konnte er schalten, ohne daß ich es mitbekam? Aber die Gangschaltung war nicht unter mir, ich brauchte eine Weile, um mich zu erinnern, daß sich bei diesem Wagen die Gangschaltung am Steuer befand.

Dann Horror. Panik.

Wie von einer unsichtbaren Feder getrieben schnellte ich hoch. Als ich schließlich wieder richtig auf dem rechten Sitz saß, merkte ich, daß ich halbnackt war. So gut es ging, bedeckte ich mich mit dem Pullover und meinen Händen; sicherlich machte ich eine lächerliche Figur.

Pablo trat abrupt die Bremse durch. Auf der mittleren Spur kamen wir zum Halten, mit schrillem Gehupe wich uns ein Bus nach rechts aus. Als er an uns vorbeifuhr, konnte ich sehen, wie der Fahrer sich an die Stirn tippte.

Ich konnte ihn verstehen.

»Was machst du denn?« Ich war ziemlich erschrocken. »Wir hätten zu Tode kommen können.«

»Das gleiche wie du.«

»Du kannst nicht einfach so anhalten, mitten auf der Straße…«

»Du auch nicht, und du hast es auch getan.«

In diesem Augenblick hatte er überhaupt nichts Erwachsenes mehr an sich. All seine Selbstsicherheit war wie weggeblasen, er wirkte jetzt eher wie ein verärgerter, bockiger Junge. Sein Plan war durchkreuzt worden, und es war geradezu rührend, ihn zu betrachten, wie er da, mit offenem Hosenschlitz und ernstem Gehabe, beleidigten Blickes einen

Punkt in der Ferne fixierte. Zum ersten Mal in meinem Leben, zum ersten und letzten Mal in meinem Leben mit ihm, fühlte ich mich als Frau, als eine erwachsene Frau. Ein sehr angenehmes Gefühl, das ich aber nicht genießen konnte. Pablo war wütend.

Ich versuchte, wieder ruhig zu werden, damit ich die Situation richtig einschätzen konnte. Ich sah aus dem Fenster und vergewisserte mich, daß die Fahrer, die an meiner Seite vorbeifuhren, nur Torsos waren, oberhalb der Achseln abgeschnittene Körper.

Ich zögerte.

»Ich bringe dich nach Hause. Entschuldige, ich bin besoffen.«

Plötzlich überkam mich ein ungeheures Bedürfnis zu weinen.

Die Illusion war zerplatzt. Seine Stimme war ernst und gefaßt, die Stimme eines Erwachsenen, der nur der Form halber um Entschuldigung bittet – Pardon, ich bin besoffen –, eine Höflichkeitsfloskel für ein Mädchen, das leider die in es gesetzten Erwartungen nicht erfüllt hat. Er sah mich kurz an, lächelte, aber sein Lächeln war nur eine höfliche Geste, freundlich, bar jeglicher Mitschuld, das Lächeln eines herablassenden Erwachsenen, eines Freundes der Familie, des ganzen Lebens, ehrlich bekümmert darüber, den Bogen überspannt zu haben.

Schlagartig schrumpfte ich. Ich machte mich klein, noch kleiner, und heulte, ich konnte die Tränen nicht zurückhalten. Jetzt fuhren wir ziemlich schnell, bis zu mir war es nicht mehr weit, mein Zuhause war nicht weit. Ich war blockiert, ich konnte nicht denken, mußte es aber tun, ich mußte schnell überlegen, die Zeit lief mir davon, zerrann mir zwischen den Fingern, und es war doch so wichtig, so wichtig. Ich blickte ihn an. Irgendwann hatte er seinen Reißverschluß wieder hochgezogen, ohne daß ich es mitbekommen hatte.

Ich fiel über ihn her, ließ mich mit meinem ganzen Körper nach links fallen und begann, an seiner Hose herumzufummeln. Aber ich war zu nervös, ich heulte, und meine Hände waren sich ständig gegenseitig im Weg. Ich schaffte es, ihm den Gürtel aufzumachen, und knallte mir dabei eines der Enden gegen die Wange. Ich heulte weiter, heulte vor Wut, weil es mir nicht gelang, die Sache schneller voranzubringen. Ich nestelte den Knopf auf, zog den Reißverschluß herunter und holte ihn raus. Er war klein, nicht vergleichbar mit der langen Pracht von vor nur wenigen Augenblicken. Ich nahm ihn in den Mund – jetzt paßte er ganz rein – und fing an, alles zu tun, was ich wußte, und noch mehr, ich wollte mich bei ihm einschmeicheln, koste es, was es wolle, aber er wurde nicht größer, das verdammte Ding wuchs nicht, und so klein und weich gestaltete sich alles noch schwieriger.

Ich hatte ihn im Mund, nahm ihn immer wieder in den Mund und lutschte, und auf einmal dachte ich, daß es mir nun gefiel, dann verwarf ich den Gedanken, das war es nicht, in Wirklichkeit gefiel es mir nicht, es war nur, daß er wachsen mußte, er mußte auf Teufel komm raus wachsen. Ab und zu nahm ich ihn aus dem Mund und leckte ihn, wie ich es am Anfang getan hatte, fuhr mit der Zunge daran entlang, näßte ihn mit Speichel ein, von der Eichel bis zu den Eiern und wieder zurück zur Eichel. Und nahm ihn wieder ganz in den Mund, saugte energisch mit den Lippen daran, schluckte ihn, meine Zunge spielte mit ihm, nur meine Zunge, als leckte ich das Blut von einer nichtexistenten Wunde. Und dann von außen, ich packte ihn fest mit einer Hand, erforschte ihn mehr dort unten, und drang weiter ein in den Hosenspalt, bis ich den Mund voller Haare hatte, um gleich wieder von vorn zu beginnen...

Als erstes merkte ich, daß wir nun sehr viel langsamer und unentwegt im Zickzack fuhren. Dann spürte ich wieder seine Hand auf meinem Kopf. Erst da wurde mir bewußt, daß er wieder hart und steif geworden war, daß ich ihn wieder steif gemacht hatte.

Wir hielten. Eine Ampel. Ich traute mich nicht, auch nur eine Sekunde aufzublicken, blinzelte aber ein wenig, um wenigstens ungefähr festzustellen, wo wir uns befanden. Die Straße vor uns führte über eine Stahlbrücke.

Ich bin Madriderin, ich kenne die Castellana in- und auswendig.

Der gigantische Neonweihnachtsmann am Corte Inglés winkte uns zu. Ich nahm Pablos Schwanz in den Mund und begann, mich über ihm zu bewegen, von oben nach unten, mechanisch, um nachdenken zu können. Wir mußten immerhin noch ein gutes Stück fahren. Das hier war der direkte Weg zu meinem Haus. Zu seinem auch.

Von nun an versuchte ich, jeden Meter, den wir vorankamen, blindlings zu erraten, und die Straße war nun nicht mehr nur Straße, und wenn Menschen da waren, spielte es keine Rolle, es ging nur noch um die Entfernung, die Entfernung war das einzige was zählte.

Das erste vertraute Merkmal war das Rauschen des Brunnens. Ich hatte schon geglaubt, ich würde es nie wieder hören, aber nun fuhren wir so langsam, daß diese gewaltige graue Masse ewig neben uns zu sein schien.

Wir ließen das Rauschen hinter uns und fuhren weiter. Erster wunderbarer Schrecken. Er hatte nicht den kürzesten Weg nach rechts genommen. Wir fuhren geradeaus.

Ein paar Minuten später blinzelte ich wieder verstohlen, um mich zu vergewissern, ob wir schon an der Plaza Colón angelangt waren. Gewißheit. Wir fuhren nicht zu mir. Überraschung. Auch nicht zu ihm.

Wohin brachte er mich? Wasser. Wir ließen die alte Göttin Kybele hinter uns und fuhren weiter. Allmählich glich das dem Witz mit dem Dorfdeppen, der nur geradeaus fahren konnte.

Wir sollten noch an einem anderen Brunnen vorbeifahren, aber dieser würde der letzte sein.

Wir bogen nach links ab, wendeten ein paarmal, und – allez hopp – stieß das Auto gegen die Bordsteinkante. Diesmal hätte ich ihn wirklich beinahe verschluckt.

Der Motor war nun aus, aber ich traute mich nicht, auch aufzuhören. Pablo faßte mich unters Kinn, stützte mich beim Aufrichten, umarmte und küßte mich.

Als wir einander losließen, lehnte er sich kurz zurück und

sah mich an. Er sagte nichts. Ich interpretierte das so, daß er versuchte herauszufinden, ob ich Angst hatte.

»Hier wohne ich nicht.« Das sollte witzig sein.

»Nein«, lachte er, »aber du bist schon mal hiergewesen.«

Beim Aussteigen sah ich, daß er quer auf dem Bürgersteig geparkt hatte. Darin war er schon immer talentiert gewesen.

Das Haus, ein dunkles, graues Gebäude mit mindestens einem Jahrhundert auf dem Buckel, sagte mir nichts. In den Eingang, ein prachtvolles Jugendstilportal, war eine riesige Doppeltür aus Holz mit in Blei gefaßten bunten Glasscheiben eingelassen. Der große vergoldete Türknauf, der zu einem Delphinknopf geschwungen war, kam mir entfernt bekannt vor.

Er ging voran und blieb vor einer Tür stehen, an der ein goldenes Schild prangte. Und da fiel es mir ein.

Wir betraten die Werkstatt seiner Mutter, das *Atelier*, wie sie es zu nennen pflegte. Sie besaß als Schneiderin einigen Ruf. Sie entwarf vier oder fünf Kollektionen im Jahr, und wie ein Papagei plapperte sie ewig von dem Streß mit den Entwürfen, von der sozialen Verantwortung des Modemachers und von der Bedeutung des prêt-à-porter für den zeitgemäßen, städtischen Schick. Sie war wirklich nicht ganz dicht. Jahre zuvor, als sie die Nase noch nicht so hoch trug, hatte auch meine Mutter zu ihren Kundinnen gehört. Ich hatte sie manchmal zu den Anproben begleitet. Ich hatte mich dann immer in einen riesigen Sessel gesetzt und mich mit einer Reihe von dicken französischen Zeitschriften vergnügt. Die wunderschönen Fotomodelle mit gewaltigen Ohrringen und gigantischen Hüten hatte ich mir leidenschaftlich gern angeschaut.

Er ging vor mir. Auf dem Flur schnappte er im Vorbeigehen mit den Fingerspitzen zwei große karierte Kissen. Am Ende des Flurs führte eine riesige Doppeltür in den Anproberaum. Er machte Licht, warf die Kissen auf den Boden, bedeutete mir mit einer vagen Bewegung, ich solle hereinkommen, und verschwand.

Der Sessel stand noch an der alten Stelle, ich hätte schwören können, daß es derselbe war, nur mit einem anderen Bezug.

»Lulú...«

An die Spiegel konnte ich mich nicht erinnern, sie hingen an allen Wänden, Spiegel, die sich in anderen Spiegeln sahen, die wiederum andere Spiegel spiegelten, und mittendrin ich, ich mit meinem schrecklichen braunen Pullover und dem Faltenrock, ich von vorn, ich von hinten, von der Seite, perspektivisch verkürzt...

»Lulú!« Jetzt schrie er, von was weiß ich woher.

»Was...«

»Willst du was trinken?«

»Nein, danke.«

... ich, ein weißes Lämmchen mit einer rosa Schleife um den Hals, wie das Etikett auf dem Waschmittel, für das im Fernsehen noch heute geworben wird.

Pablo kam mit einem Glas in der Hand zurück, setzte sich in den Sessel und betrachtete mich.

Ich war rot geworden, aber man sah mir das nicht an, das sieht man nie bei mir, ich bin ziemlich dunkel. Ich stand immer noch mitten im Raum aufgepflanzt, ich hatte mich nicht gerührt, weil ich nicht wußte, was ich tun, wohin ich gehen sollte.

»Großer Gott, nie im Leben hab ich so schreckliche Schuhe gesehen.«

Ich guckte nicht runter, ich wußte nur zu gut, wie sie aussahen, natürlich waren sie scheußlich, keine Frage.

»Dürft ihr in der Schule keine Schuhe mit Absätzen tragen?«

Nein, logisch nicht, blöder Witz, du kannst doch in einer Nonnenschule keine Stöckelschuhe tragen, nicht einmal in der Abschlußklasse, selbst wenn sie dich in den Pausen zum Rauchen rausgehen lassen.

»Nein, dürfen wir nicht«, antwortete ich jedenfalls.

»Zieh sie aus«, seine Worte klangen wie Befehle, das gefiel mir, und ich zog sie aus. »Komm her!« Er klopfte mit der Hand auf seinen Schenkel.

Ich ging zu ihm und setzte mich auf ihn, zwängte meine Beine zwischen seine Schenkel und die Armlehnen. Ich habe nie begriffen, warum, ist auch nicht so wichtig, jedenfalls hob ich instinktiv hinten den Rock, so daß er über seine Knie hing, während die Rückseite meiner Schenkel direkt den Stoff seiner Hose berührte.

Diese Geste überraschte ihn sehr.

»Wo hast du das gelernt?« Auf seinem Gesicht spiegelte sich wieder diese wohlgefällige Verblüffung.

»Das was?« Ich begriff nicht, ich war mir nicht bewußt, etwas Ungewöhnliches getan zu haben.

»Daß du deinen Rock hochhebst, bevor du dich bei einem Typen auf den Schoß setzt. Das ist doch wohl nicht besonders schicklich.«

Möglicherweise hatte er recht, das war nicht besonders schicklich, aber ich wußte nicht, wovon er sprach.

»Ich weiß nicht, ich verstehe dich nicht.«

»Ist egal.« Es war egal. Er war zufrieden. Er lächelte. Er küßte mich sanft auf die Lippen. »Zieh deinen Pullover aus und sei artig, rede nicht und lach nicht. Ich werde mal kurz telefonieren.«

Ich schlüpfte zuerst aus dem linken Ärmel, zog mir dann den Pullover über den Kopf, und als ich mit dem rechten Ärmel fertig war, war mir eiskalt.

»Marcelo? Hallo, ich bin's.« Am anderen Ende mußte mein Bruder sein, es gibt nicht so viele Marcelos hier. »Nichts, gut...«

Er riß mir den Pullover aus den Händen, klemmte sich den Telefonhörer zwischen Kinn und Hals und fing an, mir die Bluse aufzuknöpfen, an der es kaum etwas aufzuknöpfen gab. Ich rührte mich nicht, ich atmete nicht mal, ich war wie gelähmt, total blockiert.

»Nein, es war nicht übel, nein wirklich, der Typ ist unerträglich, weißt du ja, aber die Leute fanden's toll, haben gekreischt, geheult und sind glücklich und zufrieden nach Hause gegangen.« Er hatte jetzt einen epischen Tonfall angenommen, wie die Fernsehreporter, wenn sie ein Spiel der

Nationalmannschaft kommentieren. »Kurz und gut, du hast wieder mal einen glorreichen Tag für den spanischen Sozialismus verpaßt, Genosse, noch einen, uns kann nichts mehr aufhalten…«

Ich konnte das Gelächter meines Bruders hören. Pablo lachte auch, nicht mal ich kann so unverschämt lügen.

Er strich mit seinen Händen über meine Rücken und hakte mir den Büstenhalter auf, einen monströsen Belcor, dieses unvermeidliche Siebziger-Jahre-Modell, hautfarben, mit kleinen gewirkten Quadraten und drei Stoffblümchen in der Mitte, deren Anblick bei ihm übertriebene, stumme Horrorkrämpfe hervorrief. Er legte eine Hand auf den Hörer, schob einen Finger unter den Träger und flüsterte mir ins Ohr:

»Ist das die perfide Strategie deiner Mutter, damit ihr alle als Jungfrauen in die Ehe geht, oder was?«

Unter ständigem Wechseln des Telefonhörers zwischen seinen Händen zog er mir die Bluse und den Büstenhalter aus.

»Ach Lulú…, an der hab ich mein gutes Werk für den Sozialismus geleistet…«

Er sah mich an und grinste, er war so wunderschön, schöner denn je, begeistert von seiner Rolle des gewissenhaften Verführers von Minderjährigen, und selbstzufrieden.

»Noch eine Rote mehr, Alter, ich hab noch eine Rote gewonnen, ohne Schulung oder Gorki oder den sonstigen Kram. Ihr hat's echt gut gefallen, wirklich.«

Er sprach langsam, sah mich dabei an und legte besonderen Nachdruck in seine Worte. Er sprach gleichzeitig für Marcelo und für mich, und er strich mir mit dem Glas über die Brustwarzen, hinterließ eine feuchte Stelle, was gar nicht mehr nötig war, denn meine Brustwarzen waren schon steif, seitdem er angefangen hatte, auch wenn das Eis ein widersprüchliches, aber angenehmes Gefühl verursachte.

»Du kannst es dir nicht vorstellen, sie hat die Faust hochgereckt, wie eine Hysterikerin geschrien, hat die ganze Zeit im Auto die Internationale gesungen, kurz und gut, das gesamte Repertoire, kennst du ja.« Er blickte mich an. »Und nie habe ich jemanden dermaßen begeistert gesehen, sie war hochzufrieden …«

Er grinste, und ich erwiderte sein Grinsen, jetzt hatte ich keine Angst mehr, dafür um so mehr Lust zu lachen, auch wenn ich das nicht durfte.

Ich versuchte, die Sache zu beschleunigen, und hakte die Öse am Rock auf, aber Pablo schüttelte den Kopf und gab mir zu verstehen, daß ich sie wieder zumachen sollte.

»Wir haben einen ganzen Haufen Leute getroffen, haben noch was getrunken, und jetzt ist sie so voll, daß sie kaum noch gerade stehen kann.« Er schob seine freie Hand unter den Rock und fing an, die Innenseite meiner Schenkel mit den Fingerspitzen zu streicheln. »Nerv mich nicht, Marcelo! Was weiß ich denn …« Er steckte den Zeigefinger unter das Gummi und massierte ganz langsam von oben nach unten, rieb mit dem Knöchel über die Leiste. »Was sagst du? Ich hab sie nicht besoffen gemacht, wir sind nur auf ein Glas losgezogen. Sie hat sich vollaufen lassen. Sie ist doch schon groß, oder etwa nicht? Aber was hast du dir denn gedacht? Ich will doch nicht die ganze Nacht das Gör am Zipfel haben, auch wenn sie hundertmal deine Schwester ist. Sie ist mir ein paarmal entwischt, hat aus meinem Glas getrunken und auch aus dem der anderen, was weiß ich denn …, sie war ziemlich aufgeregt, es hat ihr geschmeckt. Und als wir hier ankamen, war sie todmüde, konnte sich nicht mehr auf den Beinen halten. Jetzt schläft sie, wir haben sie ins Bett gebracht, und ich dachte mir, sie könnte ja hierbleiben, wenn es dir nichts ausmacht. Ich hab keine Lust, sie jetzt noch nach Hause zu bringen.« Mit der Fingerspitze strich er sanft über mein Geschlecht und mit der anderen Hand, in der er das Telefon hielt, zog er mich an sich. Ich mußte meine Hände auf der Rückenlehne des Sessels abstützen, um nicht das Gleichgewicht zu verlieren. »Was? Nein, wir sind in Moreto …, nerv mich jetzt nicht, Marcelo, was geht dich das an? Keiner kriegt was davon mit. Hat sie nicht gesagt, daß sie zum Lernen zu einer Freundin geht? Na also, sie bleibt über Nacht bei der Freundin und fertig. Ist die Hochzeit nicht in Huesca? Ich kann mir nicht vorstellen, daß deine Mutter so lange Antennen hat... Nein, ich weiß nicht, wo ihre Schule ist, aber sie wird es mir schon sagen, ich meine mich zu erinnern, daß sie einen Mund hat... Aber nein, Marcelo, ich schwöre dir, ich hab ihr gar nichts getan, und ich habe es auch nicht vor.«

Er veränderte seine Sitzhaltung so, daß meine Brüste genau über seinem Gesicht ruhten.

Ich dachte, daß er daran lutschen wollte oder mich beißen, wie vorhin im Wagen, aber er tat nichts dergleichen. Er legte sein Gesicht in den Spalt und rieb es an meiner Haut. Ich spürte seine Wange, seinen geschlossenen Mund und seine große Nase, wie sie sich an mir rieben, sich gegen mein Fleisch preßten, sich in ihm verbargen, als sei er blind und einarmig wie ein Neugeborenes, das nur über den Tastsinn verfügt, den trügerischen Tastsinn, um die Brust seiner Mutter zu finden. Als er wieder sprach, nahm ich eine kaum merkliche Veränderung in seiner Stimme wahr.

»Nein, ich konnte nicht nach Hause gehen, Merceditas lernt. Sie hat morgen eine Prüfung, und ich wollte sie nicht stören. Außerdem...«, er schenkte mir ein verschwörerisches Grinsen, »außerdem bin ich mit einem Mädchen hier... Ja, klar kennst du sie, aber sie macht mir Zeichen... sie will nicht, daß du weißt, wer sie ist...« Auf seinem Gesicht zeigten sich Anzeichen von Ermüdung. »Deine Schwester? Mann, Alter, du kannst wohl auch an nichts anderes als an deine Schwester denken? Deine Schwester schläft wie ein Murmeltier zwei Zimmer weiter. Ich höre, wie sie schnarcht. Sie kriegt überhaupt nichts mit.« Marcelo hatte wohl gerade etwas Witziges gesagt, denn er lachte. »Alter, ernsthaft jetzt, spiel nicht den Sensiblen. Was zum Teufel geht es Lulú an, wenn ich meiner Freundin Hörner aufsetze? Warum sollte sie sich verletzt fühlen. Selbst wenn sie meint, sie sei in mich verliebt, sie ist doch noch ein Kind. Erwachsene Männer gehen doch nicht mit kleinen Mädchen ins Bett, das kommt doch nur in Romanen vor, sie wird das schon merken, nehme ich mal an, sie ist ja nicht blöd.« Ich wurde noch ein bißchen röter, mein Gesicht glühte. »Außerdem... wie alt ist sie?

Wenn sie uns sieht, um so besser für sie, sie ist alt genug, um es sich selbst zu machen.« Augenblicklich erstarrte ich. »Ehrlich? Was du nicht sagst...«

Er öffnete seinen Mund und sog sich an einer Brustwarze fest, ab und zu zog er mit den Zähnen an der Haut. Dann machte er sich plötzlich von mir los, lehnte sich zurück und sah mich mit riesengroßen Augen und offenem Mund an, dabei fuhr er sich mit der Zunge über die Zähne. Sein Finger suchte jetzt eine neue Stelle. Er zog ihn unter dem Gummi heraus und legte ihn genau auf mein Geschlecht. Das war eindeutig. Aber er rieb mich nicht und streichelte mich auch nicht. Er masturbierte mich durch die Unterhose.

»Was, Teufel nochmal, ist eine Blockflöte?«

Ich starb vor Scham. Niemals hätte ich es für möglich gehalten, daß Marcelo so was machen würde, aber er tat es. Er erzählte es ihm. Er erzählte ihm alles. Pablo sah mich mit ungläubigem Gesicht an. Ich fühlte mich sterbenselend. Ich heftete die Augen auf meinen Rock.

»Was für eine Schande fürs Vaterland, Alter, was für eine Schande!« Das klang wie ein Stoßgebet, Marcelo und er sagten das ständig, bei jeder Gelegenheit. »Eine Blockflöte... Diese Lulú ist doch ein Biest!«

Ich war zwischen zwei sehr unterschiedlichen Gefühlen hin- und hergerissen. Auf der einen Seite verging ich vor Scham, konnte Pablo nicht in die Augen sehen, und auf der anderen Seite verging ich wirklich gleich, war knapp davor zu vergehen, denn er machte es mir erstklassig, trotz des Stoffes oder vielleicht gerade wegen des Stoffes, sein Finger preßte mit der genau richtigen Intensität, es tat mir nicht weh und reizte auch nicht die Haut wie sonst das stümperhafte Gefummel all der anderen.

»Wie hast du das erfahren? Sie hat es dir erzählt...! Natürlich, wem hat denn die Flöte gehört? Guillermito! Gut gemacht von Lulú! Langsam, aber gewaltig...«

Er faßte mich am Kinn und hob mein Gesicht, sein Finger preßte unverändert weiter.

»Sieh mich an.« Ein fast unhörbares Flüstern.

Ich sah ihn an. Er lächelte, er lächelte mich an. Ich senkte wieder den Blick.

»Das wundert mich nicht, daß du einen hochgekriegt hast, Alter, du machst mich ja selbst am Telefon heiß... Ja, das hat was, mal was anderes. Und du, was hast du gemacht? Ich an deiner Stelle, ich schwöre dir, ich hätte sie gevögelt, ohne weiter nachzudenken... Tja, ich war schon immer der schlechtere Bruder von uns beiden oder der bessere, wer weiß. Na ja, unsere Lulú« – Gelächter – »mach dir keine Sorgen, ich bringe sie morgen zur Schule, ich ruf dich an, bis dann.«

»Eine Blockflöte...« Er hatte aufgelegt. Jetzt sprach er mit mir. »Sieh mich an«, sein Finger hörte auf.

Ich wagte weder ihn anzusehen noch mich zu rühren, obwohl ich seinen Finger da unten schmerzlich vermißte.

Er faßte mich an den Schultern und schüttelte mich.

»Verdammt, Lulú, sieh mich an, ich schwöre dir, sonst ziehe ich dich auf der Stelle an und fahre dich nach Hause.«

Dieselbe Drohung, dasselbe Resultat.

Wieder blickte ich auf und sah ihn an. Ich kam aus einer Badewanne voll mit warmem Wasser, lauwarm, und hatte kein Handtuch, um mich abzutrocknen...

Seine Augen funkelten. Er strahlte etwas beinahe Animalisches aus. Er umklammerte meine Arme so fest, daß es weh tat.

»Welches Teil hast du dir reingesteckt, das Mundstück oder das Ende?«

»Das Mundstück.« Die Worte sprudelten automatisch aus mir heraus.

»Und, war es gut?«

»Ja, war gut, aber sie war ziemlich schmal, ich hab nicht viel von ihr gespürt, ehrlich, nur das Mundstück, alles andere habe ich nicht gespürt, jedenfalls hat mich Amelia sofort erwischt, sie hat mir kaum Zeit gelassen, einen Orgasmus zu kriegen, wirklich, Pablo, das schwöre ich dir...«

Ich sah ihn nur verschwommen. Zwei dicke Tränen schwammen in meinen Augen. Er lockerte den Griff um meine Arme, und als er redete, klang seine Stimme anders. Er sagte fast das gleiche, was auch Marcelo an jenem Abend zu mir gesagt hatte, als ich zu ihm gerannt war und es ihm vollkommen niedergeschmettert erzählt hatte. Sein Zimmer war der einzige Ort auf der Welt, wohin ich mich flüchten konnte.

»Entschuldige, ich wollte dich nicht ängstigen, dafür gibt es auch keinen Grund. Komm, passiert doch nichts. Das ist wirklich gut, eine Blockflöte, die Flöte von Guillermito. Ich erinnere mich noch, als die Zwillinge geboren wurden, hast du sie gehaßt, du warst nicht mehr die Kleine, und du hast sie gehaßt, nun hast du dich an ihm gerächt mit seiner Flöte, nur deshalb habe ich gelacht, wirklich. Die anderen haben nicht so viel Fantasie, sie begnügen sich mit einem Finger. Du bist schon ein großes Mädchen, ein sympathisches Mädchen, du tust doch nichts Verbotenes und... und... ich erinnere mich nicht, die Feministinnen haben dafür so einen Spruch, aber im Moment komme ich nicht darauf, ist jedenfalls auch egal, ist in Ordnung, ist nur natürlich... Alle Welt tut es, obwohl die Frauen es nicht zugeben.« Er wischte meine Tränen mit den Fingerspitzen weg. »Wenn du aufhörst zu weinen, dich ordentlich benimmst und mir alles erzählst, kaufe ich dir einen richtigen Tröster, nur für dich allein.«

»Ich hab nie was nur für mich gehabt.«

»Weiß ich ja, aber ich werde dir einen schenken, damit du an mich denkst, wenn du ihn benutzt. Ich weiß, das ist keine besonders originelle Idee, aber sie gefällt mir.« Das letzte hatte er wohl nur für sich gesprochen, denn ich begriff es nicht. Außerdem dachte ich sowieso fast immer an ihn, wenn ich mich selbst befriedigte, auch wenn ich das natürlich nicht sagen konnte. »Einverstanden?«

Ich nickte, ohne genau zu wissen, worin nun unser Einverständnis bestand. Nie zuvor in meinem Leben war ich so durcheinander gewesen.

»Steh auf.«

Ich stand auf.

Wir küßten uns einen sehr langen Augenblick und rieben uns aneinander.

Er rollte mir den Rock bis zur Taille hoch und entblößte damit meinen Bauch. Die Spiegel warfen ein merkwürdiges Bild von mir zurück.

»Setz dich und warte auf mich, bin gleich zurück.«

Er ging zur Tür, und dann fühlte ich, trotz meiner Verwirrung, daß ich etwas Wichtiges zu sagen hatte. Ich rief nach ihm. Er drehte sich um und lehnte sich mit der Schulter an den Türrahmen.

»Ich bin noch nie mit einem Mann ins Bett gegangen, bisher.«

»Wir werden auch nicht zusammen ins Bett gehen, Dummchen, zumindest nicht jetzt. Wir vögeln nur.«

»Ich wollte nur sagen, ich bin Jungfrau.«

Er sah mich einen Augenblick an, grinste und verschwand.

Ich setzte mich und wartete. Ich versuchte zu analysieren, wie ich mich fühlte. Ich war heiß, geil im klassischen Sinne des Wortes. Geil. Ich grinste. Ich hatte mir Hunderte von Ohrfeigen eingefangen, ohne zu begreifen, warum, wenn ich dieses Wort gesagt hatte. Es war einer der gebräuchlichsten Ausdrücke meines Wortschatzes. Geil, das klang so antiquiert. Ich sagte es ganz leise und studierte dabei die Bewegung meiner Lippen im Spiegel.

»Pablo hat mich geil gemacht.« Es war lustig.

Ich flüsterte das immer wieder und fand, daß ich hübsch war, sehr hübsch, trotz der Mitesser auf der Stirn.

Pablo hatte mich geil gemacht.

Da stand er, mit einem Tablett voller Sachen, und beobachtete mich, wie ich mit meinen Lippen Laute bildete, vielleicht hatte er mich sogar gehört, aber er sagte nichts, er kam ins Zimmer und setzte sich im Schneidersitz vor mich hin. Ich dachte, er wollte mich lecken, schließlich und endlich war er mir das schuldig, aber er tat nichts dergleichen.

Er zog mir die Hose aus, zerrte mich abrupt an sich und zwang mich dadurch, den Hintern direkt am Rand des Sessels abzustützen. Dann spreizte er meine Beine immer weiter auseinander und legte sie über die Armlehnen.

»Los, fang an, ich warte auf dich.«

»Was willst du wissen?«

»Alles, ich will alles wissen, von wem die Idee stammte, wie dich Amelie erwischt hat, was du deinem Bruder erzählt hast, alles, los.«

Er nahm einen Schwamm vom Tablett, tauchte ihn in eine große Tasse voll warmem Wasser und rieb ihn an einem Stück Seife, bis er schneeweiß geworden war.

Ich hatte angefangen zu erzählen, ich redete wie ein Automat, dabei ließ ich ihn nicht aus den Augen und fragte mich, was jetzt passieren würde, was jetzt geschehen sollte.

»Gut... ich weiß nicht, was ich dir sagen soll. Mir hat es Chelo erzählt, aber die Idee stammt eigentlich von Susana.«

»Wer ist Susana? So eine große, dunkle, mit langem Haar?«

»Nein, das ich Chelo.«

»Ach so, und wie ist Susana?« Er tauchte den Schwamm in die Tasse, bis er sich voller Schaum gesogen hatte.

»Sie ist klein, ziemlich winzig, hat auch braune Haare, aber mehr ins Blonde, du mußt sie schon mal zu Hause gesehen haben.«

»Hm, weiter.«

Ich konnte nicht glauben, was jetzt passierte. Er streckte den Arm aus und seifte mich mit dem Schwamm ein. Er wusch mich wie ein kleines Mädchen. Das brachte mich vollends aus der Fassung.

»Was machst du da?«

»Das geht dich nichts an, erzähl weiter.«

»Wenn das meine Möse ist, ist das, was du mit ihr machst, wohl auch meine Angelegenheit.« Meine Stimme kam mir selbst albern vor, er antwortete nicht. Ich erzählte weiter. »Na ja, Susana macht das anscheinend oft, ich meine, sich Sachen reinstecken, und dann hat sie es Chelo erzählt. Das beste, das, was ihr am meisten gefallen hat, war die Flöte. Also beschlossen wir, es auch mal auszuprobieren, auch wenn ich das in Wahrheit eine Schweinerei fand. Aber ich machte es,

Chelo schließlich doch nicht, sie kneift immer, na gut, das ist es, jetzt weißt du es, da gibt's nicht mehr zu erzählen.«

Er legte ein Handtuch auf den Boden, direkt unter mich. Es war mir unmöglich, mich nicht im Spiegel anzugucken, mit diesem weißen, clownesk weißen Haar.

»Und wie hat dich Amelie ertappt?«

»Na ja, wir schlafen im selben Zimmer, sie, ich und Patricia...«

»Patricia, sie und ich...«, korrigierte er mich.

»Patricia, sie und ich«, wiederholte ich brav.

»Sehr gut, weiter.«

»Ich glaubte, ich wäre allein im Haus, einmal im Leben allein, na ja, Marcelo war da und José und Vicente auch, aber die guckten Fernsehen, und da es gerade ein Fußballspiel gab, dachte ich mir...«

Er zog ein Rasiermesser aus seiner Hemdtasche.

»Was hast du damit vor?«

Er sah mich mit seinem unschuldigsten Ausdruck an, so, als ob gar nichts sei, obwohl er mich vorsichtshalber doch fest an den Schenkeln packte.

»Es ist für dich«, antwortete er. »Ich werde dir die Möse rasieren.«
»Auf keinen Fall.« Ich richtete mich mit aller Kraft auf, versuchte aufzustehen, aber es ging nicht. Er war um einiges stärker als ich.
»Ja«, er wirkte so ruhig wie immer. »Ich werde dich rasieren, und du läßt mich machen. Du mußt nur stillhalten. Es wird dir nicht weh tun. Ich hab genug davon, dir ständig weh zu tun. Sprich weiter.«

»Aber… warum?«

»Weil du sehr dunkel bist, ziemlich behaart für deine fünfzehn Jahre. Du hast keine Mädchenmöse. Und ich mag nun mal Mädchen mit einer Mädchenmöse, vor allem wenn ich sie verderben werde. Werd jetzt nicht nervös und laß mich machen. Schließlich ist das hier nicht anrüchiger, als sich mit einer Schulflöte, Blockflöte oder wie das heißt, zu vergnügen…«

Ich suchte verzweifelt nach einer Ausrede, irgendeiner Ausrede.

»Aber die werden das zu Hause merken, und wenn Amelia

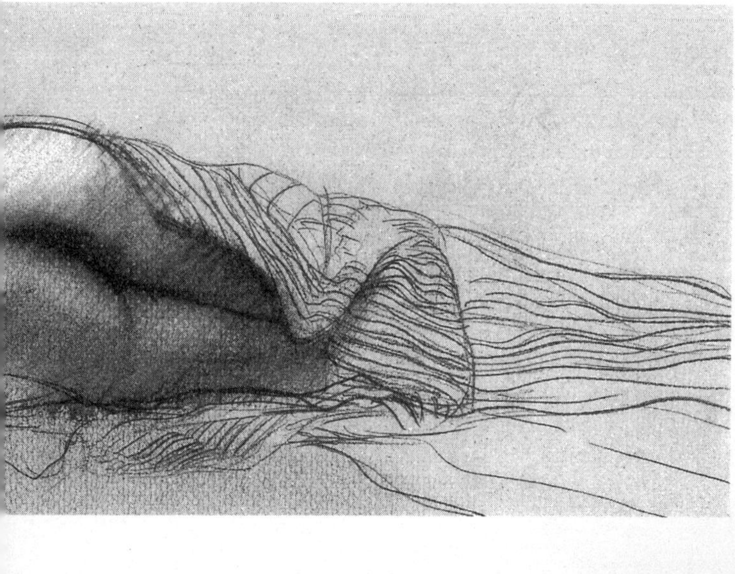

mich sieht, petzt sie das Mama, und Mama...« – »Warum sollte Amelia das mitbekommen? Oder treibt ihr es nachts immer zusammen?«

»Nein.« Er hatte mich so hysterisch gemacht, daß ich nicht einmal Zeit hatte, über diese blöde Bemerkung beleidigt zu sein. »Aber sie und Patricia sehen mich, wenn ich mich anziehe und wenn ich mich ausziehe, und die Haare scheinen durch.« Das beruhigte mich, ich glaubte, endlich ein überzeugendes Argument gefunden zu haben.

»Ja, gut, aber mach dir deswegen keine Sorgen, ich lasse den Schamhügel so, wie er ist, ich rasiere nur die Lippen.«

»Welche Lippen?«

»Diese Lippen«, mit zwei Fingern strich er darüber hin. Ich hatte gedacht, er würde genau das Gegenteil tun, und mir schien das noch schlimmer, aber ich hatte nun mal beschlossen, nicht zu denken, zum x-ten Mal, nicht zu denken. Wenn das so weiterging, würde mir heute nacht noch das Gehirn bersten.

»Mach du sie auseinander, bitte« – ich tat es – »und erzähl weiter. Was hast du gemacht, als Amelia dich erwischt hat?«

Ich spürte, wie die Klinge meine Haut berührte, kalt, und wie seine Finger meine Haut straff zogen, während ich weiterredete, die Worte wie ein Maschinengewehr ausspuckte.

»Gut, also, ich weiß nicht... kurz bevor es mir kam, stand sie schon vor mir und kreischte. Sie rannte aus dem Zimmer und schlug mit dem Regenschirm die Tür hinter sich zu...«

Die Klinge glitt sanft über das, wovon ich gerade gelernt hatte, daß es sich auch Lippen nannte. Es tat nicht weh, es fühlte sich eher wie eine ungewohnte Zärtlichkeit an, aber ich konnte mir beim besten Willen nicht den Gedanken aus dem Kopf schlagen, daß ihm die Hand ausrutschen könnte. Sein Gesicht konnte ich nicht sehen, nur sein schwarzes Haar, er hatte seinen Kopf über mich gebeugt.

»Und ich bin hinter ihr her gerannt. Sie lief nicht ins Wohnzimmer, wenigstens das nicht, sie lief mit ihrem Regenschirm schnurstracks auf die Straße raus, sie war wohl nur reingekommen, um ihn zu holen. Dann dachte ich, daß ich niemand anders als Marcelo hatte, und ich bin zu ihm gegangen, um ihm alles zu erzählen. Die Flöte hielt ich immer noch in der Hand...« – Das Messer glitt nach außen, streifte meinen Schenkel. – »Es war in seinem Zimmer, ein riesiger Haufen von Papieren türmte sich auf seinem Tisch, ich weiß nicht, was er damit machte. Er hat gelacht, schallend gelacht und gesagt, ich solle mir keine Sorgen machen, er würde Amelia schon das Maul stopfen und sie sonst wegen etwas anderem verpetzen. Er hat nichts anderes als du vorhin gesagt...«

Ich nahm an, daß er gar nicht zuhörte, mich nur wie eine Verrückte reden ließ, so wie damals, als sie mich am Blinddarm operierten und ich reden sollte, um abgelenkt zu sein. Aber er fragte nach, was genau Marcelo gesagt hätte.

»Na das, daß es was ganz Normales sei, daß alle es sich selbst machen und daß gar nichts dabei sei.«

»Und...«, seine Stimme klang tiefer. »Und hat er dich nicht angefaßt?«

Ich erinnerte, was er vorhin am Telefon gesagt hatte – »ich an deiner Stelle hätte sie gevögelt, ohne weiter nachzudenken« – und zuckte zusammen.

»Nein.« Er war anscheinend mit der rechten Lippe fertig, denn ich spürte jetzt den kalten Schauer der Klinge auf der linken Seite.

»Hat er dich nie angerührt?«

»Nein. Was denkst du dir eigentlich?« Seine Verdächtigungen klangen für mich wie Science-fiction.

»Weiß nicht, wo ihr euch doch so mögt...«

»Rührst du deine Schwester an?«

Er bekam einen Lachanfall, und ich hatte Angst, ihm könnte dabei die Hand zittern.

»Nein, aber das liegt daran, daß mir meine Schwester nicht gefällt...«

»Aber ich gefalle dir?« Meine Freundinnen sagten, daß man das nie im Leben einen Typen direkt fragen durfte, aber ich konnte die Frage nicht unterdrücken.

Er lehnte sich zurück und sah mir in die Augen.

»Ja, du gefällst mir, gefällst mir sehr, und ich bin sicher, daß du Marcelo gefällst und vielleicht sogar deinem Vater, obwohl der das nie zugeben würde.« Er lächelte. »Du bist ein besonderes Mädchen, Lulú, rund und hungrig, aber letzten Endes ein Mädchen. Fast perfekt. Und wenn du mich zu Ende machen läßt, absolut perfekt.«

Es war in jenem Augenblick, trotz der ausgefallenen Situation, als meine Liebe zu Pablo aufhörte, eine vage und einfache Angelegenheit zu sein. Genau in diesem Moment fing ich an, Hoffnungen zu hegen und zu leiden. Seine Worte – »du bist ein besonderes Mädchen, fast perfekt« – hallten über viele Jahre in meinen Ohren nach. Von diesem Augenblick an würde ich mich jahrelang wie an einen Rettungsanker an diese Worte klammern.

Er beugte sich wieder über mich und sagte mit leiser Stimme:

»Jedenfalls sollten wir drei, dein Bruder, du und ich, es einmal miteinander machen...« Das Messer glitt wieder nach außen, diesmal zur anderen Seite. »Sehr gut, Lulú, ist fast fertig. War es so schlimm?«

»Nein, aber es piekt ziemlich.«

»Weiß ich. Und morgen wird es noch mehr pieken, aber so bist du viel hübscher.« Er hatte sich zurückgeneigt, um, wie ich annahm, sein Werk zu begutachten, und verbarg sich gleich darauf wieder zwischen meinen Beinen. »Die Schönheit ist ein Monstrum, eine blutige Gottheit, die man mit ständigen Opferungen besänftigen muß, wie meine Mutter sagt...«

»Deine Mutter spinnt.« Es rutschte mir so raus.

»Sicher...«, er schien nicht im geringsten verärgert zu sein. »Und jetzt halt mal einen Augenblick still, bitte, rühr dich auf keinen Fall. Ich bin gleich fertig.«

Auch wenn ich ihn nicht sah, konnte ich mir seinen Gesichtsausdruck ganz genau vorstellen, denn alles andere, seine Stimme, seine Art zu reden, seine Gesten, seine grenzenlose Sicherheit waren mir bis in kleinste vertraut. Er spielte. Er spielte mit mir, das hatte er schon immer gern getan. Viele der

Spiele, die ich kannte, hatte er mir beigebracht, auch wie man schummelte. Ich hatte schnell gelernt. Im Mußspiel* waren wir beinahe unschlagbar. Meistens schummelte er, und ich gewann dann normalerweise.

Er langte nach einem Handtuch, tauchte einen Zipfel in eine andere Tasse und wrang ihn über meinem Schamhügel aus, den er, wie versprochen, verschont hatte. Das Wasser lief an mir herunter. Er wiederholte das zwei- oder dreimal, und dann begann er, mich abzureiben, um die Haare, die noch hängengeblieben waren, zu entfernen. Das konnte ich selbst viel besser und auch schneller machen, fand ich jedenfalls.

»Laß mich das machen.«

»Auf keinen Fall...« Er sprach sehr langsam, flüsterte beinahe, war weggetreten, vollständig weggetreten. Seine Augen waren fest auf mein Geschlecht gerichtet.

Er küßte mich zweimal auf die Innenseite des linken Oberschenkels. Dann streckte er die Hand nach dem Tablett aus, griff nach einem honigfarbenen Kristallgefäß, öffnete es und stippte zwei Finger hinein, Zeige- und Mittelfinger der rechten Hand.

Es war Creme, eine weiße, fettige und stark riechende Creme. Mit seinen Fingern strich er über meine gerade rasierten Lippen und verteilte das Zeug auf der Haut. Mich überlief wieder ein Schauer, ich war eiskalt. Dann fiel mir ein, daß der Winter noch eine Zeitlang anhalten würde und es dauern konnte, bis die Haare nachwachsen würden. Das würde nicht gerade angenehm werden. Pablo sammelte seelenruhig alle Gegenstände, die er bei seiner Operation benutzt hatte, ein, stellte sie auf das Tablett zurück und schob es beiseite.

Dann kniete er sich rechts neben mich und gab mir damit wieder den Blick auf den Spiegel frei.

Mein Geschlecht kam mir wie ein kleiner, rosafarbener, dicker Fleischberg vor. Entlang der Ritze wölbten sich zwei große weiße Wülste. Der Anblick erinnerte mich an Patricia als Baby, wenn Mama sie, bevor sie sie windelte, mit Creme einschmierte.

* Kartenspiel

Pablo sah mich an und lächelte.

»Gefällst du dir? Du bist wunderschön...«

»Machst du das nicht weg?«

»Nein. Mach du das.«

Ich langte mir einer Hand dahin und fragte mich, was ich wohl später empfinden würde. Meine Fingerkuppen berührten die Creme, die schmierig und warm geworden war. Mit gleichförmigen Kreisbewegungen verteilte ich sie auf meinem Geschlecht, bis ich die weiße Masse vollständig verrieben hatte. Es fühlte sich glitschig an, glatt, nackt und heiß wie die Beine, wenn man die Haare mit Wachs entfernt.

Und dann konnte ich nicht mehr aufhören. Die Versuchung war zu groß. Ich ließ meine Finger nach innen gleiten, einmal, zweimal, über das angeschwollene und klebrige Fleisch. Pablo rückte näher, führte mir sanft einen Finger ein, zog ihn heraus und steckte ihn mir in den Mund. Während ich daran lutschte, hörte ich ihn murmeln:

»Braves Mädchen...«

Er kniete vor mir auf dem Boden. Er faßte mich an der Taille, zog mich brüsk an sich, so daß ich vom Sessel fiel.

Der Schreck war nur kurz. Er hielt mich sehr geschickt fest, und das, obwohl ich ziemlich kräftig war und nach wie vor bin.

Er befahl mir, mich umzudrehen. Meine Knie waren auf den Boden gedrückt, meine Wange auf den Sitz, und mit den Händen stützte ich mich auf dem mit Teppich ausgelegten Boden ab. Ich konnte ihn nicht sehen, aber ich hörte ihn.

»Streichel dich, bis du merkst, daß du kommst, und dann sag mir Bescheid.«

So hatte ich es mir niemals ausgemalt, niemals, und trotzdem vermißte ich nichts. Ich beschränkte mich einfach darauf, seinen Anweisungen Folge zu leisten und damit eine Flut von wohlbekannten Empfindungen auszulösen, wobei ich mich nur fragte, wann ich mich zurückhalten mußte, bis mein Körper anfing, sich in zwei zu spalten, und ich beschloß, Bescheid zu sagen.

»Ich komme...«

Dann drang er in mich ein, behutsam, aber entschlossen, unaufhaltsam.

Seitdem er angekündigt hatte – »wir werden nur vögeln« –, hatte ich mir vorgenommen, auszuhalten, was auch immer über mich hereinbrechen würde, keinen Mucks von mir zu geben, auszuhalten bis zum Schluß. Aber er zerbrach mich. Ich brannte. Ich zitterte und schwitzte, ich schwitzte furchtbar. Mir war kalt.

Mein Vorsatz währte nicht lange.

Bevor ich überhaupt darüber nachgedacht hatte, flehte ich ihn auch schon an, ihn wieder rauszunehmen, wenigstens einen Moment von mir abzulassen, weil ich nicht mehr konnte, es nicht mehr aushielt.

Er antwortete nicht, er beachtete mich nicht. Als er ganz in mich eingedrungen war, hielt er still.

»Sei nicht so verkrampft, Entchen, gleich werde ich mich bewegen, und es wird dir weh tun.«

Seine Stimme raubte mir die letzten Hoffnungen. Protest würde mir nichts nützen, aber ich konnte auch nicht so passiv vor mich hin leiden. Ich bin nicht dafür geschaffen, Schmerzen zu ertragen, zumindest nicht in großen Dosen. Das liegt mir einfach nicht. Also beschloß ich, wieder einmal, seinen Anweisungen zu folgen. Ich versuchte, den verlorenen Rhythmus wieder aufzunehmen. Er zwang mir jedoch von hinten einen anderen Rhythmus auf. Er hielt sich an meinen Hüften fest, in regelmäßigen Intervallen drang er in mich ein und kam wieder aus mir heraus. An seiner glühenden Stange, die in nichts mehr dem harmlosen, biegsamen Spielzeug glich, das noch vor ein paar Stunden in meinen Mund gepaßt hatte, und noch sehr viel weniger der berühmten Blockflöte, zog er mich zu sich heran und schob mich wieder von sich weg.

Der Schmerz ließ nicht nach, und obwohl er weiter anhielt, nahm er verschiedene Formen an. An der Öffnung war er immer noch unerträglich, dort glaubte ich zu zerbersten. Ich fand es erstaunlich, nicht das Reißen der Haut zu hören, die bis zur Durchsichtigkeit gespannt war. Innen fühlte es sich anders an. Der Schmerz nahm feinere Nuancen an, die, je nachdem, ob ich mich seinen Rhythmus anpaßte, mich mit ihm bewegte oder gegen ihn, heftiger zu spüren waren.

Der Schmerz ließ nicht nach, er hielt die ganze Zeit an und pulsierte in mir, bis die Lust sich von ihm löste, wuchs und schließlich übermächtig wurde.

Als ich bereits die letzten Zuckungen spürte und meine Beine aufhörten zu zittern, ich sie nicht mehr spürte, ließ Pablo sich auf mich fallen, stieß einen erstickten Schrei aus, spitz und rauh zugleich, und mein Körper füllte sich mit Hitze.

Eine Weile verharrten wir in dieser Position, rührten uns nicht. Er hatte sein Gesicht an meinem Hals verborgen, bedeckte meine Brüste mit seinen Händen und atmete heftig. Ich war glücklich. Er löste sich von mir, und ich hörte ihn durch das Zimmer gehen. Als ich aufstehen wollte, merkte ich, daß mir alles weh tat. Mühsam drehte ich mich um, ein ähnliches Gefühl wie bei Muskelkater, einem schrecklichen Muskelkater, lähmte mich von der Taille an abwärts.

Er half mir aufzustehen. Als ich meine Arme um seinen Hals schlang, um ihn zu küssen, faßte er mich um die Taille, hob mich hoch, legte meine Beine um seinen Körper und trug mich, ohne ein Wort zu sagen.

Wir gingen durch den Flur, einen langen, dunklen Flur, wie sie typisch für diese alten Häuser sind, Flure, bei denen die Türen alle von einer Seite abgehen. Die letzte Tür war angelehnt. Wir traten ein, er schaffte es irgendwie, Licht anzumachen, und legte mich auf den Rand eines großen Bettes. Er zog mir den Rock und die Strümpfe aus und lachte mich dabei an. Dann hob er die Decke hoch und schob mich drunter. Er entledigte sich seines Hemdes, es war das einzige, was er noch anhatte, und schlüpfte zu mir unter die Laken.

Diese klassische Inszenierung, das Bett und meine eigene Nacktheit, rührten mich und erleichterten mich eine Zeitlang. Die Seltsamkeiten hatten aufgehört, zumindest für den Augenblick.

Jetzt küßte und umarmte er mich, wobei er seltsame und

lustige Laute von sich gab. Er kämmte mich mit der Hand, indem er das Haar nach hinten strich und von Zeit zu Zeit innehielt, um mich anzusehen. Es war herrlich. Ich spürte seine kühle, feste Haut, seine nackte Brust – trotz des gängigen Geschmacks haben mich behaarte Männer immer abgestoßen –, und ich erahnte zum ersten Mal, daß dies wie ein Fluch auf mir lasten würde, daß dies, all dieses, nichts anderes als der Beginn einer ewigen, ununterbrochenen Zeremonie des Besitzes war.

Die Tiefe dieses Gedankens überraschte mich selbst, während wir uns auf dem Bett wälzten, das jetzt einer warmen und behaglichen Festung glich und mich auf weniger welterschütternde Gedanken brachte – daß es beispielsweise jetzt auf der Straße entsetzlich kalt sein mußte. Eine wohlige Vorstellung, während ich hier lag, warm eingehüllt und sicher.

In Wirklichkeit hatte es mir gar nicht so weh getan.

Ich nutzte eine Pause, um etwas, was mir seit einiger Zeit im Kopf herumgeisterte, herauszubekommen.

»Habe ich stark geblutet?«

»Du hast gar nicht geblutet.« Er schien belustigt.

»Bist du sicher?« Seine Antwort hatte mich völlig aus der Fassung gebracht.

»Ja.«

»Ist doch nicht zu fassen!«

Ich hatte überhaupt nicht geblutet. Nicht ein bißchen. Wie schrecklich. Es war etwas absolut Wichtiges, Entscheidendes, geschehen, etwas, das sich nie wieder ereignen würde. Und mein Körper hatte sich nicht herabgelassen, das mit ein paar Blutstropfen, einem winzigen dramatischen Zeichen zu würdigen. Mein eigener Körper hatte mich betrogen. Ich hatte mir das schauriger vorgestellt, pathetischer, alles voller Blut, eine Ohnmacht, irgend etwas wenigstens, und nun hatte ich nur einen Orgasmus gehabt, einen langen und anderen Orgasmus, wenn auch ein wenig schmerzhaft, aber immerhin einen Orgasmus mehr.

Er lachte, er lachte schon wieder über mich. Darum vergrub ich mein Gesicht an seiner Schulter und verwarf den Gedanken, ihm zu erzählen, was mir durch den Kopf ging. Er langte mit der Hand auf den Boden und griff nach einem Paket Tabak.

»Ein Zigarettchen wie in den französischen Filmen?« In seiner Stimme schwang immer noch Belustigung mit.

»Warum sagst du das?«

»Weiß nicht... in den französischen Filmen rauchen sie immer nach dem Vögeln.«

»Und warum sagt du immer ›vögeln‹, anstatt ›Liebe machen‹, wie alle Welt?«

»Ah, und wer hat dir gesagt, daß alle Welt ›Liebe machen‹ sagt?«

»Weiß nicht... aber sie sagen es.« Selbstverständlich hatte ich eine angenommen. Zu rauchen war eine zusätzliche Lust, noch so eine Sache, die man nicht tat.

»Zu sagen ›Liebe machen‹ ist ein Gallizismus und einfach albern.« Nun hatte er einen Oberlehrerton angeschlagen. »Und außerdem, auch wenn es ursprünglich ein ausländischer Ausdruck ist, im Spanischen hat ›Liebe machen‹ immer die Bedeutung von ›den Hof machen‹, nicht von vögeln. ›Vögeln‹ klingt kräftig, klingt gut. Ficken geht auch, obwohl es sich in letzter Zeit sehr abgenutzt hat, klingt veraltet.«

»Wie ›geil‹...«

»Genau, wie ›geil‹, aber das Wort gefällt mir.« Er grinste, sicher hatte er mich vorhin doch gehört. »Schließlich muß Sex, ich meine, vögeln, vögeln allein, nicht notwendigerweise mit Liebe zu tun haben, das sind in der Tat zwei vollkommen verschiedene Sachen...«

Nun also begann der theoretische Unterricht, der erste. Er redete und redete, über lange Zeit. Ich traute mich kaum, ihn zu unterbrechen, aber ich strengte mich an, jedes einzelne seiner Worte zu behalten, um ihn mir in meiner Erinnerung zu bewahren, wie er über die Liebe, die Poesie, das Leben und den Tod sprach, über Ideologie, Spanien, die Partei, Marcelo, über Sex, Alter, Lust, über Schmerz und Einsamkeit.

Dann drückte er den letzten Stummel aus, betrachtete mich auf eine merkwürdige Weise, besonders eindringlich, lächelte, so als wollte er den vorherigen Ausdruck aus seinem Gesicht wegwischen, und sagte etwas wie Bah, hör nicht auf mich.

Er schob das Laken beiseite und strich mit einer Hand von oben bis unten über meinen Körper. Ich sah seine Hand an und sah ihn an. Ich fand ihn schön, viel zu schön, viel zu groß und klug für mich. Ich hätte ihn streicheln, ich hätte ihn küssen und beißen, ich hätte ihn kratzen mögen, ich weiß nicht, warum, ich fühlte, daß ich ihm weh tun, ihn angreifen, zerstören wollte, aber ich hatte Angst, ihn auch nur anzufassen.

Er drang nochmal in mich ein, nun aber anders, sanft, langsam, er lag über mir, bewegte sich vorsichtig, so als wollte er mir keine Schmerzen zufügen.

Es war ein sonderbarer, sanfter Fick, beinahe ehelich, beinahe.

Er bat mich unentwegt, die Augen aufzumachen und ihn anzusehen, aber ich konnte es nicht, besonders dann nicht, als mein Geschlecht wieder anschwoll, mächtig und dick wurde und mir den dummen Zwang auferlegte, allein zu sein, allein nur mit meinem Geschlecht, um voll und ganz seine groteske Metamorphose spüren zu können. Trotzdem versuchte ich es, versuchte, ihn anzusehen, öffnete die Augen und sah ihn, sein Gesicht über dem meinen, den Mund halbgeöffnet, und sah meinen Körper, meine aufgerichteten, spitzen Brustwarzen, und sah meinen bebenden Bauch und den seinen. Ich sah, wie er seinen Schwanz führte, wie er dort unten bei meinen wenigen überlebenden Haaren in mich eintauchte und wieder hervorkam, aber die alleinige Tatsache zu sehen, anzugucken, was vor sich ging, beschleunigte die Bedürfnisse meines Geschlechts, das mich wieder zwang, meine Augen zu schließen. Und wieder hörte ich seine Stimme – »sieh mich an« –, und wieder flüchtete ich mich hartnäkkig in die Einsamkeit, spürte wohl seine Stöße, jetzt sehr viel heftiger, wieder schmerzend, und weil ich meine Augen nicht aufmachte, ließ er sich mit dem ganzen Gewicht seines Körpers auf mich fallen, verstärkte den Schmerz, bewegte sich schnell und stoßweise, bis ich ihm gehorchte und die Augen öffnete und alles wieder naß war, fließend, und mein Geschlecht reagierte, sich öffnete und schloß, verging, ich verging, ich kam, spürte, wie es mir kam. Und unbewußt schloß ich die Lider, um wieder von vorn anzufangen.

Und dann erlaubte er mir einmal, die Augen geschlossen zu halten, und ich lief, meine Beine wurden bleischwer, mein Kopf wurde schwer, ich hörte mich selbst, weit weg, wie ich unzusammenhängende Laute von mir gab, die ich später nicht mehr erinnern würde, und mein ganzer Körper war nur noch ein Nerv, ein einziger Nerv, angespannt, aber elastisch wie eine Gitarrenseite, die mich vom Nacken bis zum Bauch durchlief, ein Nerv, der zuckte und sich krümmte, und alles in sich aufnahm.

Es war ein sonderbarer, sanfter Fick, beinahe ehelich, beinahe, aber zum Schluß, als ich schon erschöpft war und mein Körper wieder drohte, eins zu werden, der überspannte und übersättigte Nerv erschlaffte, kam er aus mir raus, rutschte auf den Knien ein bißchen vor, stützte sich mit der linken Hand an der Wand ab und steckte ihn mir in den Mund.

»Schluck alles.«

Ich brauchte kaum noch etwas zu tun, fünf oder sechs Stöße aushalten, gegen die ich mich nicht hätte wehren können, selbst wenn ich gewollt hätte, denn er klemmte mich zwischen seinen Beinen fest. Ich schloß die Lippen um das klebrige Fleisch, nahm den Geschmack wahr, meinen eigenen Geschmack, anders als zuvor, und schluckte, schluckte diese Art schleimiger und warmer Pomade, süß und sauer zugleich, mit einem entfernten Beigeschmack nach der Medizin, die die frühen Lebensjahre glücklicher Kinder verbittert, schluckte und unterdrückte den Hustenreiz, je tiefer diese dicke und eklige Flüssigkeit in meinen Hals floß. Daran habe ich mich niemals gewöhnt und werde mich auch nie gewöhnen, niemals, trotz der vielen Jahre und der harten Selbstdisziplin, die ich mir auferlegte.

Ihm gefiel es jedenfalls. Während ich sein ersticktes Stöhnen hörte und seine Bewegungen mit meinem Kopf begleitete, versuchte ich soviel Speichel wie möglich zu sammeln, um die letzten Reste runterzuwürgen, genauso wie bei Rosenkohl, der immer so gammlig schmeckt, um die Übelkeit abzuschütteln, die mich würgte. Als ich still lag und dachte, daß er es wohl genossen hatte, fiel mir eines der ewigen Stoßgebete von Carmela, dem Kindermädchen, das meine Mutter mit in die Ehe gebracht hatte, ein. Sie war eine alte Frömmlerin, die schlecht roch und von Sklerose völlig steif war, eine alte Schwachsinnige, die ständig wie ein Gespenst durch den Flur geisterte und dabei vor sich hinmurmelte: Der Herr gibt uns, und der Herr nimmt uns. Dabei hielt sie das *ABC* in der Hand, die Seite mit den Todesanzeigen und den ›*Gracias, Espiritu Santo*‹ aufgeschlagen, der Herr gibt uns, und der Herr nimmt uns, er gibt es mir, und er nimmt es mir, so ist es gut, der Kreis schließt sich, es beginnt und endet am selben Ort, ihm gefällt es, und so ist es gut.

Die erste Theoriestunde war ein Erfolg auf der ganzen Linie.

Danach trank ich, ich trank literweise Wasser, ich trinke hinterher immer Wasser, es nützt überhaupt nichts, aber das ist das einzige, was man machen kann, Wasser trinken. Ich war ziemlich müde und sehr zufrieden. Ich drehte mich um und wollte schlafen. Er deckte mich zu, drehte sich zu mir, umarmte mich, atmete dicht an meinem Kopf und sagte mir gute Nacht, obwohl es bereits dämmerte.

Ich schlief wohlig und schwer, wie damals, nachdem ich einen Tag in den Bergen verbracht hatte.

Weiter kann ich mich an nichts Besonderes erinnern.

aus: *Almudena Grandes: Lulú*
Die Geschichte einer Frau
Galgenberg 1991

ANONYM

Sommerferien

Das Flugzeug hob sich von der Startbahn. Tonnen von Plastik, Kolben, Passagieren und Pässen dröhnten in Richtung Paris. Wozu? Heimkehrende Touristen, die Plastiktüten aus Disneyland zur Schau tragen, New Yorker, die die Bücher ihrer Berlitz-Schnellkurse in den Händen halten und den Weg zur Toilette im Louvre auswendig lernen, Geschäftsleute, die die Litanei der Tiefstpreise für Zementfirmen aufsagen oder die Wechselkurse studieren, und ich. Ich floh den Sommer in New York City, weil ich mich sterbenselend fühlte.

Zu viele Liebhaber. Zu viele Wahlmöglichkeiten. Ich hatte meinen Job aufgegeben, um einen Sommer zum ›Denken‹ Zeit zu haben. Ich hatte meinen Job aufgegeben, um einen Sommer zum ›Ficken‹ Zeit zu haben. Die Erquickung war irgendwie nicht dieselbe. Die Augustnächte waren länger, die Stellung der Sterne verändert. Das Eintreffen der ersten Herbstgemüse sagte mir, daß der Sommer seinem Ende zuging. Mir blieb für das, was ich geplant hatte, nicht mehr viel Zeit.

Mein *deus ex machina* war in Gestalt einer alten Freundin erschienen. Eine reiche Studentin, die in Südfrankreich den Freuden der Pastellmalerei nachging. Sie fiel beinahe über mich, als ich am Strand von East Hampton lag und dem schwindenden Sommer und der schwindenden Flut nachsann. Ihr Strohhut à la Monet hatte ihr die Sicht genommen. Zweifellos komponierte sie gerade das perfekte östliche Stilleben, um es mit zurück nach Belmont, Frankreich, zu nehmen.

Wir tauschten die entscheidenden Statistiken der letzten vier Jahre aus, und sie sagte: »Du mußt mich besuchen.« Ihre Dachstube war in einem alten Kloster. Es lag hoch auf einem

Hügel zwischen zwei Tälern und war, wie sie stolz sagte, zu »einer Art Zuflucht für Frauen, die sich in der Welt umsehen« geworden. In einer Woche reiste sie zurück. Mein Besuch war willkommen. Ich ließ mir ihre Telefonnummer geben und sagte, ich würde es mir überlegen.

Dreist rief ich sie am Montag nachmittag an. Ich kannte den Typ. Diese ganze Erziehung! Sie zwingt sie, Angebote zu machen, die nicht dazu gedacht sind, angenommen zu werden. Sie konnte jetzt keinen Rückzieher mehr machen. Ich brauchte einen Platz, an dem ich schreiben und denken und der Parade von Schwänzen entgehen konnte, die in den letzten drei Monaten zwischen meinen Beinen durchmarschiert waren.

Da war ich also, auf dem Flug nach Paris. Dann ein Abend mit Weinbergschnecken, ein Tag in Beaubourg, und der Frühzug von der Gare St. Lazare über Brive nach Bretenoux. Meine Freundin hatte mir die Zeit und die Strecke genannt; nach sechsstündiger Fahrt zwischen Märchenfeldern und Bauernhäusern würde ich ankommen, ein Fahrer würde mich abholen, das Abendessen mich erwarten.

Belmont lag direkt auf einem Hügel, der sich zwischen St. Ceré und Bretenoux in Südfrankreich erhebt. Die Gegend ist bekannt für ihre *pâtés*, ihre Höhlen, ihre Kühe und ihren Wein. Das Presbyterium, 1608 erbaut, war ein großer, von Mauern umgebener Komplex. Weißgetünchte Steinwände, Kreuzgang, ehemalige Altardecken als Vorhänge, große Holzbetten, weiträumige Stockwerke mit Dielenböden, marmorne Badewannen und Kamine in allen Zimmern. Es war bildschön. Friedvoll. Ein Wunder.

Zwei andere Frauen wohnten ebenfalls dort, Mary, Fotografin aus Afrika, und eine weitere Malerin, Zoe aus Paris. Wir vier aßen jeden Abend zusammen und verglichen unsere Arbeit und unsere Abenteuer. Ich verbrachte die Tage, indem ich auf dem Fahrrad die Gegend durchstreifte und Pflaumen, Brombeeren, Walnüsse, Feigen und Äpfel aß, die am Wegrand wuchsen. Abends schrieb ich, aß, ging im Sternenlicht spazieren und schlief.

Das Feuer zwischen meinen Beinen kühlte ab. Die heißen Träume, die mich in New York geplagt hatten, wichen. Mein Schoß weckte mich nicht mehr mitten in der Nacht auf, im Orgasmus pulsierend. Binnen drei Tagen hatte ich keine Träume mehr von glühenden Küssen oder Analsex auf dem Fußboden mit einem großen Blonden. Nach drei Wochen war ich zufrieden, eine Naturnonne zu sein.

Meine Zeit im Himmel ging dem Ende zu. Ich hatte versprochen, zwei schwule Freunde zu treffen. Beide waren Künstler und stellten auf der Biennale aus. Als ich ihnen gegenüber meine spontane Europareise erwähnt hatte, überredeten sie mich, sie in Venedig zu besuchen. Das Schlüsselwort für meine Reiseroute lautete: »Warum nicht?«

Am Morgen meiner Abreise wachte ich abrupt auf. Meine Nacht war von Träumen zerrissen gewesen. Der große Blonde war wiedergekommen; er stand neben meinem hohen, hölzernen Bett. Er öffnete die Vorhänge und schob meine Decken beiseite. Er drang in meinen Kokon ein. Ich regte mich nicht. Ans Bett gefesselt durch die Arme Morpheus' und die Träumereien, in die der Gott des Schlafes mich getrieben hatte.

Er schob mein weißes Baumwollnachthemd über meine Brüste hoch und zog mit seinen langen, flachen Fingern die Muskellinie nach, die sich von meinem Magen bis zum Dreieck meiner schwarzen Schamhaare erstreckte. Er trug keine Kleider in unserem ummauerten Paradies; meine Haut war braun; die winzigen Härchen auf meinem Bauch und meinen Armen glänzten golden. Fast so golden wie der Mann, dessen Finger auf meinem Körper auf und ab wanderten.

An den Schenkeln herunter, an den Innenseiten wieder hoch, genau da, wo sich die Schamlippen öffnen, und dann wieder herunter. An den Seiten hoch zu den rosigen Brüsten und den dunkleren Brustwarzen. Er hielt inne, nahm sie zwischen die Finger und rollte sie hin und her, wie man eine Zigarette dreht. Hin und her. Ich fühlte, wie er mich anstarrte mit seinen vollkommenen, eisblauen Augen, wie sein Blick durch meine Lider brannte, die fest geschlossen waren. Er beugte sich über mich. Ich spürte den Druck seines Gewichts auf meinen Brüsten und den heißen Atem, der einen warmen Kreis über meinen Brüsten beschrieb, enger und enger wurde und sich dann auf meine Lippen konzentrierte. Ein Kolibri mit Flügeln und Herz, der fieberhaft herumflattert und nicht landen will. Er streifte meine Lippen. Ich bewegte mich, und er kam zurück und berührte die weichen Innenseiten meines Mundes. Zuerst vorsichtig, dann forschend und suchend. Ich küßte zurück. Unfähig, mich zu bewegen – seinen Nacken zu berühren oder ihn enger an mich zu ziehen. Er war so sanft in meinem Mund, doch der Druck seiner Hände verstärkte sich. Er wanderte herunter von meinem Mund zum Kinn, dann zum Hals, saugte an meinen Ohren, und ich wußte, wo seine Mahlzeit enden würde. Sein Kopf bewegte sich über meinen Schultern vor und zurück. Er saugte über meinen Brüsten an den steinharten Brustwarzen und strich mit seinen großen Händen über meinen Magen. Ich versuchte aufzuwachen, teilzunehmen, seinen Kopf zu berühren, doch meine Arme lagen neben meinem Kopf wie gefesselt. Ich konnte mich nicht rühren. Er bewegte sich zu den Innenseiten meiner Oberschenkel und küßte sie ganz zart – wie die Flügel eines Vogels berührte er mich. Mein Blonder, mein Peiniger... dann stand er auf. Ich fühlte, wie der Schild von Hitze mich verließ, ersetzt wurde durch die Schichten von Leinen und Wolle. Er zog den Vorhang um das Bett zu und ging fort.

Dieser Traum hielt mich fest, ließ mich nicht erwachen. Morgens war ich verdammt heiß. Mein ruhiger, enthaltsamer Kern war erschüttert. Der Zug kam, und ich reiste ab nach Brive; ich wollte nach Nizza. Mir gegenüber saß ein Junge, vielleicht achtzehn Jahre alt. Er starrte dauernd mich und dann den Fußboden an. Er bekam einen Ständer, der während der Fahrt noch wuchs. Ich wußte, daß ›es‹ jetzt wieder da war. Dieses gewisse, ungreifbare Etwas, das ich bekomme, wie ein Tier brünstig wird. Sobald es anfängt, aus mir herauszukommen, zieht es die Männer in Scharen an. Es ist mein Kern, der sich nach ihnen sehnt. Ich habe den Geruch und das Aussehen von Zugänglichkeit. Verflucht sei der

Blonde, der all das aufgewühlt hat! Gerade, als ich dachte, ich hätte es so schön überwunden.

Wir hielten an. Der Junge und ich wurden getrennt, da ich umstieg. Der Sonnenuntergang warf Strahlen von Grau und Rosa in die große, offene Bahnstation. Ich ging auf dem Bahnsteig auf und ab, beäugte die Fahrgäste und den Fahrplan. Ein Schaffner bemerkte meinen suchenden Blick und fragte, wohin ich führe. Ja, dieser Zug würde jeden Augenblick auf dem Bahnsteig einlaufen.

Das tat er. Als ich meine Taschen und neuen Körbe zusammengesucht hatte und mich anschickte einzusteigen, erschien auf einmal derselbe Schaffner und half mir. »*A droite*«, sagte er. Alle anderen Reisenden gingen nach links. Ich folgte ihm, und er führte mich in ein leeres Abteil. Er stellte meine Tasche ins Gepäcknetz und schaltete die Leselampe über meinem Platz ein. »*Bonsoir*«, sagte er und ging.

Er war keine Schönheit, dunkel, dicklich und klein. Er hatte glänzende, schwarze Knopfaugen. Er ähnelte einem ausgestopften Bären. Ich dachte über das nach, was gerade geschehen war. Es war meine Fantasie. Er war hilfreich. Ich war hübsch und hatte einen ›*accent américain*‹. Einigen Franzosen gefiel das. Ich versuchte, mich in Proust zu verlieren, doch er war mir zu hochgeistig. Dauernd verließ ich Combray und dachte wieder an meine Decken in Belmont und meinen unvollendeten Traum.

Rollend und schaukelnd fuhr der Zug nach Süden. Ich fing an, schläfrig zu werden. Ich schaltete das Hauptlicht aus und ließ nur die kleinen Lampen brennen, die den Rand des Fensters erhellten. Ich drückte meine Nase an die Scheibe und sah hinaus in die Nacht. Nichts. Keine Stadtlichter. Schwärze.

Die Tür glitt auf, und da stand der Teddybär-Schaffner. Er setzte sich zu mir; wir begannen eine langweilige, begrenzte französische Unterhaltung. Wäre mein Französisch besser gewesen, dann hätte ich mich vielleicht nicht von ihm küssen lassen. Wenigstens nicht so schnell. Er küßte mich hart, und Proust fiel auf den Fußboden. Ich dachte einen Augenblick darüber nach, ob ich das fortsetzen würde oder nicht. Wir hatten nur eine Stunde bis zur Ankunft in Toulouse. Dort würde es keinen Anschluß geben, keinen Morgenkaffee und keine Konversation; außerdem hatte der große Blonde starke Vorarbeit geleistet, von der sein Gegner nun profitierte. Wir küßten uns weiter, und seine Hände glitten über meine Brüste. »*Quelle poitrine formidable!*« Ein so weicher Mund. Er liebte meinen Körper – und meine Hände bewegten sich unter seiner Jacke nach unten, an den Fahrkarten vorbei, zu seiner Haut. Seinen Rücken herauf und herunter, während er stöhnte und meine Hände zu seinem Schwanz herunterdrückte. Ich rieb ihn, und er biß in meinen Hals und küßte mich zart ins Ohr, während er wunderbare, heiße Sachen auf Französisch flüsterte.

Er stand auf und verschloß die Tür. Dann kam er zurück zu mir, knöpfte seine Hose auf. Im Dämmerlicht sah ich den Kopf seines Schwanzes über dem Rand seiner Unterhose hervorgucken. Ein Tropfen Samen glänzte darauf. Zuerst legte ich mich hin und überließ mich ihm. Ich ließ ihn mich küssen und meine Bluse und meinen Büstenhalter wegschieben; er versank in meinen Brüsten. Er stöhnte und schnurrte jedesmal, wenn seine Lippen die Haut berührten oder von meinen großen Brüsten eingehüllt wurden. Er küßte an meinem Bauch herunter und hielt inne. Ich hielt inne. Mühsam standen wir auf, verheddert in Kleidungsstücke und Gliedmaßen. Endlich standen wir nackt da, zwei Fremde in einem fahrenden Zug. Er kam zu mir und ließ seine Zunge in meinen Mund zurückkehren. Keine Fragen. Er saugte nur und strich mit den Händen an meinem Körper auf und ab. Er berührte meine Brüste, umfaßte sie, wog sie, dann sank er auf die Knie. Ich fiel zurück auf den Sitz, und er tauchte tief zwischen meine Beine. Ich war sehr naß. Er schob die Ränder beiseite und suchte die weiche, saftige Mitte. Er hörte nicht auf zu lecken und zu schmecken, während er auf den Sitz kletterte und seinen Körper so drehte, daß sein Schwanz in meinen Mund kam. Ich erwiderte seine Saugbewegungen, bis ich fühlte, daß meine Vagina sich zusammenzog und ein heißer Strom mich von den Zehen bis zu den Wangen durchfuhr. »*Plus vite*«, sagte ich, und er verstärkte seine Bewegungen, bis sich in meinen Ohren ein hohles Echo bildete. Ich keuchte, der Zug dröhnte. Meine Ohren und mein Schoß explodierten. Er war erfreut. »*Tu es contente.*« Ich konnte nur schnurren und ihn zu mir hochwinken.

Als er stand, zog ich ihn so herunter, daß sein Schwanz zwischen meinen Brüsten lag. Er war noch naß und glitt leicht vor und zurück, während ich meine Brüste über ihm fest zusammenpreßte. Sein Kopf rollte von einer Seite zur anderen, er klammerte sich an meine Schultern und pumpte in mein Fleisch. Der Zug zog an, und ich fühlte süße Schauer, während mein Körper auf dem Ledersitz schaukelte. Er versteifte sich, sein Gewicht fiel auf meine Arme. Er stöhnte nach mehr. Dann war Stille, während er sich heiß zwischen meine Brüste, auf meinen Hals und unter mein Kinn ergoß. »*Tu es formidable. Je jouis.*«

Wir küßten oder umarmten uns nicht. Wir waren Fremde. Er fand ein Taschentuch und rieb mich trocken. Ich sagte ihm, ich fühle mich wie ein Kind, das saubergemacht wird – ein sehr schönes Kind. »*Une très belle enfant*«, fügte er hinzu und küßte mich auf die Stirn. Er ging weg, um den Zug aufs Abstellgleis zu fahren; ich ging und wusch mich in dem winzigen Metallbecken. Mein Haar klebte mir im Nacken, mein Schoß war noch immer tropfnaß. Ich glaube, er hieß Jacques.

In Toulouse lächelte ich, als ich den Zug verließ. Das war wirklich ein Abenteuer und rechtfertigte meinen heißen nächtlichen Traum. Der Anschlußzug stand schon bereit. Ich fand meine *couchette* und krabbelte in die Hülle aus Leintuch und Decke. Das Abteil war leer. Merkwürdig, weil sich meistens drei bis fünf andere Leute auf die schmalen Liegen zwängen. Ich döste am Rand des Schlafens dahin, als der Zug anfuhr und sich zu funkelnden südlichen Stränden in Bewegung setzte. Bald kam ein anderer Schaffner herein, sah meine Fahrkarte an und begann mit ernsten Augen zu flirten und Vorschläge zu machen. Ich konnte es nicht glauben. Er war blond, hatte einen Schnurrbart und bohrende, gelbbraune Augen. »Nicht schon wieder«, dachte ich. *Nein.* Ich machte ihm klar, daß ich schlafen wollte – nur schlafen –, und er ging. Mein Gott, drei Wochen Zölibat hatten Bündel sexueller Energie zurückgelassen, die nun überall hervorkrochen.

Ich schlief ein und erwachte zu kaltem Kaffee und dem Anblick der felsigen Küste. Ich mußte einfach an diesen Strand! In Nizza ergriff ich meinen Mantel und stieg aus.

Ich fand ein kleines Zimmer mit Frühstück, das billig und nur einen Steinwurf vom Strand entfernt war. Mit dem Korb in der Hand, der Proust und Pfirsiche enthielt, machte ich mich auf zum Strand. Die Kieselsteine schienen sich in alle Ecken und Winkel meines Rückens zu drücken, die fehlenden Glieder zu ersetzen und mich zu massieren. Die Sonne briet meine Vorderseite. Ich lag dicht an dicht mit anderen barbusig Badenden. Die Sprachen waren Französisch, Deutsch, Italienisch und Englisch.

Drei junge Leute, die Englisch sprachen, zwei Männer und eine Frau, ließen sich auf dem winzigen Raum nieder, der noch übrig war. Die Untergrundbahn zur Stoßzeit war eine gute Übung für diese Strandszene. Harsche, nasale Töne verrieten mir, daß die Leute keine Briten aus England waren; vielleicht Australier. Es war Sydney, um genau zu sein, und der einzelne Mann begann eine Unterhaltung.

»Sie sprechen Englisch.«

»Ja, ich glaube, ich kann es noch«, antwortete ich.

»Gewöhnlich sieht man Amerikanerinnen nicht oben ohne an den Stränden; daran kann man sie ziemlich sicher erkennen. Warum tun Sie es?«

»Das ist meine Verkleidung!« gab ich zurück.

Er lachte. Er war sehr hübsch. Wirklich hübsch mit schulterlangen blonden Locken und eckigen Zügen. Ungefähr einen Meter achtzig groß, ein Maurer und Surfer mit dünner gewordenen Muskeln und so zarter, feiner und brauner Haut, daß sie aussah, als stamme sie aus eines Buchbinders geheimem Versteck für marokkanisches Kalbsleder. Und dazu wiesen seine Augen die verschiedensten Blautöne auf.

Kleine Schalenstücke von Rotkehlcheneiern, zerbrochen und auf einer heißen Marmorplatte verschmolzen. Er war schön.

Wir verglichen unsere Reiserouten. Er reiste am selben Abend nach Rom ab. »Warum nicht erst morgen früh?« fragte ich. Die *couchettes* waren reserviert, und da er mit seinem Bruder und seiner Schwägerin reiste, mußten sie zusammen bleiben.

Gegen Mittag wollten wir den Strand verlassen und schlenderten in mein Hotel zurück, angetrieben von meinem Angebot eines Joints. Wir versuchten, beide ins Hotel zu schlüpfen, doch die scharfäugige Frau an der Tür ermahnte mich: »*Mademoiselle, c'est une chambre pour une personne. Vous!*« Wir versuchten, sie zu überreden, aber die Franzosen sind trotz der romantischen Vermarktung ziemlich hartgesotten. Ich ging nach oben, holte den Joint und kam zu ihm zurück. Er wartete an der Eingangstür.

Lange, tiefe Züge des Rauchs füllten meine Lungen; mein Gefühl für die reale Zeit begann zu verblassen. Wir rauchten und gingen. Er hatte sich aus seinem Hotel schon abgemeldet. Also blieben uns die Straßen und der Strand. An Häuser gelehnt, küßten wir uns und drückten unsere Becken gegeneinander. Ich fingerte in seinen Locken und leckte etwas Salz von seinem Hals. Am Strand tranken wir Wein und aßen Himbeersorbet. Ich war zufrieden, daß dieser Augenblick nicht zu einem Höhepunkt zwang. Eine kleine, leichte Romanze nach der raschen Krise der vergangenen Nacht.

Zeit für den Zug. Wir gingen zum Bahnhof wie zwei Jungverliebte. Er zog in den Krieg. Ich würde bleiben und ein oder zwei Stunden warten, ehe ich jemand anderen fände. Verrückte, tiefe Küsse, erregter Applaus der Menge. Ich errötete, und er stieg in den Zug nach Rom. Ich glaube, er hieß Alister.

Es war jetzt ganz dunkel; die Stadt hatte ein urbanes Aussehen bekommen. Neonlicht in gewölbten Passagen, Kinos, Bars, Austern und Parfüms zum Verkauf. Nach einem langen Spaziergang durch die Stadt in mein Hotel, vorbei an

Meer und Strandpromenade, war ich bereit für eine Nacht allein. Morgen würde ich in Venedig sein.

Wieder im Zug, wieder mit Proust auf einem Fensterplatz. Blaugraue Felsbuchten wichen bald einer endlosen, trockenen, gelben Landschaft. Felder und Fabriken wechselten einander ab; ich war wie betäubt von den Bildern, die an mir vorbeizogen. Gegen Sonnenuntergang erschien ein ganz unglaubliches Bild. Das gelbe Land verschwand in grauem Wasser. Wir erreichten den venezianischen Bahnhof, und ich stellte mein Gepäck an der Tür bereit. Boote jeder Art schaukelten auf dem Wasser, das den Zug umgab. Ich wußte, daß wir angekommen waren. Die Sonne versank im Wasser; ich glaubte, den roten Ball zischen zu hören, als er hinter dem Horizont verschwand und einen glühenden Schein verbreitete. Ich nahm ein Taxiboot. Es wurde mein Liebhaber, der mich bei der Hand nimmt und an Orte führt, an denen ich noch nie gewesen bin.

Das Boot fuhr dem Glanz nach. Die Stadt erschien, funkelnd im Flitter der Nacht. Als ich am Kai ausstieg, war Venedig in Abendkleidung. Ich war in Jeans und schmutzig. Ich beäugte die Diamanten von San Marco und drückte mir die Nase platt an all der Eleganz. Ich wirbelte in einem einsamen Walzer über den leuchtenden Platz.

Venedig bei Tag war weniger magisch, aber voller Sehenswürdigkeiten. Meine beiden Freunde hatten Partys, Vernissagen und Shows eingeplant. Dazwischen natürlich immer Essen. Nach ein paar Tagen ereignisloser Besichtigungen traf ich meine Freunde zum Frühstück in der *pensione*. »Na, was plant ihr Tolles für die letzte Nacht, Kinder?« fragte ich. Es gab eine Dinnerparty in der Villa irgendeines venezianischen Kunsthändlers. Das hörte sich langweilig und organisiert an. »Vielleicht ziehe ich alleine los. Könnte ja sein, daß ich Glück habe.«

»O nein, wir haben gesagt, daß wir dich mitbringen. Wir brauchen eine Frau. Außerdem ist unser Gastgeber unglaublich gutaussehend, reich, jung und verrückt.«

»Um welche Zeit?« Sie wußten, wie man mich überredet.

Ich warf mich in Schale. Weiße Leinenbluse und türkisfarbener Seidenrock, Perlen, offene Sandaletten, ein heißer Lippenstift und ein neues Parfüm. Die Jungen fanden, ich sähe großartig aus. Arm in Arm machten wir uns auf zum Canale Grande.

Die Villa, ein riesiger, eckiger Steinbau, war eindrucksvoll – sogar von außen. Der Portier übergab uns dem Butler, und dieser führte uns nach oben, wo uns an der Tür unser Gastgeber begrüßte. Mein Mund und meine Vagina öffneten sich gleichzeitig. Vor mir stand ein großer, schlanker, lächelnder Jean Paul Belmondo mit kupferfarbenem Haar, ein paar Sommersprossen, schimmernd weißen Zähnen, braunen Samtaugen und so großen, starken Händen, daß meine Hand bis zum Ellbogen darin zu verschwinden schien, als er sie schüttelte.

Es zog uns sofort zueinander hin wie Motten zu einem Scheiterhaufen. Ich wäre am liebsten sofort zum Opfer geschritten, aber er mußte der gute Gastgeber sein. Drinks für alle aus ausgesucht schönen Murano-Gläsern. Die Kunst war atemberaubend. Ich schwöre, das echte Kreuz und der Trinkbecher des hl. Petrus befanden sich hinter Glas im Wohnzimmer. Auch alles andere war hinter Glas. Wirklich Sonderklasse. Und er war erstaunlich sorglos. Er trug verblichene Jeans, ein nach Maß gefertigtes, blaugestreiftes Hemd, Mokassins, keine Socken und eine Rolex-Uhr für sechstausend Dollar. Ein europäischer Snob. Ich war im Himmel. Ich redete mit allen Gästen und benutzte mein bestes Schul-Italienisch. Ich fand heraus, daß wir um zwölf ein kleines Dinner nehmen würden. Das letzte Essen in Venedig.

Das Restaurant war direkt um die Ecke, und man kannte ihn dort gut. Tisch und Wein waren bereit. Ich schaffte es, mich so hinzusetzen, daß nur eine einzige Person zwischen uns saß. Im Laufe des Essens würde diese Person von der Glut unserer Unterhaltung angesengt werden. Man trug einen Gang nach dem anderen auf. Wir begrüßten jeden mit einem anderen Wein und wurden allmählich sehr betrunken. Unser Gastgeber war der Anführer. Der Braten wurde präsentiert, und er stand auf, um ihn zu tranchieren. Er machte es lausig, und ich tadelte ihn. »Keine Finesse.« Überaus feierlich händigte er mir die Geräte aus. Ich stand auf. Makellos, beflissen und strahlend ging ich zum Kopfende der Tafel und schnitt entschlossen und frech das ganze Fleisch von den Knochen. Es war ein märchenhafter Flirt.

Das Dinner ging ins Dessert über, die formelle Struktur brach zusammen, die Gäste wimmelten herum, und er ging an die Bar, um die Digestifs auszuwählen. Ich folgte ihm. Ich war verdammt heiß an Geist und Körper. Ich mußte ins Freie. Ich blieb an der Bar stehen, um einen Schluck aus seinem Glas zu nehmen. »Gut gewählt«, sagte ich und ging direkt auf die Tür zu. Er folgte mir.

Ich hockte mich auf die Mauer am Kanal; er setzte sich neben mich. Ich nahm sein Gesicht in die Hand und drehte es zu mir. Ich küßte ihn. Er reagierte darauf mit einer Art Explosion. Wie eine dieser komischen, trompetenförmigen gelben Blumen, die im Sommer ihre Samen herausschießen, wenn man sie auch nur streift. Sie warten am Wegrand, laden dazu ein, sie zu berühren, und dann schießen gelockte grüne Zungen hervor. Er hob mich von der Mauer, küßte mich und trug mich dabei in die Gasse neben dem Restaurant. Ich war noch nie mit jemandem zusammengewesen, der so stark war, so verrückt. »*Sono caldo tremendo*«, murmelte er, und binnen einer Minute schwitzten wir unsere Hemden durch. Beißend, grabschend, seine Hände unter meinen Armen; meine Füße berührten nicht einmal den Boden. »Ich bin der Gastgeber; ich muß wieder hinein«, stammelte er. »Okay. Gehen wir. Keine Angst.« Ich versuchte, ihn sanft zu küssen, doch jede Berührung machte ihn verrückt. Irgendwie machte ich mich los, kam endlich mit den Füßen auf den Boden und bemühte mich, meine Klamotten wieder glattzukriegen. Leinen und Seide knittern teuflisch. Aber was soll's, die Sache war es wert. Sollten die Jungen doch was zum Kichern haben.

Wir gingen zurück. Er schafsähnlich, ich triumphierend. Wir beendeten das Dinner und kehrten zurück in die Villa zu weiteren Drinks. Ich wurde zum Kanal, so voller Flüssigkeit war ich. Er war wirklich durchgedreht, ganz außer sich. Es war herrlich. Ich kam in die Küche, um zu helfen; der Butler war gegangen. Er ergriff mich, und seine vollen Filmstar-Lippen schlossen mich ein. Wir küßten uns und versanken ineinander. Ein Rascheln auf der anderen Seite des Raumes störte unsere Umarmung. Einer seiner Freunde legte Streifen von Koks aus, bildete aus dem weißen Pulver saubere kleine Regimenter, Soldaten zur Inspektion und Inhalation. Eins-zwei, eins-zwei, und wir hatten sie alle geschafft. Jetzt würden sie in unseren Köpfen und in unserem Blut Kanonen abfeuern. Wir küßten uns wieder, während die Ströme in unsere Hirne rasten.

Die Gäste begannen zu gehen, und meine Freunde beäugten mich. Würde ich bleiben? »O ja«, sagte ich unschuldig, »wir machen noch eine Fahrt im Rennboot.« Sie tappten hinaus in die Dunkelheit, um ein Taxiboot zu finden, nicht ohne mich vorher zu warnen: »Der Zug nach Paris geht mittags!« Jetzt mußte sich der Gastgeber nicht mehr um Gäste kümmern. Wir wandten uns einander zu. »O ja, die Bootsfahrt, wie versprochen«, sagte er mit seinem reichen, herrlichen italienischen Akzent. Der Portier brachte das niedrige Rennboot vor die Tür, und wir stiegen ein. Er raste los, sauste mit halsbrecherischer Geschwindigkeit durch die Kanäle. Er wandte sich zu mir. »Kannst du steuern?«

»Klar«, gab ich zurück. Ich hatte in meinem ganzen Leben kein Boot gelenkt, doch er war sehr betrunken, ich war es nicht, und ich dachte: »Scheiße! Amerikanische Mädchen können alles.« Ich hatte mehr Vertrauen zu mir selbst als zu ihm. Wir tauschten die Plätze, und er begann mich einzuweisen und zu küssen und an mir herumzugrabschen. »Paß auf, fahr nicht gegen eines dieser Dinger, sie sind sehr schwer«, neckte er mich. Ich hatte den Gashebel auf volles Tempo gestellt, und so rasten und hüpften wir aus Venedig heraus. »Wohin fahren wir? Ich frage nur so.«

Wie Graf Dracula röhrte er: »Aufs Meer.« Mein Herz klopfte, sprang, hüpfte, drehte sich, alles auf einmal.

Er griff herüber und stellte den Gashebel zurück. Das Boot lag nun still im Wasser. Wir hatten gelacht und geredet, und der Motor hatte die ganze Zeit gedröhnt. Jetzt wurde alles still. Wir zögerten eine Sekunde, ehe wir einander verschlangen. Sein offener Mund verzehrte mein Gesicht ungefähr so, wie seine Hand meine Hand genommen hatte, als der Abend gerade begann. Wir griffen und küßten und faßten nacheinander. Es war verzweifelt und heftig. Wir hatten kaum begonnen. Kleidungsstücke flogen im Boot herum. Er legte die Kissen so aus, daß der Boden bedeckt war. Es gab genug, um seine ganze Länge von mehr als einem Meter achtzig aufzunehmen.

Er zog seine Hose aus. Er trug eine dieser winzigen Bikinihosen, von denen man meint, daß die Klischee-Italiener sie tragen. Sie tun es tatsächlich. Sein Schwanz war gigantisch. Er biß mich kräftig, drückte mich auf den Boden und kam zu mir. Ich konnte ihn drücken, umarmen und in ihm versinken, so heftig ich wollte, und er küßte zurück, ließ seine dicken Finger unter meiner Wirbelsäule, meinem Hintern und zwischen meinen Beinen spazieren. Er streichelte an meinen Beinen auf und ab, blieb einen Moment in meiner Vagina, umkreiste die Hautfalten und lief dann herunter zu meinem Knie. Ich wand mich. Unser Vorspiel hatte stundenlang gedauert, und jetzt wollte ich ihn, wollte ihn ganz, in mir.

Das Boot schaukelte unter uns, und mit jeder Wellenbewegung öffnete ich mich weiter. Er stand auf und hob mich auf sein hartes Glied, wie man ein Kind auf ein Pferd setzt. Behaglich und sicher schaukelten wir ganz leise. Er spürte den Teer des Bootes und die Botschaft meines Schoßes und steuerte uns beide perfekt. Er ließ seine Finger zwischen meine Beine schlüpfen und rieb zart an meiner Klitoris. Druck ringsum und Lockern und Druck, während er mich mit einer Hand unter dem Hintern festhielt. Ich hatte aufgehört, über seine herkulischen Kräfte zu staunen. Ich war ganz verloren in dem purpurnen Nebel, der mich einzuhüllen begann. Zuerst umgab mich die Farbe nur leicht, doch dann füllten ihr Ton und ihr Geruch meine Nase und meinen Mund, während mein Schoß elektrische Ströme durch meinen Körper schickte. Ich konnte nicht mehr. »*Vieni!*« schrie ich in den klaren Sternenhimmel, und er kam, während ein purpurnes Pulsieren meinen Schoß heftig auf seinen riesigen Schwanz herunterdrückte. Unsere Kontraktionen wetteiferten miteinander, während seine Hitze durch mein Rückgrat schoß.

Erschöpft brachen wir zusammen. Das Mondlicht lag auf uns und wärmte uns. Unser Schweiß begann in der kühlen Brise zu trocknen, während wir unsere Kleider wieder vom Boden aufsammelten. Ich war in den Sternen, auf dem Mars oder im Himmel. Erregt von diesem lebendigen Märchen. Der Prinz nahm mich in die Arme, hielt mich fest und seufzte.

»Kannst du uns jetzt zurückfahren? Ich zeige dir den Weg.«

Buntes Himmelslicht breitete sich auf dem Silber aus und funkelte in meinen schläfrigen Augen. Ich fuhr langsam und vorsichtig. Mein Kopilot umarmte mich und warf meine Hände hoch in die Luft, fing sie wieder und sang: »Der beste Fahrer auf dem Canale Grande. Der beste. Der beste.« Ich war es.

Doch obwohl ich der beste Fahrer war, hielt uns die verrückte venezianische Polizei auf dem Rückweg dreimal an. »Das ist, weil du schön bist und sie mit dir sprechen wollen. Die Polizei liebt schöne Frauen spät in der Nacht. Ich übrigens auch.« Er küßte meinen Nacken.

Wir kamen heil nach Hause. Ich brauchte zwei Anläufe, ehe ich mit dem verfluchten Boot anlegen konnte, aber ich gab nicht auf. Eine Hand hob mich aus dem Boot und ins Schlafzimmer.

Das Schlafzimmer war im obersten Stock, unter einem Glasdach, hoch über der Stadt. Rote Dächer, graues Wasser, lange, flache Gondeln und marmorne Kirchtürme waren der Schmuck des Raumes. Nur ganz Venedig, ein riesiges Bett und ein kleiner Tisch. Darauf standen ein Teller mit Feigen und Mineralwasser. »Das sind die letzten der Saison«, sagte er. »Wir sollten sie alle aufessen.«

Er brach eine purpurne Feige auf. Die ledrige Haut öffnete sich und enthüllte eine Mischung aus Zinnober, Rosa und Lachsrot – faltig und von Samenkörnern durchsetzt. Die weiche Mitte hob und öffnete sich unter dem Druck seiner beiden Daumen. Er hielt mir die Köstlichkeit hin. Ich legte den Kopf zurück und nahm alles an. Ließ es im Mund zergehen und schmeckte mit der Zunge, ehe ich schluckte. Im Italienischen ist das Jargonwort für Vagina Feige. Die Metapher war nicht verloren.

Wir saßen nackt da, aßen die reifsten der Früchte, schlürften alle möglichen Säfte und redeten, als seien wir seit Ewigkeiten zusammen. In anderen Galaxien hatten wir gelacht über unsere Väter, unser Zaudern, unsere Angst vor Versagen, unsere Liebe zum Meer, die Exaltation und die Lähmung der Wahl. Ich wollte aus der Tür hinaus direkt zum Mond fliegen und ihn anhalten. Die Zeit anhalten und ein Jahr mit diesen Feigen und diesem Mann verbringen, so frisch und reif, wie sie jetzt waren.

Wir legten uns eng umschlungen hin, um zu schlafen, doch sobald meine weichen Brüste seine harte Brust berührten, begann die ruhelose Nacht von neuem. Die Küsse waren jetzt tiefer, voller Seufzer und Süße. Das Drängende war in dem Ritual auf dem Meer erledigt worden; jetzt gurrten und küßten wir. Er glitt an meinem Körper entlang und küßte jeden Fleck; wir kicherten. Ich tippte mit den Fingern auf seine Sommersprossen und rollte mich in Ekstase. »Nur noch eine ganz vollkommene Feige«, sagte er.

Sein Daumen und seine Finger öffneten meine Vagina und hielten die Lippen genauso auf, wie er mir die erste Feige dieses Morgens angeboten hatte. Dann wurde mein Hirn leer, während sein großer, weicher Mund mir den Sauerstoff aussaugte. Kein erstes Lecken, keine Berührungen. Nur seine vollen, nassen inneren Lippen auf meine gepreßt. Er saugte jede Falte, die erigierten Ränder, die hilflose Klitoris, alles auf einmal in seinen Mund. Er rollte und küßte und schaukelte und legte dann seine Hände unter meinen Hintern, um das Mahl zu servieren. Kurze Stöße von Orgasmus kamen aus mir heraus. Blitze und Licht wie ein Sommergewitter. Mir wurde hell und dunkel vor Augen. Meine Ohren fühlten sich heiß an und pochten. Ich spürte jeden Ruck. Ich spürte seine Hinrichtung.

Er hörte auf zu saugen und bewegte seine Zunge wild um meine Vagina herum, eine Silberkugel, abgeschossen von einer Flipper-Maschine. Sie saust durch den Irrgarten, berührt alle Stopps, läßt alle Glöckchen klingen; er hält die verdammte Maschine fest, schüttelt sie, so daß der Ball immer wieder durchläuft und überall anstößt. Das Klirren, Läuten und Klingeln war fast mehr, als ich ertragen konnte. Er beendete das Spiel, indem er seinen Finger in meiner Vagina auf und ab fahren ließ und mich dabei heftig küßte und saugte. Im letzten Augenblick zog er seinen Finger heraus und steckte ihn mir in den After. Der Gong erklang. Die Sterne fielen vom Himmel, und als ich den Mund aufmachte, um zu schreien, steckte er mir den Ballen seiner anderen Hand zwischen die Zähne.

Ich rollte mich zu einer Kugel zusammen, und er wölbte sich darum. Wir konnten nur noch wenige Stunden schlafen.

Der helle Morgen kam mit *caffè latte* und Brioches auf dem Tisch, auf dem die Feigen gestanden hatten. Wir starrten einander mit großen, dunkel geränderten Augen an, aßen, duschten und zogen uns an. »Wir müssen in Kontakt bleiben«, sagte er, als wir vom Canale Grande abfuhren. Ich weiß, daß er Vittorio hieß!

Meine Freunde saßen beim Morgenkaffee an ›unserem Tisch‹. War ich ein Geist? Sie sahen mich an, als habe ich durch irgendeine mystische Kraft zu Fuß den Canale Grande überschritten.

»Wir hatten nicht geglaubt, daß du den Zug nach Paris noch kriegen würdest. Ehrlich gesagt, hatten wir sogar bezweifelt, daß wir dich je wieder in New York City sehen würden.«

»Er mußte heute geschäftlich nach Mailand, und ich muß in

Paris Leute treffen. He, Kinder, es ist spät. Nehmt eure Taschen!«

Der Vaporetto und Venedig bei hellem, geschäftigem Tag waren weniger angenehm als meine sanfte Ankunft. *Fable finito.* Ich war unterwegs nach Paris und zu einem anderen Flugzeug.

EMMANUELLE ARSAN

Die Reiseführerin

Als Mija ihre großen schwarzen Augen aufschlug, verrieten diese ihr Erstaunen darüber, bei Vanna zu sein. Ihre langen, gekräuselten Haare waren zerzaust. Ihr schöner jüdisch-koptischer Mund öffnete sich ein wenig, vielleicht um zu fragen, was sie hier mache, auf diesen dunklen Fellen, die das Weiß ihrer Haut hervorhoben. Doch sie besann sich eines anderen, schenkte Vanna ein schelmisches Lächeln, erklärte: »Ich schäme mich nicht mehr!«

»Dann beweise es!« sagte Vanna.

Die Heranwachsende sprang mit einem Satz auf. Ohne es zu wissen, ahmte sie die gekreuzigte Stellung nach, die Vanna soeben eingenommen hatte. Dann leckte sie schnell an einer Fingerspitze und befeuchtete sich das Geschlecht. Das längliche Vlies reichte ihr fast bis zum Nabel, ließ aber ihre Klitoris und ihre fleischige Vulva frei: Im Stehen liebkoste sie beide, stöhnte sofort auf.

»Mach weiter«, befahl Vanna.

Mija steckte sich den feuchten Finger in die Scheide, teilte mit, sie werde gleich kommen. Vanna zögerte nicht, kniete zwischen den Beinen ihrer Freundin nieder, legte sich deren Hände aufs Haar. Mija öffnete sich, so weit sie konnte. Vanna nahm ihr ganzes Geschlecht in den Mund, sog es, trank es, gab es erst frei, als Mija in den Knien einknickte und sich zu Boden fallen ließ.

Da packte Vanna sie an den Schenkeln, führte zwei Finger in sie ein, drehte diese hin und her, bohrte sie vom leuchtenden Rand bis zum fernen und runden Mund, wo sie die unsichtbaren, schmollenden Lippen kitzelte.

Als Mija nicht mehr schreien, sich nicht mehr winden

konnte, legte Vanna sich dergestalt auf sie, daß das Geschlecht einer jeden am Mund des anderen ruhte. Fügsam begann Mija, ihr die Klitoris zu lecken, während Vanna die ihre leckte. Sie suchten einige Minuten lang einen gemeinsamen Rhythmus. Sie kamen gleichzeitig zum Höhepunkt, fuhren fort, kamen erneut zum Höhepunkt, fuhren fort.

Die Dauer wurde ein integrierender Bestandteil ihrer Lust. Keine von beiden wollte als erste kapitulieren. Nichtsdestoweniger war es Mija, die das Bewußtsein verlor. Doch selbst jetzt ließ Vanna nicht nach, ihr Geschlecht an den leblosen Mund der Geliebten zu pressen, bis sie ebenfalls keine Kraft mehr hatte.

So blieb sie auf Mija liegen, die Wange an der Scham der Jüngeren, träumend und – weil es ihr Geburtstag war – die Bilanz ihres Lebens ziehend. Eine Bilanz, die sie zufriedenstellte. Sie hatte Freunde, Liebhaber: genug, um von ihnen und anderen frei zu sein. Sie lebte von ihrer Arbeit, und sie lebte gut und unbeschwert davon, denn sie unterwarf sie ihren Neigungen und Ideen, statt sich von ihr unterwerfen zu lassen. Wenn ihr eines Tages danach wäre, die Arbeit zu wechseln, konnte sie es genausogut, wie sie den Wohnort wechseln konnte.

Den Wohnort zu wechseln bedeutete manchmal, auf die Menschen zu verzichten, die sie liebte. Ihre Mutter fehlte ihr. Sie wußte nicht, wo ihr Vater sich verborgen hielt. Es stand nicht in ihrer Macht, ihn wiederzufinden. Sie hatte wenigstens die Freiheit, ihn zu suchen.

Ihre Mutter… Vanna lächelte bei dem Gedanken, daß diese untypische Katalanin sich wiedererkennen würde, wenn sie dieses nackte Mädchen unter ihrer Tochter sähe. Vanna hatte lange gebraucht, um zu erfahren, daß ihre Mutter fähig war, einer Schönheit zu folgen, die sie auf der Straße gesehen hatte, sie mit nach Hause zu nehmen, zu entkleiden, zu lehren, so zu lieben wie sie. Vanna hatte überrascht konstatiert, daß sie es ihr selbst darin gleichtat, so wie sie das Studium der Archäologie zweifellos nur deshalb gewählt hatte, damit ihre Berufe einander verwandt waren.

Doch Vanna hatte sich nach dem Examen losreißen und Barcelona verlassen können, wo Inez, die Mutter, die sie jetzt nur noch ein- oder zweimal im Jahr besuchte, nun allein lebte. Hatte sie sich für Kairo entschieden, weil Ägypten die Heimat der Archäologie oder die ihres Vaters war? Eines Vaters, der sie beide, Inez und sie, vor fast fünfundzwanzig Jahren ohne Erklärung und Lebewohl verlassen hatte, den sie seitdem nie wiedergesehen hatten!

Daß er es nicht hatte ertragen können, seine Frau mit anderen zu teilen, obgleich diese anderen nicht seinem Geschlecht angehörten, mag noch hingehen! Warum aber auch seine Tochter, seine eigene Tochter im Stich lassen? Ob er ihr insgeheim das spanische Blut verübelte, das in ihren Adern floß? Ob er sich nicht damit abfinden konnte, daß sie nur zur Hälfte Ägypterin war? Warum hatte er sie dann zur Welt kommen lassen, indem er sich mit fremdem Fleisch verband? Hatte er auf diese Weise nicht als erster postuliert, daß die Körper kein Vaterland haben?

Vanna war seinem Beispiel insofern gefolgt, als sie sich als Kosmopolitin empfand. Wußte sie noch genau, in welcher Sprache – Arabisch, Spanisch, Französisch, Englisch, Griechisch, Hebräisch, Deutsch – sie dachte? Fragte sie etwa nach dem Ursprung der Männer und Frauen, die sie liebte? Es ist unmöglich, zu lieben und zu etwas zu gehören, sann sie. Die Liebe schenkt den Menschen neue Wurzeln: Sie ist das veränderliche Vaterland der Entwurzelten.

Als Vanna den Hörer des Telefons – es hatte geklingelt, kurz nachdem Mija gegangen war, um nicht den ganzen Tag Schule zu schwänzen – aufgelegt hatte, ließ sie lauwarmes Wasser in ihre vielfarbige Wanne laufen, parfümierte es, stieg hinein, nahm ihre Überlegungen wieder auf:

Mama hat Mädchen verführt, die noch nicht pubertierten, wiederholte sie sich, weil dieser Gedanke sie mehr als alles andere erregte, obgleich sie ihn schon so manches Mal gehabt hatte. Ich bin noch nicht soweit: Ich begnüge mich mit Minderjährigen, die schon halb so alt sind wie ich, die Armen!

Sie mochte den bärtigen Architekten aus der Lombardei, auf den er sich berufen hatte. Er hatte ihn, wie er präzisierte, noch gestern abend in Mailand gesehen. Ja, er träume immer noch von Häusern in Rosenform! Er sei immer noch schüchtern und ausschweifend zugleich. Er habe immer noch eine Vorliebe für guten Wein. Dieser anspruchsvolle Connaisseur habe geschworen, sie allein könne einen Neuankömmling richtig über die Wunder dieses Landes informieren und in die Wüste führen! Abgesehen von seiner – nunmehr beendeten – imaginären Rolle kam der Fremde ihr freilich ungelegen. Sicher, sie betätigte sich dann und wann als Führerin, um die monatlichen Honorare vom Archäologischen Institut der Unesco aufzubessern, das sie als freie Mitarbeiterin beschäftigte, aber im Augenblick stand bei ihr schon eine Exkursion nach Oberägypten auf dem Programm. Sollte sie ihre Pläne nur deshalb ändern, weil der Freund eines Freundes eine Gespielin für eine Nilfahrt brauchte?

Trotz dieser Analyse hatte sie die Einladung des Störenfrieds angenommen. Es war, warf sie sich vor, ehe das Bad ihre Neugier gedämpft hatte! Jetzt…

Na und? Ein Dinner im *Hilton* konnte nie schaden.

»Der Monat ist noch nicht vorbei, und ich bin wie üblich pleite«, überlegte sie. »Eines Tages werde ich wohl oder übel lernen müssen, das Geld nicht mehr so zum Fenster hinauszuwerfen.«

Wofür gab sie es aus? Gewiß nicht nur für Kleider und Schnickschnack. Für Bücher, ja; für Kunstgegenstände, die sie teuer bezahlte, statt die Gelegenheiten, die ihre beruflichen Pflichten ihr boten, auszunutzen und sie sich illegal zu beschaffen, wie es viele Kollegen ohne jede Scham taten. Aber Inez' Erziehung hatte Früchte getragen!

Um alles noch schlimmer zu machen, konnte sie keinem guten Bekannten, der ärmer war als sie, ein Darlehen abschlagen. Und Freunde sind schlechte Schuldner.

Sie schlüpfte in ein dünnes hellblaues Baumwollkleid mit dunklen, zerlaufenden Streifen und legte sich eine Kette aus groben und schweren Silberperlen um, die sie aus Äthiopien mitgebracht hatte. Sie schminkte sich die Lippen weiß und ränderte ihre Augen mit einer winzigen Spur Antimon. Sie wußte, daß sie nun einer bestimmten Figur des Altertums ähnelte, die ihre spezielle Neigung teilte: nicht daß jene Ma'at, Göttin der Gerechtigkeit und Wahrheit, ihr uneingeschränkt gefiel, denn sie hatte in Vannas Augen den Nachteil, die unveränderliche Ordnung der Welt zu verkörpern – und Vanna lehnte Ordnung prinzipiell ab und glaubte nicht an die Unveränderlichkeit irgendeiner Sache. Jene Göttin war jedoch hübsch, sie führte die Mächtigen an der Nase herum, und die Männer ihrer Epoche verliebten sich der Reihe nach in sie. Das Bildnis, das sie anmutig sitzend zeigte, im Haar die Pfauenfeder, die im Hieroglyphensystem ihren Namen bezeichnet, auf den Knien den Ankh, das Henkelkreuz, als Unterpfand der Ewigkeit, gehörte zu den Schätzen, für die Vanna sich ruiniert hatte. Sie zwinkerte ihm zu, ehe sie hinausging.

Ein schöner Junge war der einzige Gast in der Bar des *Hilton*. Vanna schritt geradewegs zu ihm. Er stand ungezwungen auf, stellte sich vor.

»Guido Andreotti.«

Er machte ein bewunderndes Gesicht wie aus dem Repertoire des *Cortegiano*.

»Ich muß sagen, Renato Bombo hat mir keinen Streich gespielt!«

»Ich habe ihm auch nie einen Streich gespielt«, gab Vanna zu verstehen. »Geht es ihm gut? Hat er nicht vor, wieder einmal hierher zu kommen?«

»Er hat mich beauftragt, Sie für ihn zu küssen«, behauptete Guido.

Er sah zu seiner Überraschung, daß Vanna ihm eine Wange hinhielt. Er hauchte einen Begrüßungskuß darauf.

Sie teilte ihren ersten Eindruck mit: »Sie haben überhaupt keine Ähnlichkeit mit ihm.«

»Spricht das gegen mich?« fragte Guido besorgt.

»Selbstverständlich.«

Er blickte traurig, bat: »Würden Sie Ihr Urteil bis nach dem Essen vertagen?«

Vanna gab ihm eine Chance.

»Bestellen Sie mir etwas Gutes«, sagte sie. »Ich bin leichter zu beeinflussen, wenn ich geschmaust habe.«

Im Moment war sie nicht in der Lage, sich besondere Mühe zu geben: dieser Typ kam ihr wie ein kleiner Snob vor, offenbar ohne jeden Pep, zu selbstsicher. Vannas Voreingenommenheit ging so weit, daß sie ihn in Verdacht hatte, er wolle seinen neuen Anzug aus Alpacca nicht kraus machen und habe Angst davor, seine schönen dunklen Haare zu zerzausen.

»Was haben Sie zu Ihrer Verteidigung zu sagen?« neckte sie ihn, als er die von ihr gewünschten Gerichte bestellt hatte.

»Ich habe keine Ahnung von Ägypten. Ich kenne nur eine Königin, die ich vermutlich als einziger liebe: eine gewisse Ma'at-ka-Re Hatschepsut-chnem-Amun...«

Vannas Ausruf unterbrach ihn: »Hatschepsut war eine Schlampe, aber Ma'at ist meine Göttin! Wo sind Sie ihr begegnet?«

»Der Göttin? Nirgends. Der Pharaonin übrigens auch

nicht. Ich stelle mir nur vor, wie sie von ihren nackten Sklavinnen getragen wird.«

»Wir haben sicher nicht zur selben Zeit gelebt«, befand Vanna. »Wir werden uns nie wiederfinden.«

»Begnügen wir uns mit der Zukunft«, schlug Guido vor. »Ich gestehe Ihnen, daß ich in Wirklichkeit kein As in Geschichte bin. Aber ich habe mehr als genug Zeit, um sie zu erlernen.«

»Von mir?« wunderte sich Vanna.

»Ist das nicht Ihre Spezialität?«

»Nein. Ich schabe und grabe. Ich sammle zerbrochene Töpfe auf.«

»Das ist dasselbe. Renato sagt, das sei die Arbeit einer Wissenschaftlerin.«

»Renato ist ein Darling. Aber er versteht nichts davon. Wollen Sie mir vielleicht beim Buddeln helfen.«

»Beim...? Ach so, pardon, ja. Lieber nicht. Ich interessiere mich mehr für die Menschen als für die Dinge unter der Erde.«

»Das ist sehr schön von Ihnen. Ist es ein Beruf?«

»Ich schreibe«, erklärte Guido.

»Ach!«

Es schien Vanna nicht zu imponieren. Sie hörte einen Augenblick lang auf, ihm Fragen zu stellen. Antwortete zerstreut auf seine. Vermied es, ihn über ihr Leben zu informieren. Sie nahm die Stola, die sie auf die Lehne ihres Stuhls hatte gleiten lassen, und bedeckte sich damit die Schultern. Guido spürte, daß er an Boden verlor.

Er entschloß sich zu einem Vorstoß: »Zugegeben, ich halte den Vergleich mit Renato nicht aus. Aber ich bin sein Freund. Wollen Sie für mich nicht wenigstens ein bißchen von dem machen, was Sie für ihn gemacht haben?«

»Ein bißchen?«

»Ich will sagen: Sie haben ihn überall hingefahren, sogar bis in den Sudan. Sie sind ihm drei Monate nicht von der Seite gewichen...«

»Länger: neunundneunzig Tage.«

»Wollen Sie nicht mein Führer sein, mein Mentor, bereit, mich nicht so weit mitzunehmen und mir weniger Zeit zu opfern?«

»Ich eigne mich nicht als Eskorte von Geheimagenten.«

»Wie bitte? Ach, ich verstehe!«

Er lachte auf, was Vanna zu schätzen wußte.

»Also, was das betrifft, so schwöre ich Ihnen, daß Sie sich irren. Zu der Zunft gehöre ich nicht.«

»Um so besser«, konzedierte Vanna. »Ich muß Ihnen nämlich gleich mitteilen, daß ich bei dieser Art von Söldnern keine Gänsehaut bekomme, weder eine große noch eine kleine.«

»Ich auch nicht. Seien Sie beruhigt. In Wahrheit bin ich nur ein Dilettant. Also ein bißchen manisch. Aber harmlos. Zugegeben, ich liebe Geheimnisse, aber nur Geheimnisse, die nichts kosten.«

»Nehmen Sie es mir nicht übel, aber ich verstehe kein Wort von dem, was Sie da sagen. Und was mich angeht, so finde ich Geheimnisse kein bißchen aufregend.«

»Renato hat mir gesagt, daß Sie eine Positivistin sind. Oder eine Materialistin, ich weiß es nicht mehr genau. Oder eine Rationalistin.«

»Ich bin überhaupt keine -istin. Nicht einmal eine Touristin. Ich habe Renato nicht etwa begleitet, um das Land zu sehen, nicht einmal, weil ich Lust hatte, mit ihm zu schlafen, sondern einfach weil ich Geld brauchte. Ich bin Proletarierin, und ich spiele ab und zu Dolmetscherin, um leben zu können. Also nicht um zu sterben. Ich werfe mich nicht weg.«

»Ich bitte Sie nicht, mich gratis zu führen«, entgegnete Guido ein wenig ärgerlich.

»Leider ist mein Terminkalender voll. Ich bedaure, Sie enttäuschen zu müssen.«

»Ich habe nicht erwartet, daß Sie mir das zeigen, was Sie bereits kennen«, insistierte er. »Ich habe eher daran gedacht, wir könnten gemeinsam etwas anderes lernen.«

»Etwas anderes?« versuchte Vanna zu verstehen.

»Etwas Neues, Unbekanntes.«

Vanna betrachtete ihn, ohne zu antworten.

Er fuhr fort: »Was mich an Ihnen reizt ist nicht Ihr Talent als Gelegenheitsführerin, sondern Ihr Talent als Archäologin. Als wahre Archäologin. Die Berufswahl, die Sie getroffen haben, beweist doch, daß Sie Entdeckungen lieben. Sie geben sich nicht damit zufrieden, das zu wissen, was die anderen wissen. Sie möchten das wissen, was bisher noch niemand gewußt hat.«

Vanna lächelte, aber diesmal voll Sympathie. Guido schöpfte wieder Hoffnung und sprach weiter:

»Wenn Sie einen antiken Artefakt von einer Art finden, die bereits bekannt ist oder von der auch nur ein einziges Exemplar in einem Museum steht, dann empfinden Sie nicht die geringste Befriedigung, da bin ich ganz sicher. Sie sind nur dann wirklich glücklich, wenn Sie etwas ausgraben, dessen Bedeutung kein Mensch auch nur ahnt, etwas, das Sie in gewisser Hinsicht erfunden haben.«

»Glauben Sie denn wirklich, wir hätten die Chance, gemeinsam etwas zu finden?« scherzte sie.

»Ich weiß es nicht. Ich möchte es einfach versuchen.«

Sie sann einen Augenblick vor sich hin, sagte endlich: »Das ist merkwürdig. Wie kommen Sie darauf zu denken, wir könnten uns verstehen? Sagen Sie jetzt bloß nicht, es sei wegen meiner Augen oder meiner Nase oder meiner Brustweite: damit würden Sie nur wieder zerstören, was Sie aufzubauen begonnen haben.«

»Dieses Spielchen will ich nicht mit Ihnen spielen. Alles, was ich über Sie weiß, habe ich von Renato erfahren. Und das ist nicht *alles* über Sie, da mache ich mir keine Illusionen. Es ist aber so viel, daß ich mir leidenschaftlich wünsche, Sie würden mein Angebot annehmen.«

»Sind Sie sich über etwas klar, Signor Andreotti?«

»Nein, worüber denn?«

»Ich habe noch nicht die leiseste Vorstellung, um was für ein Angebot es sich handelt.«

Er schien unvermittelt abgelenkt durch eine Gruppe von Männern und Frauen, letztere überraschend elegant und schön, tief dekolletiert, mit weit geschlitzten Röcken, Juwelen an Hals und Armen, die soeben lärmend die Bar betreten hatte. Vanna stieß sich nicht im mindesten an dem Interesse, das er diesem unerwarteten Schönheitswettbewerb entgegenbrachte. Sie teilte es.

Eine der jungen Frauen (die schönste, urteilte Guido sofort) bemerkte Vanna und winkte ihr freudig zu. Dann löste sie sich von dem Arm, den sie hielt, ging zwischen den Tischen hindurch und hielt Vanna die Wange hin. Die Bewegung, die sie machte, um sich zu den Lippen des jungen Mädchens zu beugen, ließ ihr Kleid oben auseinanderklaffen und entblößte ihre Brüste.

Vanna faßte sie am Hals, hielt sie einen langen Augenblick in dieser Stellung fest. Guido merkte unverzüglich, daß sie es tat, damit er das Schauspiel in aller Muße genießen konnte.

Als die Neuangekommene wieder bei ihren abendlichen Begleitern war, fragte Vanna Guido: »Wie finden Sie sie?«

»Großartig«, erkannte er an. »Sie wissen Ihre Freundinnen gut zu wählen.«

Ehe sie die Zeit gehabt hätte, ihm vorzuschlagen, sie mit ihrer – Vannas – Hilfe besser kennenzulernen, was sie, wie er mit Bestimmtheit annahm, gleich getan hätte, fügte er hinzu: »Sehen Sie, wir haben den gleichen Geschmack, das ist ein gutes Omen.«

Vannas Geste überraschte ihn. Statt zu antworten, lehnte sie plötzlich ihre Schulter an seine.

Er war kurz davor, sie mit einem Arm zu umfangen, unterdrückte seinen Impuls aber noch rechtzeitig. Er ließ einige Minuten verstreichen, ohne etwas zu sagen. Vanna schien zu träumen. Endlich richtete sie sich auf, sah ihm gerade in die Augen. »Nun?« fragte sie.

»Kennen Sie hier in der Nähe ein Schloß im Sand?« sagte Guido.

»*Hat-en-Sho*«, entgegnete sie. »Es ist aber nicht hier. Es ist weit. Sehr weit. In Siwa. Einer einsamen Oase am Ende der Welt.«

»Das ist einer der Orte, die ich gern besuchen würde.«

»Niemand darf es«, sagte sie.

»Weckt das nicht *Ihre* Lust, dorthin zu gehen?«

Sie schien nachzudenken. Was sie erwiderte, war ohne jede Bosheit. »Doch, vielleicht. Aber warum sollte ich Lust dazu haben, Sie mitzunehmen?«

Guido seufzte entmutigt. »Ich sehe sehr wohl, daß ich Ihnen doch nicht gefalle«, konstatierte er.

»Statt zu versuchen, mir mit einer Zwei-Groschen-Psychologie zu gefallen«, spöttelte Vanna, »sollten Sie mir jetzt besser die wahren Gründe dafür nennen, daß *Sie* Lust haben, mit mir nach Hat-en-Sho zu gehen.«

Guido hob die Hände zum Himmel: »Ich habe sie Ihnen doch schon gesagt...«

»Nein«, unterbrach Vanna. »Es gibt in Kairo bessere Führer und bessere Dolmetscher als mich. Bessere Historiker und auch bessere Archäologen.«

Er zuckte niedergeschlagen die Achseln.

»Was soll ich Ihnen sagen?« nörgelte er, als verzichte er mehr oder weniger darauf, sie zu überzeugen.

»Reden wir also von Philosophie, da Sie das anscheinend gerne tun!« stichelte Vanna. »Finden Sie, daß unsere Gesellschaft aufrichtig ist? Wenn ein Mann eine Frau zum Essen einlädt, tut er es immer nur deshalb, um Ideen auszutauschen oder mit ihr über Geographie zu plaudern? Wenn er andere Motive hat, warum sagt er es ihr nicht geradeheraus? Weil er sich seiner Absichten schämt? Weit gefehlt! Der Grund ist, daß er nicht über den adäquaten Wortschatz verfügt. Wir sind oft nur deshalb Heuchler, weil wir nicht zu reden wissen.«

Aus dem Blick, mit dem er sie ansah, sprach seine wiedergefundene gute Laune.

»Bei Ihnen ist das zweifellos nicht der Fall!« urteilte er. »Warum reden Sie von jetzt an nicht als erste? Vielleicht weil Sie nichts anderes möchten, als Ihren Cognac auszutrinken und zu gehen?«

»Nicht ganz. Im Augenblick möchte ich tanzen. Was ich anschließend zu tun wünsche, weiß ich noch nicht.«

Die Diskothek war natürlich brechend voll. Der als Travolta verkleidete *sofraghi* trieb trotzdem einen Winkel für sie auf, in den sie sich gewaltsam hineinzwängten. Seltsamerweise war die Phonzahl heute abend nicht auf ohrenbetäubend gestellt worden. Sie verstanden beinahe, was sie einander sagten, vorausgesetzt, sie wiederholten es zweimal.

Selbst unter diesen Umständen verzichteten sie bald darauf, sich zu lange Geständnisse zu machen. Nach einigen Tänzen benutzte Guido einen Moment der Erschöpfung und Ruhe, um Vanna, die, weil der Platz, den sie an ihrem Tisch wiedererobert hatten, noch enger geworden war, praktisch auf seinem Schoß saß und ihm ein Papiertaschentuch reichte, damit er sich die ihm in die Augen laufenden Schweißtropfen abwischen konnte, zu sagen: »Mit diesen einfühlsamen Händen liebkosen sie sich bestimmt oft selbst?«

Sie lachte hell auf.

»Die Logik eines Beschwipsten!« diagnostizierte sie. »Also die richtige.«

Vannas Schenkel auf den seinen veranlaßten ihn dazu, sich – übrigens ohne den geringsten Widerstand – einer beginnenden Erektion hinzugeben, die ihn bald vergessen ließ, was sich gehörte. Mit seiner freien Hand schob er den Rock seiner Begleiterin so hoch, daß ihre Beine völlig entblößt waren. Vanna schien eher angenehm berührt als schockiert zu sein. Guido erigierte heftiger.

Er schob den Rock noch einige Zentimeter höher: nun lagen die dunklen Haare von Vannas Scham frei. Guidos erster Gedanke war natürlich: Ah, sie hat keinen Slip an! Er schalt sich, es nicht vorher erraten zu haben, er, der sich rühmte, auf den ersten Blick erkennen zu können, ob eine Frau zu dieser oder jener der beiden einzigen Kategorien gehörte, die sich die Welt streitig machen, wie es einst das Gute und das Böse taten: zu denen, die unter ihrem Kleid nackt sind, oder denen, die es nicht sind.

»Tanzen wir noch einmal!« befahl Vanna.

Widerstrebend schloß Guido sich wieder der Horde an, die auf der Tanzfläche der Autorität der Bee Gees gehorchte. Aber diesmal achtete er darauf, daß sein Bauch ohne Rücksicht auf das Diktat der Mode an Vannas Unterleib blieb. Sie unterstützte seine Bemühungen geschickt. Zu geschickt! urteilte er nach einem Augenblick. Also entsagte er der Meisterschaft Vannas, deren kurzfristige Wirkung nur zu leicht vorauszusehen war.

Dieser Rückzug schien Vanna nicht zu gefallen, und sie beschloß, sich erneut auszuruhen. Diesmal knöpfte Guido, um sie wieder lächeln zu machen, das Oberteil ihres Kleides auf und legte die Brüste frei: Vanna hörte tatsächlich auf zu schmollen.

Er liebkoste ihre Brüste, ihre Beine und ihr Geschlecht. Ihre Nachbarn ließen sich nichts von dem Schauspiel entgehen. Vanna berührte nun ihrerseits das Geschlecht Guidos unter dem Stoff, versuchte dann, es aus dem Hosenschlitz zu ziehen, den sie geöffnet hatte. Guido hinderte sie daran. Sie protestierte: »Sie sind doch nicht so logisch, wie ich dachte. So wird man Sie in Siwa nie akzeptieren.«

»Ich will aber nicht, daß Sie mir einen runterholen«, sagte Guido. »Ich will Sie bumsen.«

Mehr noch als Guidos hinter ihnen zufallende Zimmertür trennte sie das schnelle Klicken des Riegels endgültig von den Konventionen ihrer Welt und von ihren Gewohnheiten. Er fühlte sich nicht einmal bemüßigt, eine Flasche Champagner aus dem Kühlschrank zu holen, wie er es sonst zu Hause oder im Hotel zu tun pflegte, bevor er ein Mädchen entkleidete.

Ohne ein Wort zu sagen, zog er Vanna das Kleid aus und entledigte sich dann seiner Sachen. Erst als er sie eingehend nackt betrachtet hatte, machte er den Mund auf, um ihr die altmodischste aller Fragen zu stellen: »Tragen Sie eigentlich nie Unterwäsche?«

Sie begnügte sich damit, verneinend den Kopf zu schütteln.

Er nahm sie in die Arme. »Wirklich nie?« insistierte er.

Sie küßte ihn. »Nie, nie!« versicherte sie dann.

Er log unverschämt: »Ich habe es sofort gesehen, als du in die Bar kamst.«

Sie lachte und fragte, wobei sie die Lippen an Guidos Lippen ließ: »Hast du mich deshalb begehrt?«

»Ich kann nur Frauen lieben, die keinen Slip tragen«, bekannte er.

Vanna belehrte ihn ihrerseits: »Das hättest du mir gleich sagen sollen, statt so viele Dummheiten zu verzapfen.«

Wie vorhin beim Tanzen rieb sie ihren Bauch und ihr Geschlecht nun so unwiderstehlich an Guidos aufgerichtetem Glied, daß dieser erneut den zu schnellen Ausgang voraussah, den sie herbeiführen zu wollen schien.

»Was hast du mit deiner Bemerkung über Siwa gemeint?« fragte er, um der Versuchung zu widerstehen, auf der Stelle an Vannas warmer und willfähriger Haut zu kommen, ohne auch nur in sie eingedrungen zu sein.

»Daß man sich dort nicht seiner Neigungen schämt.«

»Wozu neigst du denn?«

»Ich neige nie zu demselben, und ich teile die Neigung keiner anderen.«

»Hast du keine bestimmte Vorliebe?«

»Damit würde ich mich anderer Dinge berauben.«

»Gibt es nichts, was dir nicht gefällt?«

»Doch. Es gefällt mir nicht, daß man sich seines Körpers schämt. Daß man sich seines Geschlechts schämt. Daß man sich seines Verlangens schämt.«

»Du meinst also, daß alles erlaubt ist?«

»Alles, was glücklich macht, ohne andere unglücklich zu machen!«

»Wie kann ich im voraus wissen, ob das, was meinem Körper Lust bereitet, deinen glücklich macht?«

»Du kannst es nicht im voraus wissen. Ich auch nicht. Man muß es ausprobieren.«

Er erigierte noch heftiger als vorher. Das Gespräch entspannte ihn nicht. Er zog Vanna zum Bett, ließ sie niederknien und das Gesicht in der seidenen Steppdecke vergraben.

Er stemmte die Hände auf Vannas Taille, damit sie die Lenden noch mehr wölbte. Auf diese Weise standen die Gesäßbacken stärker vor und gewannen eine statuarische Schönheit. Er stützte sich darauf, bis Vannas Oberschenkel seine Waden berührten.

Er beugte sich vor und leckte ihr samtenes Kreuz, besonders die beiden tiefen Grübchen, die sie links und rechts über der Gesäßfurche hatte. Dann leckte er diese Furche, anschließend jene des Geschlechts, bis sie so feucht war, daß er daraus trinken konnte.

Er leckte die harte und gerade, kleine und kräftige Klitoris, kehrte dann zurück zum Spalt des Anus, drang sogar dort ein, bis die Schleimhaut ebenfalls speichelfeucht geworden war und Vanna vor Lust aufgeschluchzt hatte.

Nun penetrierte er Vannas Schließmuskel, der sich noch nicht wieder zusammengezogen hatte, mit seinem Geschlecht. Trotz der Länge seines Glieds führte er es zur Gänze in den Gang ein, so mühelos, daß er dachte: Sie muß es gewöhnt sein.

Diese Vorstellung gefiel ihm, obgleich er nicht hundertprozentig sicher sein konnte, daß sie der Wirklichkeit entsprach. Genauso stellte er sich oft gern vor, daß eine Frau, die keusch gewesen war, bis er sie verführt hatte, nun in alle Ewigkeit

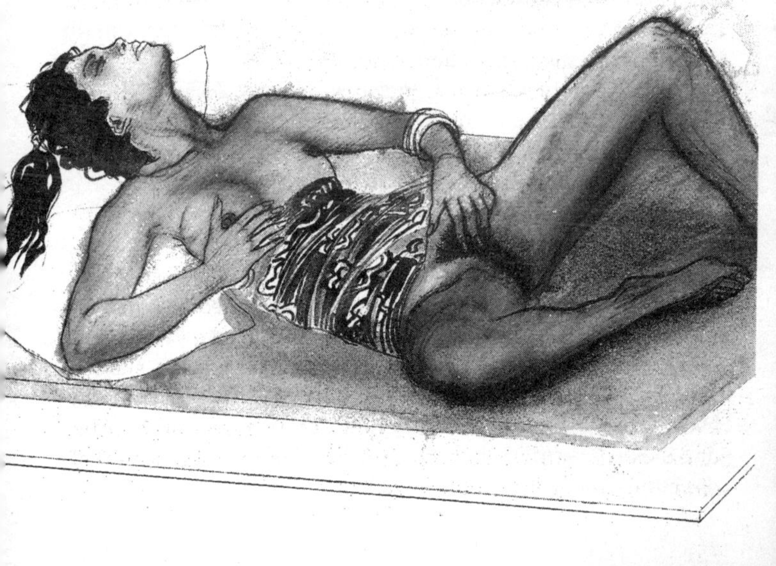

eine Dirne sein würde, und erbaute sich bei anderer Gelegenheit ebenso unbegründet an der Illusion, er entjungfere eine seiner Eroberungen, selbst wenn es sich um die Frau eines Freundes handelte.

Freundschaft konnte Guido nur für Männer empfinden, die den guten Geschmack besaßen, eine hübsche Frau zu heiraten. In eben dem Augenblick, in dem er Vanna von hinten nahm, sagte er sich – und hätte darüber fast laut gelacht –, wenn er sie auf eine Weise nehme, die ihr ebenfalls vertraut war, dann ohne Zweifel deshalb, weil sie nicht zu der Kategorie seiner üblichen Geliebten gehörte: das heißt, nicht zu denen, die ihm um so begehrenswerter vorkamen, je kürzer sie verheiratet waren und je enger er mit ihrem Mann befreundet war.

Er wollte Vanna sagen, daß er stolz darauf sei, keinen einzigen Freund zu haben, dessen Frau er noch nicht gebumst hätte. Keinen einzigen! wiederholte er wollüstig. Keinen einzigen! Er dachte jedoch, ihre Bekanntschaft sei noch nicht weit genug gediehen, um eine solche Vertraulichkeit zu rechtfertigen. Im Moment sei es besser, sich den köstlichen Gesäßbacken Vannas hinzugeben, um ein Höchstmaß an Lust zu empfinden. Und – wer weiß? – vielleicht auch, um ihr eine neue Lust zu schenken.

War sie wirklich nicht verheiratet? Zu der Zeit, als Renato sie kannte, war sie es nicht gewesen, das stimmte, aber sie hätte ja inzwischen geheiratet haben können. Bestimmt! Andernfalls würde sein Glied sich in ihr nicht so wohl, nicht so in seinem Element fühlen...

Ah! malte er sich insgeheim aus. Wenn ihr Mann uns zuschaute! Wenn er wüßte, daß ich seine Frau erst vor wenigen Stunden kennengelernt habe, und sähe, wie ich sie von hinten nehme, wie ich in seinem Eigentum zum Höhepunkt komme!

Dieses Wunschbild erregte ihn so sehr, daß er sich um ein Haar nicht mehr hätte zügeln können. Aber er wollte nicht, daß dieses Erlebnis schon zu Ende ging. Er hielt inne, bis sich die einsetzende Woge des Orgasmus gebrochen hatte.

Erst jetzt begann Vanna, die sich die ganze Zeit nicht geregt hatte, mit einem Instinkt für den richtigen Augenblick, der sein heimliches Entzücken noch vergrößerte, ihre Muskeln langsam zusammenzuziehen und ihr Becken von rechts nach links, von links nach rechts, von oben nach unten zu bewegen...

»Gut!« redete er ihr zu. »Mach so weiter!«

Er selbst drehte sein Geschlecht leicht hin und her, ohne zuzustoßen.

»Und du«, fragte er, »gefällt es dir?«

Sie antwortete nicht. Da suchte Guidos Hand ihre Klitoris, ließ sie vibrieren. Vanna stöhnte auf. Jetzt packte er sie mit beiden Händen an den Hüften, zog sich fast gänzlich aus ihr zurück und drang dann wieder ein, aber nun mit schonungsloser Gewalt.

Waren die Schreie, die Vanna ausstieß, ein Zeichen von Lust oder Schmerz? Er kümmerte sich nicht mehr darum. Er bearbeitete sie mit langen und kräftigen Stößen. Er meinte, noch nie so tief in eine Frau eingedrungen zu sein. Er begann diese zu lieben...

»Ah! Wie gut das ist! Besser als jede Scheide!« erklärte er.

Und er ließ seine Brust an den Rücken der Partnerin sinken, leckte ihren Nacken, biß ihr in die Schulter. Sie reagierte, indem sie ihr Gesäß an seine Scham preßte.

»Ich empfinde Lust«, gestand sie.

Sie bekräftigte es mit ihren Schreien.

Sie spürte sofort danach den Samen, der sich in ihr ergoß – es war wie eine brennende Wunde. Der Mann brauchte lange, um sich seines Verlangens zu entleeren, tat es mit mehr Zuckungen, als sie zu zählen gewöhnt war. Bei der letzten erreichte sie abermals den Höhepunkt, verlor dann das Bewußtsein.

Sie kam wieder zu sich, als sie spürte, daß Guido sich aus ihr löste. Vielleicht hatten sie ineinander geschlafen, ohne sich dessen bewußt zu sein? Sie wandte sich um, küßte zuerst die Wange ihres Gefährten und dann nahm sie sein Glied, das sie eben gepfählt hatte, in den Mund, ohne es vorher von der glänzenden Mischung zu befreien, die es von der Eichel bis zur Wurzel umgab.

Ihre Lippen rundeten sich wie um ein Stück Gerstenzukker, fuhren gierig den noch geschwollenen Schaft entlang. Ihre Zunge umhüllte ihn, ihre Kehle nahm ihn auf, so daß er nicht weich werden und ausruhen konnte, und all das geschah mit so unwiderstehlicher Überredungskraft und Zärtlichkeit, daß Guido nach einiger Zeit, er konnte nicht sagen, wie lange es war, erneut die Woge der Lust spürte und seinen Samen zum zweiten Mal ergoß.

Vanna trank ihn und registrierte einen Geschmack nach Mandeln und Salz, der ausgezeichnet zur Würze der Säfte ihres Anus paßte, die der Phallus ihres Liebhabers in ihre Kehle getragen hatte.

Sie schliefen abermals ein, eng aneinandergedrückt, nackt und ermattet. Nichtsdestoweniger nahm Vanna Guido in jener Nacht noch zweimal in den Mund und schenkte ihm dort Lust.

Spät am nächsten Morgen wollte er dann ihre Vagina penetrieren. Es wäre das erste Mal gewesen. Aber sie wehrte sich.

»Nein«, sagte sie. »Komm in mein Gesäß.«

Und er tat, was sie befahl.

JILL VAUDEVILLE

KEIN JOB WIE JEDER ANDERE

»Olli, Olliiih, komm zurück, Lenders ist am Apparat.«

Ich hasse es, wenn mich jemand Olli nennt. Ich hasse es, wenn mich Lenders gegen sechs Uhr abends anruft.

Wenn ich fünf Minuten früher den Abgang geschafft hätte, könnte ich schon in der U-Bahn sein, auf dem Weg zu meiner Badewanne und einem Glas Sekt. Ich könnte einen erfreulichen Abend planen.

Ich bin Olivia, 38 Jahre alt, leidenschaftlich ledig. Ich bin eine Spitzenjournalistin. Ich bekomme im Büro und im Bett immer das, was ich brauche. Und meistens das, was ich will. Ich bin von funkelndem Kopf und schönem Fleisch.

Das jetzt allerdings in Wutschweiß gerät, weil Lenders meinen Abend in Unordnung bringen wird.

»Was gibt's?« belle ich in den Hörer.

»Olivia, ich weiß, daß Sie so etwas goutieren, sonst hätte ich gar nicht anzurufen gewagt...«

Schleimer, Trickser...

»Wollen Sie nicht heute abend ins Schampain und die Lesung von Pilar Perez machen? Das ist ein Top-Schätzchen, da ist Biß drin...«

Als ob ich es nicht wüßte. Pilar Perez war der Traum aller Intellektuellen und Subkulturellen. Eine Ex-Prostituierte, die einen kompletten Zuhälterring in Miami hochgehen ließ, weil sie es ›politisch nicht verantworten konnte‹, daß er im großen Stil kleine Mädchen verhökerte. Die Erfinderin einer bizarren Fernsehshow mit dem Titel: ›Gehet hin und brecht ein Tabu‹. Autorin fantastischer Geschichten über Sexualität und Politik, über die Erotik der Macht, über die Schönheit der

Emanzipation. Seit zwölf, fünfzehn Jahren hatte es so eine Wuchtbrumme nicht mehr gegeben.

»Hören Sie mir denn zu, Olivia? Ich sagte, ich kann Ihnen am Samstag eine ganze Seite für die Lady geben. Sie mögen doch so etwas, wilde Frauen-Porträts...«

Drei Stunden später sitze ich im Schampain. Einer meiner Lieblingsjagdgründe. Wegen der Mischung aus Humanität und Kriminalität. Der Raum ist ausverkauft bis auf die Fensterbänke und in apricotfarbenes Licht getaucht. Die Leute sehen ziemlich gut darin aus. Szenenpublikum: kurzgeschorene Junglesben, ein paar Feuilleton-Profis, avancierte Feministinnen in feinem Tuch, Studenten in schwarzen Jeans und schweren Schuhen, ein Haufen *somebodies* aus den Chefetagen der Stadt, die üblichen Prominenten-Vampire, die zu allen Ereignissen erscheinen, aufgedreßte, polierte Motorrad-Schwule.

An den *Stufen* zur kleinen Bühne, wo sonst getanzt wird, steht etwas sehr, sehr Niedliches und verteilt Pressemappen. Ziemlich jung, fast noch ein *toy boy*, gerade so unrasiert, daß es beim Knutschen nicht ernsthaft kratzt. Nachwuchs soll man immer in Augenschein nehmen. Ich dränge mich also zwischen die Krokodile von der Konkurrenz und lasse flott heraushängen, daß ich Die Wichtige Medienpersönlichkeit bin.

»... natürlich habe ich ihr letztes Buch gelesen, nein, es ist überhaupt nicht pornographisch...«

»Eher zeitkritisch, wenn ich es mal qualifizieren soll...«

»Vielleicht ist Sex wirklich eine zu irritierende Metapher für den moralischen Paradigmenwechsel unserer Ära...«

Blubberblubber. Die Blähbeutel übertreffen sich wieder einmal. Gegen das Geklapper der Krokodile will ich nicht anschreien, und Wörter mit mehr als vier Silben machen mir Kopfschmerzen heute abend. Schade, der *toy boy* käme gerade recht. Ich werfe ihm einen eindeutigen Blick zu, kann immer mal eine gute Investition sein. Er lächelt verwirrt zurück. Ich zupfe noch ein bißchen am Kleid herum, scheinbar enttäuscht, und gehe dann zur Bar. Molly hat bereits

einen *preppie* für mich gemischt. Ein halbes Schnapsglas Tequila, die andere Hälfte frisch gepreßter Zitronensaft. Todsicherer Anheizer. Geht sofort in den Unterleib.

Perez liest jetzt. Angenehme Modulation, nicht besonders laut. Ihr Deutsch ist ein kleines bißchen ungelenk, und darum aufregend. Wenn sie ›Vagina‹ sagt, klingt es wie die Himmelfahrt der Großen Göttin.

»Wer sich belügt, macht sich der Abtötung seines Geistes schuldig, wer nie den Rausch der Hemmungslosigkeit gefeiert hat, ist in der Seele verkümmert.« Die Einleitung zu ihrer Hymne an den Schmutz.

Ich schreibe ihre Worte mit. Dann ein paar Notizen über das Publikum, das Übliche eben. Den Rest werde ich mir auf der Pressekonferenz und aus meinem Privatarchiv verschaffen. Mit einem weiteren *preppie* in der Hand lehne ich mich gegen die Wand, schließe die Augen und höre Perez zu.

»Möchten Sie wissen, wo Pilar morgen früh um elf ist, allein, ohne Presse-Troß?«

Eine Stimme, die in die Haut sickert. Ich öffne die Augen, drehe mich hin. Nicht zu schnell. Vor mir steht ein blonder, hochgewachsener Engel. Mager, in sehr zerschlissenen Jeans. Der Engel hat einen Schmutzschleier über seinen Blick und zerbissene Lippen. Unter den Augen violette Schatten. Der Engel gefällt mir außerordentlich.

»Wo könnte sie wohl sein, morgen um elf?«

»In der Galerie Sohte, sie wird sich dort die Holzskulpturen anschauen, inkognito.«

Auf der Bühne wiegt Perez ihren Oberkörper hin und her, zuckt, erstarrt, schaukelt. Als ob sie das, was sie gerade vorliest, bebildern will. Aber Perez ist mir im Moment ziemlich egal. Ich habe nur noch Augen für den Engel. Genau das Richtige für Untenrum. Ich stelle mir vor, wie ich in seinem Engelshaar wühle, während er himmlische Dinge mit seiner Zunge treibt.

»Nett von Ihnen, mir den Tip zu geben. Dann kann ich mir die Pressekonferenz sparen.«

Ich bestelle zwei *preppies*. Der Engel leckt sich über den

zerbissenen Mund. Wie der Zitronensaft wohl darauf brennt? Am liebsten würde ich ihm die Lippen naßmachen, mit meiner Zunge in den kleinen Rissen hängenbleiben, sie mit meinem Speichel glätten und aufweichen.

Zerbissenen Lippen konnte ich noch nie widerstehen. Sie erinnern mich an leere, zerwühlte Betten. An den Morgen danach. Sie sind nicht so vulgär wie Knutschflecken. »Sind Sie allein hier... ich auch.« Wir fragen die richtigen Fragen und ziehen uns am Ungesagten hoch. Die Luft wird bleischwer. Andeutungen, Signale, Gier.

Wie gerne ich die sehr weißen Hände des Engels an meinen Brüsten spüren möchte. Er müßte die Nippel mit einem feuchten Finger reiben und dann leicht kneifen. Am besten sofort.

Alle stieren inzwischen wie betäubt zur Bühne. Sogar Molly, hinter der Theke, ist ganz hin und weg. Mein Engel rückt entschieden näher. Ein Ledermann baut sich vor uns auf, nimmt mir die Sicht zur Perez, bedeckt uns mit seinem gut gebauten Rücken. Der überraschende Duft von Leder macht mich heiß. Der Engel neben mir schaut schmutzig vor sich hin und atmet die Luft tief durch die Nase ein. Ich kann sehen, wie sich die Nüstern weiten.

Durch einen Riß in den Jeans sehe ich sehr weißes Fleisch. Ich stelle mir vor, wie ich mit meinen dunkelroten Nägeln darüberstreife. Den Druck verstärke. Mich festkralle, bis die Haut rot wird und reißt. Winzige Tropfen. Blut würde auf dieser Haut leuchten, todsicher.

Der Engel nimmt meine Hand, wirft mir einen Laserblick zu. Ich fange an zu zündeln. Er schiebt meine sehr roten Krallen zwischen seine sehr rauhen Lippen und lutscht an ihnen. Er saugt an meinem Mittelfinger. Rein, raus, rein, raus.

Schluß mit den Kindereien. Ich verliere die Übersicht. Daß ich den Engel will, ist klar. Aber auf *meinem* Terrain. Ich schiebe meine Unterlagen zu Molly hinüber, die kurz ihren Fan-Blick von Perez losreißt und den Kram verstaut. Dann gehe ich zur Toilette. Die nächsten Schritte wollen gut geplant sein.

Es fällt mir schwer zu pinkeln. Ich bin so angespannt, daß nichts fließen will. Erst als ich zum Waschbecken hinüberlange und den Hahn öffne, geht es. Große Erleichterung. Ich mache mich fertig für die Kaperfahrt. Neues Lippenrot, ein bißchen *Vent Vert* hinter die Ohren und in die Armbeugen. Meine Augen glänzen hart. Haben, haben, haben. Den Engelstest machen. Ihn zum Abheben bringen, damit mir der siebente Himmel kommt. Die Tür geht auf, er ist mir nachgefolgt. Natürlich. Ich drehe diesmal den Schlüssel um. Der Engel kniet wortlos nieder, schiebt mein Kleid hoch, umschließt meine Möse mit seinen weißen Fingern, krault fragend. Ich verkralle mich in sein Haar, drücke seinen Mund dorthin, wo es nach Bedienung schreit.

Ich bin Olivia, 38, von schönem Fleisch und funkelndem Kopf. Ich bin etwas herzlos und reichlich rollig. Ich schätze Überraschungen und vor allem Engel, die mich in Nachtbars retten.

Er fängt an mich zu lecken. *Das erste Mal ist immer so... rührend,* denke ich. Wenn die Zunge alles durchprobiert: gleiten, wirbeln, trillern, drücken, kitzeln, pflegen, angreifen. Wenn es noch nicht synchron läuft, wenn das Tempo falsch wechselt. Wenn ich kurz vor dem Kommen bin und der Kopf da unten eine unwillkommene Pause einlegt. Wenn ich angeschwollen und feucht wie eine Gewitterwolke bin und eine ängstliche Stimme fragt: »Sag mir doch bitte, was dich geil macht, du.«

Mein Engel heute abend ist nicht ohne Talent. Aber ich kann noch nicht guten Gewissens loslassen. Schließlich gehört mehr zum Sex als eine fleißige Zunge. Spielen, das macht den Sex erst rund.

»Zieh dich aus.« Der Engel gehorcht. Wir können inszenieren, der Raum ist groß genug. Ich spreize die Beine und setze mich auf seinen nackten Rücken. Meine Möse ist feucht von seinem Speichel und meiner Lust. Das schwarze Kleid staut sich über meine Hüften. Strumpfhose und Slip liegen weit entfernt.

»Bewege dich.« Der Engel gehorcht. Sein weißes Fleisch

drückt gegen mein schwarzes Dreieck. Ich jage meinen Mittelfinger zur Clit, schiebe die Hautfalten weg. Kontakt! Kontakt! Kontakt!

Jetzt wird es schwül in der Toilette. Ich bin sehr, sehr rollig und will es mir auf keinen Fall selbst machen müssen, nur weil der Engel neu ist. »Mach, daß ich komme. Schnelle, harte Zungenstöße will ich. Ändere das Tempo nicht. Verliere nicht den Schwung. Beweg deinen Hintern. Überreize mich nicht. Du sollst in Würde dienen.«

Und der Engel gehorcht. Er macht keinen Fehler. Sein Blick ist dunkelschmutzig. Ich explodiere in sein Gesicht. Obwohl ich nicht schreie, nicht stöhne, weiß er, daß ich gesättigt bin. Er küßt seine Reverenz überall hin, trocknet das Gesicht, schließt auf, verschwindet in den halbdunklen Gang.

Ich bin erfrischt, sehe gesund und entspannt aus. Ein guter Orgasmus ohne Gegenleistung macht mich immer menschenfreundlich. Zurück zur Arbeit. Perez ist mit ihrer Porno-Poesie fast zu Ende. Mit ihren Worten hat sie sie alle verrückt gemacht. In der Ecke steht ein KV und weint selig. Die schicken Ehefrauen flüstern sehr leise. Eine hat rote Flecken am Hals. Die Feuilleton-Krokodile schreiben wilde Sätze ohne Punkt und Komma ins Notizbuch. Sogar die Ledermänner haben ihre Posen vergessen. Sie beugen sich demütig nach vorn, zur Bühne hin und wollen mehr. Ich sehe schon die Schlagzeilen vor mir: *Die Sappho des 21. Jahrhunderts. Frauen erobern den Sex zurück. Der Blick auf die wüste Seite des Weibes.*

»Hat Ihnen die Lesung gefallen?« Der *toy boy* steht plötzlich an meiner Seite. Er ist rosig, wie alle im Publikum. Ein richtiges Leckerchen ist er.

»Pilar Perez wird den Literaturbetrieb und die Emanzipationsbewegung – oder was davon übriggeblieben ist – in Brand setzen«, sagt er, »da bin ich sehr sicher.« Macht auf Klasse, das Leckerchen. Ich lächele cremig in mich hinein und murmele: »Erstaunliche Lesung, man gerät in eine ganz andere Welt. Als ob einem Flügel wachsen würden...«

Ich schaue ihm so lange in die Augen, bis sich ein kleiner Schmutzfilm auszubreiten beginnt. Und dann beißt er sich auf die Lippen, bis sie reißen.

ANNE-MARIE VILLEFRANCHE

Die emanzipierte Madame Delaroque

Als Laurence sie das erste Mal sah, war er sich absolut sicher, daß sie gerade Liebe gemacht hatte. Sie kam die Treppe von einer Wohnung im zweiten Stock am Boulevard Beaumarchais herunter, als er gerade hinaufging. Ihre Kleidung war ausgesprochen elegant. Sie trug ein hübsches kleines Sommerkostüm aus blaßgrüner Seide mit einem reizenden Faltenrock. Unter dem farblich dazu passenden Hut wirkte ihr Gesicht ruhig und gelassen, und doch entging Laurences aufmerksamen Augen nicht der darauf liegende Schimmer von befriedigter Begierde, der keinen Zweifel darüber zuließ, was sie gerade getan hatte.

Er trat höflich zur Seite, um sie vorbeizulassen, und zog seinen Hut. Sie konnte nicht älter als 25 Jahre sein und war ausgesprochen attraktiv. Sie nickte höflich, erwiderte jedoch nicht sein Lächeln – vielleicht weil sie in seinen Augen las, daß er instinktiv etwas von den Vergnügungen ahnte, die sie noch vor kurzem genossen hatte. Der zarte Geruch ihres teuren Parfums entging Laurence nicht, als sie nahe an ihm vorüberging, und er glaubte, sogar einen Hauch des aufregenden natürlichen Dufts einer Frau zu vernehmen, die gerade geliebt worden war. Doch vielleicht war das nur Einbildung. Er bemerkte ihre feinen weißen Handschuhe, die auf dem Handrücken mit farbigen Stickereien verziert waren.

Kurz, er begehrte sie von dieser ersten Begegnung an. Hätte sie sein Lächeln erwidert, dann hätte er auf der Stelle versucht, sie in ein Gespräch zu verwickeln, um sich zu einem späteren Zeitpunkt mit ihr zu verabreden. Sie aber nickte nur liebenswürdig und ging weiter die Stufen hinunter.

Es war beinahe 18 Uhr, und Laurence war auf dem Weg zu

einem Freund, um mit ihm zu speisen und einen vergnüglichen Abend zu verbringen, wie er zwei unverheirateten Männern zusteht. Auch gab es noch eine kleine, geschäftliche Angelegenheit höchst interessanter Art zu besprechen. Sein Freund Jean-Claude Sorbier begrüßte ihn herzlich, bot ihm etwas zu trinken an, während sie beratschlagten, welches der unzähligen ihnen bekannten Restaurants sie als Ausgangspunkt für den Abend wählen sollten. Schließlich konnte Laurence seine Neugierde nicht länger zurückhalten.

»Auf der Treppe ist mir eine äußerst bezaubernde Dame begegnet«, sagte er. »Hat sie eine Wohnung hier im Haus?«

»Ich kenne meine Nachbarn nicht gut«, antwortete Jean-Claude, »ich bin so selten zu Hause, weißt du.«

»Du kannst unmöglich mit ihr im selben Haus wohnen, ohne es zu wissen«, entgegnete Laurence. »Sie ist ungefähr fünfundzwanzig, trug ein blaßgrünes Kostüm – in jeder Hinsicht eine reizvolle Erscheinung. Du mußt sie schon gesehen haben!«

»Ich glaube nicht, daß sie hier wohnt«, sagte Jean-Claude ausweichend.

»Aber du wohnst doch schon seit Jahren hier. Du mußt allen deinen Nachbarn irgendwann einmal auf der Treppe begegnet sein.«

Jean-Claude zuckte mit den Schultern, und Laurence erriet endlich die Wahrheit.

»Du Teufelskerl!« sagte er und grinste. »Sie war hier, um dich zu besuchen. Ich hätte es wissen müssen! Du bist ein Glückspilz. Sie ist großartig! Wer ist sie denn?«

»Na gut, da du mir jetzt sowieso auf die Schliche gekommen bist: sie heißt Marcelle Delaroque. Aber, bitte, kein Sterbenswort zu irgend jemandem, ihr Mann soll sehr eifersüchtig sein, und ich möchte nicht, daß sie in Schwierigkeiten gerät.«

»Selbstverständlich«, sagte Laurence, »aber Delaroque – der Name kommt mir bekannt vor, obwohl ich ihn im Moment nicht einordnen kann. Wer ist das?«

»Niemand von Bedeutung. Er ist einer unserer Abgeordneten beim Völkerbund. Aber du hast doch sicherlich schon von Marcelle Delaroque gehört?«

»Natürlich, das ist doch die Frau, die sich für die Frauenbildung einsetzt! In den Zeitungen liest man ständig Artikel von ihr. Ich habe einmal versucht, einen zu lesen, bin aber nicht bis zu Ende gekommen. Aber sie ist eine vollkommene Schönheit! Und ich hatte immer gedacht, daß die Autorin solcher Artikel eine häßliche alte Jungfer sein muß. Sie kann aber doch nicht Delaroques erste Frau sein. Er ist doch schon mindestens sechzig.«

»Seine dritte.«

Laurence versuchte, Jean-Claude noch weiter über seine charmante Freundin auszufragen, erreichte aber nichts. Diskretion schien von höchster Wichtigkeit zu sein. Jean-Claude bestand darauf, und so kehrten sie zur der Frage zurück, wo sie zu Abend speisen sollten.

Die kleine, geschäftliche Angelegenheit, die Laurence während des Essens ansprach, betraf die Möglichkeit, ein kleines Häuschen auf dem Lande, nicht mehr als eine Fahrstunde von Paris entfernt, zu einem vernünftigen Preis zu mieten. Es lag in der Natur der Sache, daß die Damen, die mit galanten jungen Männern wie Laurence und Jean-Claude intim verkehrten, meistens verheiratet waren, so daß ein Höchstmaß an Diskretion erforderlich war, um den gesellschaftlichen Anstand zu wahren. Dies führte zu kurzen und oftmals hastigen Begegnungen, wo doch die Vergnügungen der Liebe eigentlich mehr Zeit und Sicherheit vor Unterbrechung durch unerwartete Besucher oder neugierige Diener erforderten.

Von Zeit zu Zeit war es verheirateten Damen jedoch möglich, ihren Ehemännern gegenüber einen Vorwand für ein oder zwei Nächte der Abwesenheit zu ersinnen, indem sie zum Beispiel behaupteten, eine Schwester oder eine andere Verwandte außerhalb von Paris besuchen zu müssen. Es war besonders einfach, dies den Männern zu erklären, die selbst das dringende Anliegen hatten, sich mit anderen verheirateten Frauen zu treffen – und am allereinfachsten war es, wenn ein Ehemann eine intime Freundschaft mit einer unverheirateten Dame unterhielt, die er auch finanziell unterstützte. Für solche Rendezvous gab es eine Reihe kleiner, aber sehr komfortabler Hotels ein oder zwei Stunden von der Stadt entfernt, die besonders an den Wochenenden gut besucht waren.

Das Problem bestand jedoch darin, daß man dort Bekannten begegnen konnte, die sich denselben Beschäftigungen hingaben. Mehr als einmal hatte man gehört, daß verheiratete Paare sich jeweils in der Begleitung eines anderen zufällig in einem kleinen Landhotel trafen – mit verheerenden Folgen! Ob diese Geschichten auf Wahrheit beruhten oder nur eitles Geschwätz waren, sei dahingestellt. Aber die Möglichkeit einer solchen unerwünschten Begegnung, wie unwahrscheinlich auch immer, reichte aus, um eine gewisse innere Unruhe hervorzurufen.

Ein eigenes kleines Häuschen auf dem Lande zu haben, das versprach nur Vorteile! Die Kosten waren natürlich ziemlich hoch, da die Hauseigentümer nicht dumm waren und den Wert dessen kannten, was sie anzubieten hatten. Aber wenn sich zwei vertraute Freunde in die Kosten teilten, waren sie erträglich und die Vorteile offensichtlich. Im eigenen Landhaus gab es Raum genug für unbeschwerte Liebesspiele, die in einem Hotel wohl nicht stattfinden könnten.

Jean-Claude gratulierte Laurence zu seinem Fund und meinte, eine solche Chance dürfe man auf keinen Fall ungenutzt lassen. Sie einigten sich also, das Häuschen sofort zu mieten und die Kosten zu teilen.

Danach verlief der Abend fröhlich weiter. Sie besuchten die letzte Vorstellung im Moulin Rouge und machten Abstecher in zahlreiche Tanzlokale mit Akkordeonmusik und Sängerinnen in Paillettenkostümen, die sich als Spanierinnen ausgaben, bis sie sich im Morgengrauen in einem Café in der Nähe von Les Halles wiederfanden, um die Nacht mit einer dicken Zwiebelsuppe und einem kleinen Glas Marc zu beenden.

So wurde das Häuschen gemietet, und man schmiedete Pläne für den ersten Aufenthalt. Zu jener Zeit war Laurence in enger Freundschaft mit Marie-Véronique Blois verbunden, der bezaubernden Cousine seines Freundes Charles Brissard, durch den er sie auch kennengelernt hatte. Marie-Véronique war wirklich bezaubernd zu nennen – bis auf einen Punkt. Zwar war sie hübsch, wußte sich gut zu kleiden und genoß die Freuden der Liebe, hatte also all die Eigenschaften, die ein Mann in einer Frau sucht, mit der er eine intime Freundschaft pflegen will. Aber sie hatte eine Neigung, die Laurence langweilte, nämlich über häusliche Angelegenheiten zu sprechen – und dies ausgerechnet mit einem Liebhaber!

In den süßen Qualen des Liebesakts, ja im höchsten Moment selbst, blieb Marie-Véronique stumm. Zuerst hatte Laurence diese seltene Eigenart der Tiefe ihrer Leidenschaft zugeschrieben, aber nach längerer Bekanntschaft mit ihr begann er sich zu fragen, ob sie vielleicht heimlich die morgigen Mahlzeiten für die Familie plante. Auf jeden Fall schien ihm ihre enge Freundschaft nicht zu langer Dauer bestimmt zu sein. Bis eine andere in sein Leben trat, war er jedoch zufrieden und bereit, zu genießen, was Marie-Véronique ihm anzubieten hatte.

Es war also Marie-Véronique, mit der er hinaus aufs Land fuhr, um das neuerworbene Landhaus seiner vorgesehenen Bestimmung zuzuführen. Sich für ein paar Tage von ihrer Familie zu entfernen war nicht schwierig für sie, denn eine ihrer Klagen über ihren Ehemann bestand darin, daß er sie nicht mehr liebte und zu oft abwesend war. Für Laurence und die meisten seiner Bekannten war es kein Geheimnis, daß Marie-Véroniques Ehemann seit einigen Jahren eine stürmische Liebesaffäre mit einer polnischen Opernsängerin unterhielt, aber Marie-Véronique selbst ließ nie eine Bemerkung darüber fallen. Entweder wußte sie es nicht oder sie zog es vor, nicht daran zu glauben.

Jean-Claude lud natürlich Marcelle Delaroque ein. Er erzählte Laurence, sie habe sofort abgelehnt, als sie hörte, daß noch andere anwesend sein würden. Aber Jean-Claude hatte schließlich ihre Einwände erfolgreich zerstreut, indem er ihr versicherte, daß sein langjähriger Freund Laurence völlig vertrauenswürdig sei. Und was Marie-Véronique anging, so hatte sie sicherlich keinen Anlaß, irgend jemandem zu erzählen, wen sie an einem Ort getroffen hatte, an dem sie selbst nicht hätte sein sollen.

Beide Frauen waren von dem Landhaus entzückt. Es war offensichtlich als besseres Bauernhaus erbaut und von seinem jetzigen Eigentümer renoviert worden. Es gab fließendes Wasser und sogar ein Badezimmer, aber durch die schweren Holzmöbel und die gekalkten Wände war der rustikale Charakter erhalten geblieben. Die Küche, die zugleich als Speisezimmer diente, hatte einen Fußboden aus Steinfliesen und einen großen, offenen Herd. Im oberen Stock gab es zwei Schlafzimmer mit altmodischen hohen Betten aus stabilem Holz – geradezu ideal für amouröse Tollereien!

Es gab natürlich weder Telefon noch Elektrizität, was jedoch den ländlichen Reiz des Ortes nur verstärkte. Im sanften Licht einer Öllampe, die von der Küchendecke hing, genossen sie ein ausgezeichnetes Abendessen, das die Damen selbst zubereitet hatten, und viel guten Wein. Die ganze Stimmung war höchst romantisch, und selbst Marie-Véronique war in der Lage, ihre häuslichen Sorgen zu vergessen. Ja, angeregt durch Marcelle Delaroque, die eine geistreiche und lebendige Unterhalterin war, blühte Marie-Véronique förmlich auf. Alles in allem war es ein höchst angenehmer Abend.

Einige Zeit vor Mitternacht zogen sich die beiden Paare in ihre Schlafzimmer zurück, um sich dem wichtigsten Teil ihres Landausflugs zu widmen. Im goldenen Kerzenlicht, das im oberen Stockwerk die einzige Beleuchtung war, entkleidete Laurence Marie-Véronique und küßte ihre entblößten Brüste. Auch im Bett hielt ihre ungewohnte Lebhaftigkeit an, und bei der Liebe war sie leidenschaftlicher denn je zuvor. Sie seufzte und stöhnte, während er sie umarmte – etwas, das sie sich früher nicht getraut hatte, und als er sie bestieg, umschlangen ihn ihre Beine heftig. Oh, welche Wunder werden doch durch gute Landluft, lebhafte Gesellschaft und ausgezeichneten Wein vollbracht! Laurence ritt stolz auf ihr und wurde auf dem Höhepunkt seiner Lust dadurch belohnt, daß sie liebevoll seinen Namen ausrief, als seine Opfergabe ihren Schrein der Liebe überflutete.

Er lag zitternd auf ihrem warmen Körper und drückte sie an sich, voller Freude über das, was geschehen war. Er hatte zu hart über sie geurteilt, er war lieblos und überkritisch gewesen. In Wirklichkeit war sie eine wunderbare Frau und Geliebte.

Durch die Wand zu dem Zimmer, in das sich Jean-Claude und Marcelle zurückgezogen hatten, hörte er eine Frauenstimme ausrufen: »Ah! Ah! Ah!« Die Rufe schwollen immer lauter an und gipfelten in einem ausgedehnten Schrei der Ekstase. Ohne Zweifel, das war Marcelle auf dem überwältigenden Höhepunkt der Liebe!

»Die ist aber laut«, flüsterte Marie-Véronique unter ihm.

Wie ein Luftballon, den man mit einer Nadel gestochen hat, war Laurences Vergnügen an seinem eigenen Liebesspiel mit einemmal zerplatzt. Er hatte Marie-Véronique in dieser Nacht als besonders teilnehmend empfunden, und doch drängte sich ihm hier ein Kontrast auf, der ihn erkennen ließ, wie zurückhaltend sie in Wirklichkeit war. Was er wollte war eine Frau wie Marcelle – eine Frau, die sich so vollständig in die sinnliche Liebe stürzte, daß bei ihrer orgastischen Erlösung alles andere aufhörte zu existieren. Kurz, er wollte mit Marcelle ins Bett und nicht mit Marie-Véronique.

Wie selbstzerstörerisch sind doch die Launen der Männer! Da lag er nun mit einer bezaubernden jungen Frau im Bett, die ihm gerade die höchste Befriedigung geschenkt hatte. Noch schmiegten sich ihre warmen Brüste an seine Haut, und ihre zarte Schatzkammer umschloß seinen langsam kleiner werdenden Riegel. Ein vernünftiger Mann wäre sehr zufrieden gewesen, und doch zerbrach sich Laurence den Kopf darüber, daß er eine andere Frau unter sich spüren wollte. Sein Herz verschloß sich den Gefühlen der Dankbarkeit und Zuneigung, die er für Marie-Véronique eigentlich hätte haben sollen. An diesem Beispiel kann man sehen, daß Männer in der Mehrzahl Idioten sind.

Er legte sich neben Marie-Véronique und hielt sie in seinen Armen – mehr um den Schein zu wahren als aus wahren Gefühlen –, während er über seine Situation nachdachte. Wenn er es sich recht überlegte, hatte er Marcelle vom ersten Augenblick an begehrt, als er sie die Treppe von Jean-Claudes Wohnung herunterkommen sah.

»Willst du es noch einmal machen?« fragte Marie-Véronique flüsternd.

Sie hatte das noch nie gefragt. Es verstand sich auch ohne Worte von selbst, daß sie ihre Vergnügungen wiederholten. Vielleicht spürte sie mit weiblicher Eingebung, daß nicht alles in Ordnung war und daß er sich im Herzen von ihr abgewendet hatte.

»Bist du müde, Chérie?« fragte er so liebenswürdig wie möglich.

»Ja, das muß die frische Luft sein. Würde es dir viel ausmachen, wenn ich jetzt einschlafen würde? Wir haben doch morgen noch den ganzen Tag.«

»Natürlich. Schlaf in meinen Armen ein!«

Sie schwiegen, und nur ein paar Minuten später hörte er an ihrem regelmäßigen Atem, daß sie bereits schlief. Laurence lag lange Zeit wach und fühlte sich elend wegen des Schreies der Lust, der durch die Wand zu ihm gedrungen war. Seine Qualen verschlimmerten sich, als sich dieser Schrei nach einiger Zeit wiederholte, diesmal sogar noch mit größerer Hingabe als zuvor. Laurences Männlichkeit regte sich bei diesem Laut und stand aufrecht, aber er traute sich nicht, Marie-Véronique noch einmal zu lieben; und im übrigen schlief sie bereits fest. Was sollte er tun? Sich aus dem Verhältnis mit Marie-Véronique zu lösen war einfach genug, aber wie sollte er Marcelle für sich gewinnen? Offensichtlich war sie Jean-Claude ergeben, denn sonst wäre sie nicht hier. Zweifellos könnte er sie von sich überzeugen – Laurence hatte seine eigene Fähigkeit, die Frauen dieser Welt zufriedenzustellen, noch nie unterschätzt –, aber Jean-Claude würde sich sicherlich durch diesen Verrat seines ältesten Freundes tödlich beleidigt fühlen.

In einem solchen Dilemma zieht die Freundschaft immer den Kürzeren. Laurence entschloß sich, Marcelle für sich zu gewinnen, und wenn Jean-Claude nicht mehr mit ihm sprechen würde – um so schlimmer für ihn. Die Prioritäten lagen auf der Hand.

In großen Qualen nagender Eifersucht stellte er sich in seiner inneren Aufregung die Ereignisse vor, die wohl zu diesem Schrei der Ekstase geführt hatten. Marcelle auf Jean-Claudes Bett, nackt auf dem Rücken liegend. Jean-Claudes Hand zwischen ihren Schenkeln und sein Mund an ihren Brüsten...! Oder Marcelle voller Hingabe auf Jean-Claude ausgestreckt, ihre Finger mit seinem erregten Glied spielend...! Ah, es war zuviel. Es war unerträglich, hier in der Dunkelheit zu liegen, während eine Wand ihn trennte von dem, was er am meisten in der Welt begehrte!

Marie-Véronique hatte sich im Schlaf von ihm weggedreht und atmete friedlich. Er lag da in einem Fieber der enttäuschten Begierde, sein aufgerichteter Schwanz hob die Bettdecke wie eine Zeltstange. Noch nie in seinem Leben hatte er solche Qualen erlitten. Aber es sollte noch schlimmer kommen: eine Wiederholung von Marcelles lautem Schrei der Lust, diesmal unvorstellbar lange ausgedehnt. Das war für Laurence in seinem Zustand der akuten Erregung zuviel! Seine zitternde Hand ergriff seinen harten Schaft und rieb ihn wie wild. In seinem Kopf hallte noch das Echo von Marcelles klagendem Schrei, und in wenigen Sekunden zuckte sein unbefriedigter Schwanz heftig und verströmte seine verschwendete Leidenschaft auf seinen nackten Bauch. Obgleich nicht befriedigt, war er danach von der Stärke seiner verzweifelten Gefühle zumindest erschöpft und fiel schließlich in Schlaf.

Das ungewohnte Gezwitscher der Vögel, die in den Bäumen rund um das Landhaus den neuen Tag begrüßten, weckte ihn ein paar Stunden später. Er hatte keine Ahnung, wie spät es war. Durch das Schlafzimmerfenster sah der Himmel blaß aus. Wahrscheinlich war es noch sehr früh am Morgen. Marie-Véronique schlief noch. Sie lag auf dem Rükken, einen schlanken Arm über ihrem Kopf auf das Kissen gebreitet. Ihr hübsches Gesicht war ruhig, und sie sah nicht älter als zwanzig aus, unschuldig und zerbrechlich. Laurences Gewissen regte sich, als er sich seiner unwürdigen Gefühle der letzten Nacht erinnerte. Schließlich hatte diese liebe Frau ein beträchtliches Risiko auf sich genommen und ihr häuslichen Glück aufs Spiel gesetzt, um mit ihm zusammenzusein. Sie hatte seine Liebkosungen gefühlvoll erwidert und sich ihm völlig hingegeben. Doch wie hatte er ihr Vertrauen und ihre Zuneigung gelohnt! Laurence schämte sich vor allem, als er an seinen wilden Akt der Selbstbefriedigung dachte, während sie noch geschlafen hatte.

Um sie nicht zu stören, zog er vorsichtig die Bettdecke herunter und betrachtete ihre reizvollen kleinen Brüste. In Wirklichkeit war Marie-Véronique eine sehr begehrenswerte Frau, und er hatte sich sehr undankbar gezeigt. Mit seiner Zungenspitze berührte er leicht die zarte Knospe ihrer Brust und sog den herrlichen Duft ihrer Haut ein. Er hatte sich wegen der letzten Nacht einiges vorzuwerfen. Zwischen seinen Beinen regte sich das Wahrzeichen seiner Männlichkeit, und als sich seine Aufmerksamkeit ihrer anderen herrlichen Brust zuwandte, stand er in vollster Erregung.

Marie-Véronique seufzte im Schlaf. Unter dem Genuß von Laurences Zärtlichkeiten träumte sie sicherlich von der Liebe. Er schob die Bettdecke weiter herunter, um ihren weichen Bauch zu bewundern und sanft zu streicheln. Wie schön sie ist, dachte er, während sein bebendes Geschlecht dieses Urteil leidenschaftlich bestätigte.

Sie lag mit leicht gespreizten Beinen da. Laurences Fingerspitzen strichen durch das dunkelbraune Vlies zwischen ihren Schenkeln und tasteten sich schließlich bis zu ihren geheimsten Lippen vor. So warm, so zart! Laurence seufzte tief, sein Herz war voller Zuneigung für Marie-Véronique, die er noch in der Nacht davor innerlich zurückgewiesen hatte. Auch sie seufzte, als die sich steigernden Lustempfindungen sie langsam aus dem Schlaf weckten. Laurences geschickt suchende Finger drangen sanft in ihre weichen Lippen ein, die er eben noch liebkost hatte, und – o ja! Der feuchte Tau der

Erregung hatte sich in ihrer warmen kleinen Grotte schon spürbar niedergeschlagen.

Er berührte ihre verborgene Knospe so leicht wie ein Schmetterling, der sich mit zerbrechlichen, zitternden Flügeln auf einer Sommerblume niederläßt. Sie seufzte noch einmal und war jetzt schon fast wach. Ihre schlanken Beine bewegten sich in einer rührenden Geste der Hingabe langsam auseinander. Laurences Finger liebkosten sie nun ein bißchen fester, bis sie mit einem weiteren Seufzer der Lust erwachte. Ihre tiefbraunen Augen öffneten sich und sahen ihn verzückt an.

»O Laurence!« flüsterte sie liebevoll.

Sie schlang ihre Arme um seinen Nacken und zog ihn zu sich. Er legte sich leicht auf sie, und als sie die Knie anzog, fand sein steifer Kavalier wie von selbst den Eingang zu ihrer warmen Venusgrotte und schlüpfte mit einem leichten Stoß hinein. Laurences Herz war nun von den zärtlichsten Gefühlen für sie erfüllt, und ihre körperliche Vereinigung war von tief empfundener Leidenschaft geprägt, die ihn für ihre wie für seine eigene Lust gleichermaßen aufmerksam sein ließ. Unter solchen Umständen, wo die gegenseitige Wertschätzung und die Begierde bei beiden Partnern gleich ist, ist auch für beide ein befriedigendes Erlebnis garantiert. Ihre Bewegungen wurden immer schneller und drängender, und in dem Moment, als Laurence ihr in einer leidenschaftlichen Flut seinen Respekt zollte, bäumte sich auch Marie-Véroniques Körper vor Lust auf. Sie stöhnte und sagte ihm, sie bete ihn an.

Nach vielen zarten Erklärungen der Liebe lagen sie sich schließlich in den Armen, und da es immer noch früh am Morgen war, schlief Marie-Véronique bald wieder ein. Auf ihrem Gesicht lag ein Ausdruck tiefer Zufriedenheit. Auch Laurence versuchte zu schlafen, aber die Genugtuung über seine erneuerte Zuneigung zu Marie-Véronique ließ es nicht zu. Er lag wach, glücklich, mit sich und der Welt im Frieden. Nach einiger Zeit zwang ihn das Bedürfnis, ins Badezimmer zu gehen und sich von dem Druck des Weines zu befreien, den er am Abend vorher getrunken hatte, das Bett zu verlassen. Da er seine geliebte Marie-Véronique nicht stören wollte, schlich er vorsichtig zur Schlafzimmertür und hob leise den altmodischen Eisenriegel an.

Die Tür zum Badezimmer lag rechts gegenüber. Genau in dem Moment, als Laurence die Schlafzimmertür öffnete und schon mit einem nackten Fuß auf der Schwelle stand, ging die Badezimmertür auf und Marcelle trat heraus. Auch sie war nackt. Offensichtlich hatte sie es nicht als notwendig erachtet, sich für den kurzen Weg vom Bett zum Badezimmer ein Négligé überzuziehen. Laurence blieb wie erstarrt stehen und sah sie mit großen Augen an. Seine ganze neu gefundene Zufriedenheit war plötzlich wie weggeblasen. Daß sie schön war, mußte jedem offensichtlich sein; aber bis zu diesem Moment, als er sie nackt sah, hatte Laurence nicht erkannt, wie bezaubernd schön sie war. Ihr Anblick verschlug ihm den Atem, und sein Herz schien stillzustehen.

Sie war von mittlerer Größe, weder zu groß noch zu klein, und hatte eine anmutige, schlanke Figur. Sie hatte sich noch nicht gekämmt, und ihre hellbraunen Haare mit einigen fast blonden Strähnen sahen noch ganz zerzaust aus von den Liebesabenteuern der Nacht und umhüllten ihren Kopf wie ein seidiger Schleier. Ihre Augen waren groß und von faszinierender, graugrüner Farbe. Sie hatte einen vollen Mund und ein kleines, festes Kinn, das auf eine Frau hinwies, die wußte, was sie wollte.

All dies hatte Laurence natürlich schon vorher gesehen und bewundert, ebenso wie ihr warmes Lächeln, als sie während des Abendessens sprach, und ihre leuchtenden Augen, als sie sich lebhaft an der Diskussion beteiligte. Doch was während dieser unerwarteten Begegnung in der Morgendämmerung seine Aufmerksamkeit auf sich zog war das, was er vorher noch nicht gesehen hatte, nämlich ihren herrlichen nackten Körper. Er konnte nicht aufhören, sie anzuschauen und wollte doch kaum seinen Augen trauen.

Schönheit entsteht im Auge des Betrachters, sagt man, und vielleicht galt das auch für Laurence. Marcelles Brüste waren klein, vollkommen gerundet und mit rosa Knospen geschmückt – eine Beschreibung, die auf tausend junge Frauen zutrifft. Ihre Taille war schmal und ließ die üppigen Kurven ihrer Hüften voll zur Geltung kommen. Ein Anatom hätte sie als ein vollkommenes Beispiel erwachsener Weiblichkeit angesehen, aber für Laurence war sie die verführerischste Person, die er in seinem ganzen Leben gesehen hatte. Ihr Bauch, zum Beispiel, erschien ihm als ein Meisterwerk, dessen feine Formen von einem runden, flachen Nabel noch betont wurden – ein Bauch, der eher einen Dichter als einen Anatomen inspiriert hätte.

Doch Beschreibungen mit Worten sind banal und nutzlos für einen Mann, der sich in einem so gefühlsgeladenen Zustand befindet, wie Laurence in diesem Augenblick. Der *Eindruck* ist alles, nicht das Detail! Und was er gewann, war ein Eindruck unermeßlichen Reichtums an sichtbarer und fühlbarer Schönheit. Aber es gab noch mehr zu sehen. Ihren herrlichen, runden Venushügel zum Beispiel, der mit schön geschnittenem, lockigem braunem Haar bedeckt war, das einen viel dunkleren Farbton aufwies als ihr Kopfhaar! Dieser köstliche Schatz war so reizvoll zwischen ihren Beinen eingebettet, daß der Anblick ihres Unterkörpers dem talentiertesten Bildhauer Tränen der Verzweiflung entlockt hätte bei dem Gedanken daran, wie er diese Vollkommenheit der Linien wiedergeben solle.

Die Welt schien stillzustehen. Es war ihm, als hätte er in wenigen Sekunden eine ganze Lebensspanne durchlebt. Der Eindruck, den er von ihrer Schönheit gewonnen hatte, war so tief, daß er sie mit der größten Genauigkeit aus der Erinnerung hätte zeichnen können, wenn man ihm einen Stift und Papier gegeben hätte. Tatsächlich waren nur etwa eineinhalb Sekunden vergangen. Marcelle betrachtete ihn aus dem Augenwinkel und wandte ihm dann ihr Gesicht zu, um ihn direkt anzuschauen. Es schien ihr nicht im geringsten peinlich zu sein, nackt überrascht zu werden. Doch wer könnte sagen, wie sie in diesem Augenblick seinen Gesichtsausdruck interpretierte. Ihre grüngrauen Augen wanderten kurz nach unten, um seine Männlichkeit in Augenschein zu nehmen, die allerdings nach seinen Abenteuern mit Marie-Véronique schlaff herunterhing. Dann sah sie wieder auf in sein Gesicht und lächelte amüsiert. In diesem eher beiläufigen Lächeln lag auch ein Hauch von Verschwörung, als wollte sie sagen: *Ich weiß, was du getan hast, und ich habe dasselbe getan.*

Sie drehte sich um und ging zurück in ihr Schlafzimmer. Laurence sah ihr nach und bewunderte ihren langen, schlanken Rücken und die festen kleinen Backen ihres Hinterteils.

Seine angehaltene Spannung machte sich in einem langen Seufzer Luft. Die Wahrheit ließ sich nicht länger verleugnen: er war in Marcelle Delaroque verliebt!

Wenn irgend jemand so neugierig gewesen wäre, ihn zu fragen, *warum,* so hätte er diese Frage nicht beantworten können. Selbst wenn seine Vernunft ihn dazu angehalten hätte, einen Vergleich zwischen Marcelle und Marie-Véronique zu ziehen, hätte er nicht die notwendige Distanz gefunden, um Unterschiede und Ähnlichkeiten wirklich abzuwägen. Er hätte sicherlich nicht eingesehen, daß die Ähnlichkeiten größer waren als die Unterschiede. Und doch war es eine Tatsache, daß Marcelle und Marie-Véronique fast gleich alt waren, etwa gleich groß und aus der gleichen sozialen Klasse stammten. Beide waren attraktiv und liebenswürdig, von der Vorsehung für die Freuden und Abenteuer der Liebe gleichermaßen mit wunderbaren Formen ausgestattet. All dies vergleichend, hätte jeder vernünftige Mann die Unterschiede als geringfügig erachtet. Zwar hatte Marie-Véroniques Haar einen dunkleren Ton als Marcelles, und ihre Brüste waren etwas voller, was aber in den Augen vieler Männer durchaus als Vorteil gelten konnte. Der größte Unterschied lag aber in ihrer Zuneigung – Marie-Véronique liebte Laurence, und Marcelle liebte ihn nicht.

Doch trotz all der einleuchtenden Gründe, die die Vernunft dafür hätte aufzählen können, daß Laurence an Marie-Véronique festhalten und Marcelle nicht mehr Aufmerksamkeit schenken sollte, als es die Regeln der Höflichkeit erforderten, war es doch eine Tatsache, daß Laurence die bezaubernde

Frau, mit der er noch vor einer Viertelstunde so zärtlich Liebe gemacht hatte, nicht wirklich liebte.

Wie eine nackte Statue stand er in der Tür seines Schlafzimmers und starrte den leeren Flur hinunter, verwirrt über die seltsame Entdeckung, daß er hoffnungslos in eine Frau verliebt war, deren Ekstase in den Armen seines Freundes Jean-Claude seinen nächtlichen Schlaf gestört hatte.

Ein weiterer Gedanke ließ das Blut in seinen Adern stokken: Er würde diese Laute der Ekstase auch in der folgenden Nacht zu hören bekommen! Die letzte Nacht war schon schlimm genug gewesen, aber nun, wo er sich über seine Gefühle für Marcelle völlig im klaren war, war ihm diese Vorstellung einfach unerträglich. Nur durch eine dünne Wand von ihm getrennt, würde dieser göttliche Körper von Jean-Claude mit Küssen bedeckt werden. Und – was für ein schrecklicher Gedanke! – es würde Jean-Claude sein, der seine Leidenschaft in Marcelles kleinen Lusthügel strömen ließ! O nein, das wäre nicht auszuhalten!

Laurence entschied sich auf der Stelle, sofort nach dem Frühstück nach Paris zurückzukehren, um sich solche Qualen zu ersparen. Er mußte sich nur noch eine Ausrede ausdenken, irgendeine wichtige Verabredung, die ihn zwang, das Landhaus zu verlassen, das er selbst als Ort der Lust erworben hatte, und das nun so schnell für ihn zu einem Ort des Leids geworden war.

Um der Gerechtigkeit willen muß hier gesagt werden, daß Laurence an sich kein schlechter Kerl war. Er sah gut aus, war überall wohlgelitten und verhielt sich unter normalen Umständen rücksichtsvoll gegenüber anderen. Er war der Liebhaber unzähliger hübscher Frauen gewesen, die zum Teil verheiratet, zum Teil ledig waren, und er hatte sie immer gut behandelt. Allerdings war er noch niemals verliebt gewesen. Im Alter von fast 30 Jahren traf ihn die ungeheure Wucht dieses Gefühls völlig unvorbereitet.

In den folgenden Wochen nach dem Ausflug aufs Land mußte Laurence feststellen, daß es ausgesprochen schwierig war, Marcelle persönlich oder auch am Telefon zu erreichen. Er war von seiner Leidenschaft völlig besessen und dachte kaum noch an etwas anderes. Doch leider war Marcelle außergewöhnlich beschäftigt und fast nie zu Hause, außer wenn sie und ihr Ehemann Gäste empfingen. Wenn Monsieur Delaroque den Sitzungen des Völkerbundes beiwohnte, war ihre Anwesenheit in Genf erforderlich, und das schien schon die Hälfte ihrer Zeit einzunehmen. Den Rest nahm ihr Engagement für den Kampf der Frauen um gleiche Bildungschancen in Anspruch. Sie hielt Vorträge in den verschiedensten Städten Frankreichs und war ständig unterwegs. Und wenn sie wirklich einmal ohne ihren Mann in Paris war, konnte ihre Dienerschaft niemals darüber Auskunft geben, wo sie sich gerade aufhielt, woraus Laurence den Schluß zog, daß sie mit Jean-Claude zusammen war.

Auf diese ärgerliche Weise vergingen mehrere Wochen. Von Zeit zu Zeit sprach Laurence bei Jean-Claude vor, und nachdem sie einige allgemeine Gesprächsthemen diskutiert hatten, fragte er stets wie beiläufig nach Marcelle. Doch die Antworten, die er bekam, waren nicht gerade sehr zufriedenstellend.

»Sie war gestern nachmittag hier. Heute morgen ist sie nach Genf gefahren.«

Oder – noch schlimmer: »Marcelle? Wir haben ein paar Nächte zusammen im Landhaus verbracht und sind gestern zurückgekommen. Sie ist nach Marseille gefahren, um vor einer interessierten Gruppe von Leuten über ihr Lieblingsthema zu sprechen.«

Oder noch frustrierender: »Marcelle – oh, sie wird jeden Tag schöner! Wie geht es Marie-Véronique? Bist du in letzter Zeit mal mit ihr aufs Land gefahren?«

Um die Wahrheit zu sagen, hatte Laurence nach ihrem ersten schicksalshaften Ausflug Marie-Véronique noch einmal in das Landhaus eingeladen, und sie hatte seinen Vorschlag angenommen. Schließlich lassen sich die natürlichen Instinkte eines Mannes nicht unterdrücken, auch wenn er vor Verlangen nach einer Frau stirbt, die er nicht besitzen kann!

Da Marcelle diesmal nicht anwesend war, konnte der Besuch als Erfolg gelten. Laurence genoß Marie-Véroniques Fügsamkeit im Bett, und auch sie schien sehr zufrieden zu sein. Doch selbst inmitten der lustvollsten Vergnügungen schoß Laurence der Gedanke durch den Kopf, daß dies in gewisser Hinsicht nicht das war, was er wirklich wollte, sondern sozusagen nur seine zweite Wahl. Und als er am Morgen aufstand, ertappte er sich dabei, wie er versonnen auf die Badezimmertür starrte, in der er Marcelle damals in ihrer nackten Schönheit gesehen hatte, und darauf hoffte, daß sich die Tür öffnete und sie ihm erscheinen würde, obwohl er gleichzeitig genau wußte, daß sie weit weg war und nicht an ihn dachte.

Er mußte irgendein Mittel finden, Marcelle zu treffen, wenn sie weder mit ihrem Ehemann noch mit Jean-Claude zusammen war. Laurence dachte lange über dieses Problem nach, bis er endlich einen Plan ins Auge faßte. Er rief das Büro der Zeitung an, in der die meisten von Marcelles Artikeln zur Frauenbildung veröffentlicht wurden und erfuhr, daß sie in drei Tagen in Bordeaux einen Vortrag halten würde. Durch ein paar weitere Telefongespräche mit den besten Hotels dieser Stadt konnte er herausbekommen, wo ein Zimmer für Madame Delaroque vorbestellt worden war. Laurence reservierte für sich selbst eine Suite in demselben Hotel und gratulierte sich zu seiner genialen Idee. Marcelle würde allein in dem Hotel sein, weit weg von ihrem Heim und ihren Freunden. Sie würde sich freuen, scheinbar zufällig einen Bekannten zu treffen. So würden sie ins Gespräch kommen, und Laurence würde sie sanft an die Umstände erinnern, unter denen sie einander durch Zufall nackt gesehen hatten. Alles andere würde sich ganz natürlich daraus ergeben.

An dem besagten Tag nahm er den Zug nach Bordeaux, speiste allein im Hotel und ließ sich dann mit einem Glas Cognac an einer Stelle nieder, von der aus er den Eingang beobachten und auch von ihr gesehen werden konnte, wenn sie von ihrem Vortrag zurückkam. Er war sehr ungeduldig, sie endlich zu sehen, und die Zeit verging äußerst langsam. Er bestellte einen weiteren Cognac und ging in Gedanken noch einmal die Erklärung durch, die er sich für seine Anwesenheit in Bordeaux zurechtgelegt hatte.

Es war schon nach 22 Uhr, als Marcelle endlich in das Hotel kam. Sie wurde von zwei anderen Frauen begleitet, die beide gleichzeitig auf sie einredeten. Laurence stand auf, einen Ausdruck gespielter Überraschung auf dem Gesicht.

»Madame Delaroque – wie schön, Sie wieder zu treffen! Und so unerwartet!«

»Monsieur Callot! Was machen Sie denn hier?«

Laurence wurde den Damen vorgestellt und küßte ihnen die Hände. In der allgemeinen Aufregung ging die Geschichte über seinen Aufenthalt in Bordeaux wegen einer dringenden Geschäftsangelegenheit völlig unter. Endlich gelang es ihm, alle drei zum Hinsetzen zu bewegen und sie zu einer Flasche Champagner einzuladen, während der Marcelles Bericht über ihren Vortrag und der begeisterten Zustimmung ihrer beiden Gefährtinnen lauschte. Aus ihren Äußerungen entnahm er, daß eine der Damen Lehrerin war, die andere Bibliothekarin. Sie waren beide Marcelle vollkommen ergeben – sie bewunderten ihren Mut, ihren Intellekt, ihre Kleider, überhaupt alles an ihr! Sie stand offensichtlich für alles, was die beiden gern wären, hätten sie das unschätzbare Privileg genossen, in Paris geboren und mit ihrem Aussehen und ihrer gesellschaftlichen Position ausgestattet zu sein.

Laurence fand, daß die Dinge sich gut entwickelten und bestellte eine weitere Flasche Champagner. Für die beiden anderen wäre es sicherlich bald Zeit, nach Hause zu gehen, denn er konnte sich nicht vorstellen, daß in Bordeaux jemand bis Mitternacht aufblieb; und dann wäre er endlich mit Marcelle allein. Der Moment würde kommen, in dem er sie dazu überredete, ihn auf seine Suite zu begleiten! Oder vielleicht würde sie es vorziehen, ihn auf ihr Zimmer einzuladen – wer konnte das ahnen? Und dann würde es nicht mehr lange dauern, bis sie endlich in seinen Armen lag. Er würde ihr aus ihren Kleidern helfen und ihren schönen Körper mit heißen Küssen bedecken, und dann – ah, seine Fantasie reichte nicht aus, um die Glückseligkeiten auszumalen, die sie dann miteinander genießen würden! Aber er würde wieder diesen Schrei der Ekstase hören und diesmal wissen, daß er es war, der ihn hervorgerufen hatte! Und während er die anregende Wirkung des Champagners genoß, schwor er sich selbst, daß er diesen Schrei dreimal hören wollte, bevor er ihr auch nur eine Minute Schlaf gönnen würde. *Mindestens* dreimal!

Doch sein ganzer Plan wurde plötzlich umgeworfen, als Marcelle aufstand, ihnen allen eine gute Nacht wünschte und Laurence die Hand reichte.

»Ich muß Sie verlassen«, sagte sie. »Es ist schon spät und ich nehme morgen früh den ersten Zug nach Genf.«

Und schon war sie verschwunden! Laurence ließ sich wieder auf seinen Sessel fallen. Er war wie vom Donner gerührt. Das entsprach nun aber auch überhaupt nicht seinen Vorstellungen! Es waren die beiden Freundinnen, die sich hätten verabschieden sollen. Und nun saß er hier mit ihnen allein, die beiden plauderten munter und taten sich an seinem Champagner gütlich – mittlerweile an der dritten Flasche!

Doch nach einiger Zeit setzte sich seine Großzügigkeit wieder durch, und er akzeptierte die Situation, wie lächerlich sie auch war. Aber die langgehegte Vorfreude auf die Vergnügungen der Liebe war nicht so schnell abzubauen. Er sah die beiden Frauen an, mit denen er allein gelassen worden war, und schenkte ihnen sein bezauberndstes Lächeln.

Sie bildeten ein ziemlich gegensätzliches Paar. Mademoiselle Bergerac war schon weit über dreißig, vielleicht schon fast vierzig – eine rundliche Frau in einem dunkelblauen Sommerkostüm, das sie offensichtlich in einem Warenhaus gekauft hatte. Sie war Lehrerin, und das war ein Beruf, den Laurence nicht gerade hoch schätzte. Aber in den braunen Augen über ihren runden, leicht geröteten Wangen lag ein gewisses Funkeln, das darauf schließen ließ, daß sie noch über interessantere Dinge Bescheid wußte als die, die sie ihren Schülern im Klassenzimmer beibrachte. Ihre Freundin, Mademoiselle Clavel, war jünger – ungefähr dreißig vielleicht – und vergleichsweise dünn. Sie trug eine randlose Brille, und wenn sie sprach, und sogar wenn sie lachte, machte sie einen recht ernsthaften Eindruck. Und trotzdem war ihr Rock im Sitzen über ihre Knie gerutscht und gab den Blick auf zwei grüne Strumpfhalter frei.

Unter normalen Umständen hätte Laurence diesen Frauen natürlich keine weitere Aufmerksamkeit geschenkt. Aber in seiner gegenwärtigen Situation – allein in einer fremden Stadt, des Gegenstands seiner Begierde beraubt, erhitzt –, warum nicht? Schließlich würde er ihnen niemals wieder begegnen. Es gab also nichts zu verlieren.

»Meine Damen«, sagte er, »es wäre schade, wenn wir unsere Unterhaltung beenden müßten. Darf ich einen Vorschlag machen?«

»Natürlich, Monsieur Callot«, sagte Mademoiselle Bergerac und beäugte ihn vorsichtig.

»Ich meine, wir könnten doch unsere äußerst interessante Diskussion bei einem weiteren Glas Champagner in meiner Suite fortsetzen.«

Mademoiselle Clavel und Mademoiselle Bergerac sahen sich einen Moment lang schweigend an. Es war die rundliche Mademoiselle Bergerac, die schließlich antwortete.

»Sie sind sehr liebenswürdig, Monsieur. Aber Sie müssen verstehen, daß wir uns nicht in Paris befinden. Hier herrschen andere Sitten. Es ist für eine Frau sehr ungehörig, die Einladung eines Mannes auf sein Zimmer anzunehmen, es sei denn, sie ist ein bestimmter Typ von Frau, wenn Sie verstehen, was ich meine. Da Sie hier fremd sind, werden wir Ihnen Ihren Vorschlag nicht übelnehmen, da er sicherlich in gutem Glauben und aus reiner Freundschaft gemacht wurde und nicht als Beleidigung gedacht war.«

»Ich bitte Sie vielmals um Verzeihung«, sagte Laurence in seiner liebenswürdigen Art. »Ich versichere Ihnen, daß ich den allergrößten Respekt für Sie hege.«

»Daß Sie ein Freund von Madame Delaroque sind«, fuhr Mademoiselle Bergerac fort, »verändert die Situation allerdings. Wir haben beide die höchste Wertschätzung für sie.«

»So geht es mir auch«, versicherte Laurence. »Ich bewundere sie sehr.«

»Es ist wegen dieser besonderen Umstände, daß wir uns in der Lage sehen, Ihre Einladung anzunehmen«, schloß Mademoiselle Bergerac.

In der Erwartung, Marcelle zu empfangen, hatte Laurence sich eine der feinsten Suiten des Hotels reservieren lassen. Mademoiselle Bergerac war sehr beeindruckt und ließ sich ausführlich darüber aus. Ähnlich ging es Mademoiselle Clavel, obgleich sie weniger sagte. Sie setzten ihre Unterhaltung fort, die nach ein paar weiteren Gläsern Champagner immer lebhafter wurde. Bald ließ man die förmlichen Anreden zugunsten der Vornamen Laurence, Brigitte und Marianne fallen. Und wenig später erklärte die rundliche Brigitte, ihr sei es zu warm und legte das Jackett ihres Sommerkostüms ab. Darunter trug sie eine weiße Satinbluse, die vorne von prallen Rundungen ausgefüllt wurde. Durch dieses Beispiel ermutigt, zog auch Marianne die kurze Jacke über ihrem gestreiften Kleid aus. Sie schien einen sehr kleinen Busen zu haben, aber Laurence konnte nicht umhin festzustellen, daß ihr Rock immer weiter heraufrutschte, bis die nackte Haut über ihren Strumpfenden hervorschimmerte.

Auch Laurence bat um die Erlaubnis, seine Jacke ablegen zu dürfen und stimmte mit den Damen darin überein, daß es eine warme Nacht sei – eine wunderbare Nacht –, eine Nacht, wie für die Liebe geschaffen, wenn er diesen Hinweis wagen dürfe? Sofort wandte sich die Unterhaltung der Liebe zu, und die beiden erklärten ihm ausführlich, wie außergewöhnlich schwierig es in ihrer Heimatstadt für eine Frau von Bildung und Geschmack war, einen Mann zu treffen, der es würdig war, daß man ihm die zartesten Gefühle anvertraute. Laurence zeigte großes Mitgefühl mit ihnen, und seine Ernsthaftigkeit war dabei so offensichtlich, daß sie sich plötzlich – ohne daß sich irgend jemand zu bewegen schien – alle drei zusammen auf dem Sofa wiederfanden. Laurence saß in der Mitte und hatte um jede der beiden einen Arm gelegt.

Natürlich waren sie inzwischen alle ein bißchen angetrunken und in gehobener Stimmung, so daß weder Brigitte noch Marianne die geringsten Einwände erhoben, als Laurences

Hände an ihren Schultern entlang unter ihre Arme glitten, bis seine beiden Hände je auf einer Brust ruhten. Im Gegenteil, sie schienen diese Entwicklung der Dinge als völlig natürlich anzusehen. Laurence genoß zufrieden dieses herrliche Gefühl. In seiner linken Hand hielt er eine große, weiche Brust und eine kleine, flache in seiner rechten. Und auch er fand es ziemlich natürlich und nicht im geringsten empörend, als sich Brigittes Hand unter sein Hemd stahl, um seine Brust zu streicheln, während Mariannes warme Handfläche etwa in der Mitte zwischen seinem Knie und seiner Männlichkeit auf seinem Oberschenkel ruhte. Im Gegenteil, sein empfindlichster Körperteil schwoll an vor Stolz.

Marianne schien damit zufrieden zu sein, ihre Hand ruhig liegen zu lassen und keine weiteren Schritte zu unternehmen, aber Brigittes Finger hatten damit begonnen, Laurences Brustwarzen sanft zu reizen. Doch es war Marianne, die mit glitzernden Augen ernsthaft darauf bestand, daß es unter guten Freunden keine Geheimnisse geben sollte. Sobald Laurence ihrem Vorschlag gegenseitiger Offenheit zugestimmt hatte, stand Marianne auf und zog ihr Kleid über den Kopf. Darunter trug sie ein schlichtes, rosa Hemdhöschen, das sie nun ebenfalls abstreifte. Laurence betrachtete ihren dünnen Körper und ihre kindlichen Brüste und fand vor allem ihren Bauch sehr verführerisch. Er sah weich und flach aus, und ihre schmalen Schenkel hatten etwas verlockend Kraftvolles und Sehniges an sich. Sie setzte sich wieder neben ihn und schmiegte sich eng an seinen Körper. Ihre Hand rutschte an seinem Oberschenkel etwas höher, während er mit der Innenfläche seines Daumens eine ihrer kleinen Rosenknospen liebkoste.

»Siehst du!« flüsterte sie. »Ich habe keine Geheimnisse vor dir, Laurence.«

»Ich bewundere deine Charakterstärke«, sagte er. »Du hast klar bewiesen, daß du nach deinen eigenen Prinzipien handelst. Was du sagst, das meinst du. Findest du nicht auch, Brigitte?«

»Aber natürlich«, rief Brigitte aus. »Ihr Mut verdient Bewunderung. Sie glaubt nämlich, daß die Männer sie nicht für weiblich halten, weil ihre Brüste so klein sind. Aber trotzdem zeigt sie sie dir, und das erfordert wirklichen Mut.«

»Ich fühle mich geehrt«, sagte Laurence. »Ich lobe deinen Mut genauso wie deine Prinzipien, Marianne, und ich versichere dir, daß ich an deiner Weiblichkeit überhaupt keine Zweifel hege. Ich finde deine Brüste überhaupt nicht zu klein. Sie sind bezaubernd!«

Um seine Behauptung zu beweisen, fuhr er fort, mit ihrer kleinen Knospe zu spielen, bis sie fest und hart wurde.

»Schöne Worte«, sagte Brigitte auf seiner anderen Seite, »aber Worte sind leicht gesagt. Wie steht es mit deinen Geheimnissen, Laurence, sollen sie vor uns verborgen bleiben?«

»Als ein Mann von Ehre sehe ich mich gezwungen, dem Beispiel zu folgen, das Marianne gegeben hat«, antwortete er gut gelaunt.

Er stand auf, zog sich vollständig aus und schleuderte seine Kleider und Schuhe in die hinterste Ecke des Zimmers. Als er sich wieder zwischen die beiden Frauen setzte, blickten beide auf seine muskulösen Oberschenkel und den starken Stamm, der zwischen ihnen immer mehr wuchs. An jedem Bein kroch jeweils eine Hand herauf, eine mit kurzen, dicken Fingern und eine schmale mit langen, dünnen Fingern, bis sie sich endlich trafen und beide das männliche Körperteil ergriffen, das dazu geschaffen wurde, den Frauen Freude zu bereiten. Es war ein seltsames, doch sehr aufregendes Gefühl, von zwei Frauen gleichzeitig liebkost zu werden.

»Nun, Brigitte«, murmelte er, »du bist die einzige, die immer noch Geheimnisse vor ihren Freunden verbirgt. Das läßt ernste Zweifel an deiner Aufrichtigkeit und Freundschaft aufkommen. Meinst du nicht auch, Marianne?«

»So ist sie immer«, erklärte Marianne, »schnell im Reden, aber langsam im Handeln. Komm schon, Brigitte, worauf wartest du noch? Zieh deine Kleider aus und laß uns deine großen, prallen Brüste sehen, auch wenn sie mehr herunterhängen, als sie das tun sollten.«

Getroffen von dieser spöttischen Bemerkung knöpfte Brigitte ihre Bluse auf. Dann erhob sie sich, um ihren Rock herunterzustreifen. Sie trug ein langes, schlicht gesäumtes Unterhemd, das über der Brust mit Stickereien verziert war. Sie zog es über den Kopf, und als sie sich vornüber beugte, um ihr dazu passendes Höschen auszuziehen, sah Laurence fasziniert auf die herrlichen Backen ihres runden Hinterteils.

»Ah!« sagte Marianne. »Dein Anblick von hinten ließ ihn in meiner Hand zucken. Paß gut auf, Brigitte, er könnte einer von jenen sein, die die Hintertür bevorzugen!«

»Keine Angst«, sagte Laurence amüsiert, »mein Geschmack in der Liebe ist ziemlich traditionell. Ich habe den Vordereingang immer als passend für meine Zwecke empfunden.«

»Wir werden ja sehen«, sagte Marianne.

Brigitte stand immer noch vor ihnen und hatte sich nun umgedreht, um ihre Vorderansicht zu präsentieren. Die großen, übervollen Brüste, denen sie sich in ihrer Jugend gerühmt hatte, waren tatsächlich mit der Zeit etwas schlaff geworden, aber sie konnten sich immer noch sehen lassen. Laurence griff nach ihnen, um sie liebevoll zu drücken.

»Meine Lieben«, sagte er, »nun, da wir uns alle unsere Geheimnisse offenbart haben, ist es sicherlich an der Zeit, um uns in einen passenderen Teil der Suite zu begeben, damit wir diese Geheimnisse in einer bequemeren Position gründlicher untersuchen können.«

»Vielleicht in der horizontalen Position«, schlug Marianne vor.

»Genau.«

Laurence, der nun völlig nackt war, führte die Frauen, die nur noch ihre Strümpfe und Strumpfbänder trugen, in das Schlafzimmer, indem er jede von ihnen mit einem Arm um die Taille faßte. Er fragte sich, wie er es wohl anstellen könnte, einer von ihnen zuerst seine Leidenschaft zuzuwenden, ohne daß die andere beleidigt wäre; ein amüsanter und erregender Gedanke.

Doch seine Sorge stellte sich als völlig unbegründet heraus.

Sobald sie alle drei auf dem Bett lagen und Marianne auch endlich ihre Brille abgelegt hatte, regelte sich alles ganz von selbst. Nur der Mondschein, der durch die offenen Fenster fiel, beleuchtete die Szenerie und schuf eine passende Atmosphäre für das, was nun folgen sollte. Als sie alle zusammen auf dem breiten Bett herumtollten, hörten sie in gewisser Weise auf, als drei voneinander unterschiedene und getrennte Personen zu existieren und verwandelten sich in ein einziges Knäuel aus warmem Fleisch, feuchten Mündern und liebkosenden Händen! Da waren Hände zwischen Laurences Beinen, Hände, die seine Brust und seinen Bauch streichelten, Hände, die seinen aufgerichteten Schwanz rieben, Hände, die auf seinen Mund gepreßt wurden, Münder, die seinen Leib und seine Schenkel mit Küssen bedeckten. Und seine eigenen Hände umfaßten Brüste, liebkosten weiche Hinterbacken und streichelten zart behaarte kleine Hügel!

Sie wanden und wälzten sich hin und her, seufzten und stöhnten. Einmal lag Laurence auf dem Rücken, ein warmer Bauch quer über dem seinen, eine Brust auf seinen Mund gedrückt, während er mit seinen Lippen zärtlich an ihrer festen Knospe nagte. Dann lag er mit dem Gesicht nach unten auf einem nachgiebigen Körper, sein Kopf zwischen geöffnete Schenkel gebettet, seine Zunge in sanfte Lenden gebohrt, während sich ein warmer, feuchter Hügel gegen seinen Rükken rieb und sich lange Fingernägel lustvoll in die Backen seines Hinterns gruben. Wenig später lag er auf der Seite, sein Gesicht auf einen heißen Bauch gedrückt, in der Mitte von zwei Schenkeln umschlungen, seine Finger tief in einer nassen kleinen Öffnung vergraben.

Diese wilden Liebkosungen und die dadurch ausgelösten Gefühle brachten Laurence dem Höhepunkt nahe. Sein ganzer Körper zitterte wie in einem tiefen Rausch, und er versuchte, ein paar Hüften zu ergreifen – egal welche –, um eine der Frauen auf den Rücken zu zwingen und sich zwischen ihre Beine zu drängen. Doch so sehr er sich dabei auch anstrengte, vier Hände hielten ihn fest, eine unter dem Kinn, eine an den Haaren, eine am Knöchel und eine an seinem bebenden Geschlecht. Er wurde auf den Rücken gedreht, ein Bein schlang sich über ihn, und schon im nächsten Moment saß eine der Frauen breitbeinig auf seiner Brust. Er hob seinen Kopf, um spielerisch in den Hintern zu beißen, der ihn nach unten drückte, und während er das tat, spürte er einen intensiven sinnlichen Reiz an einer anderen Stelle seines Körpers, der ihm sagte, daß sich die andere Frau quer über seine Lenden gehockt und sein männlicher Stolz den Weg in einen warmen, fleischigen Tunnel gefunden hatte.

Laurence stöhnte und zitterte vor Lust. Seine Hände glitten über die Schenkel nahe an seinem Gesicht, um die zarten

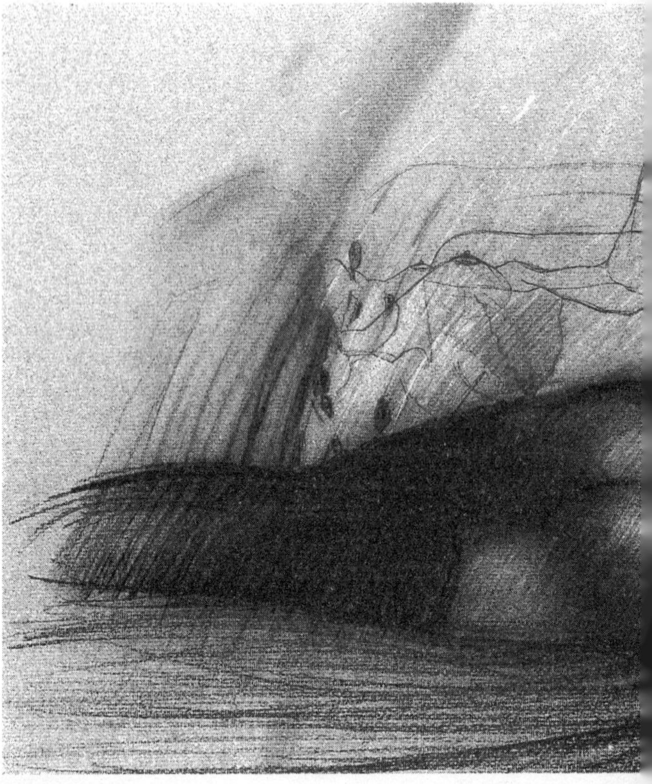

Lippen dazwischen zu berühren. Doch er mußte entdecken, daß andere Hände schon vor ihm dort angekommen waren! Drängend folgte er den langsam kreisenden Bewegungen dieser Hände und fragte sich, wem sie wohl gehören könnten, bis das heftige Aufundniedersinken der Frau, die sein erregtes Glied in ihre zarte Obhut genommen hatte, die ersehnte Explosion seiner Lust auslöste. »Ah, ah, ah!« schrie er laut, während er zuckend seinen Lebenssaft in dieses warme Behältnis spritzte. Auch die Frau, die quer über seiner Brust saß, schrie vor Lust auf, als die Finger zwischen ihren Beinen sie zu ihrem Höhepunkt brachten. Die Bewegungen über seinen

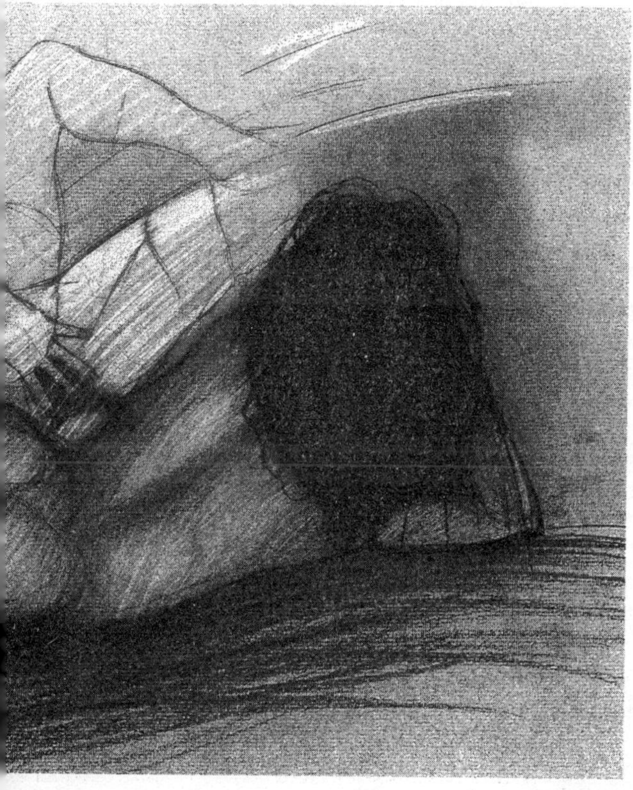

Lenden wurden nun immer schneller, dann hielten sie plötzlich für die Länge eines Atemzugs an und endeten schließlich mit einigen festen Stößen, die von einem langen, schluchzenden Klagelaut der Ekstase begleitet wurden.

Bald danach sanken die beiden Frauen von Laurences Körper herunter und zogen ihn auf die Seite. Nachdem sie sich bequem zurechtgerückt hatten, lagen sie alle drei eine ganze Weile schweigend da. Laurence hatte seinen Kopf auf einen weichen Schenkel gebettet, und ein anderer Kopf lag auf seinem Bauch.

»Meine Lieben«, sagte er schließlich, »das war erstaunlich!« – »Ich nehme an, daß ihr in Paris jeden Tag solche kleinen Vergnügungen genießt«, erwiderte eine Stimme aus der Dunkelheit. »Es war dir nicht zu langweilig, oder?«

Er erkannte Mariannes Stimme.

»Es war wunderbar« seufzte er, während seine Hand sanft über eine volle, weiche Brust strich, die Brigitte gehören mußte.

»Es ist nett von dir, daß du das sagst«, war nun Brigitte zu vernehmen, »aber wir wissen nur zu gut, daß wir hier in der Provinz nicht hoffen können, Vergnügungen zu bieten, die ein Mann von Welt wie du als selbstverständlich ansieht. Ich meine, nach Madame Delaroque müssen dir Marianne und ich ziemlich mittelmäßig vorkommen.«

»Du tust euch unrecht«, widersprach Laurence.

Er wünschte von ganzem Herzen, daß sie ihn nicht an die göttliche Marcelle erinnert hätten, die jetzt in einem anderen Hotelzimmer schlief. In gewissem Sinne verdarb es ihm die Freude an dem, was er gerade genossen hatte, indem es seine beiden Gefährtinnen, wie Brigitte selbst gesagt hatte, in einem äußerst mittelmäßigen Licht erscheinen ließ. Er seufzte, und zwar diesmal nicht aus Vergnügen.

Aber schon fühlte er eine Hand liebevoll sein erschlafftes Glied streicheln, und als es zu reagieren begann, verschwand die Erinnerung an Marcelle aus Laurences Gedanken. Schließlich ist es für einen Mann unmöglich, sich zu jeder Tages- und Nachtzeit an die Liebe seines Lebens zu erinnern und über sie zu seufzen, insbesondere wenn er gerade mit zwei anderen Frauen im Bett liegt, die die Freuden der Liebe völlig ungehemmt genießen können. Mit einer Hand spielte er immer noch mit Brigittes Brüsten, mit der anderen tastete er in der Dunkelheit nach Mariannes Bauch und ließ seine Finger zu dem geheimsten Schatz zwischen ihren schlanken Schenkeln gleiten. Wie köstlich naß es dort war! Und so begann leise und sanft der zweite Satz der Symphonie. Natürlich wurde er im Laufe der Zeit lebhafter und energischer, das Zeitmaß beschleunigte sich und verfiel in ein lustvolles Agitato.

Auf dem harmonischen Höhepunkt saß Laurence aufrecht auf seinen Fersen. Eine der Frauen hatte sich quer über seine Schenkel gesetzt und hielt seinen Taktstock fest in dem weichen Etui umschlossen, das für diesen Zweck wie geschaffen war. Es war die rundliche Brigitte, die ihm diese Unterkunft gewährte, das konnte er aus der vollen Weichheit der Brüste schließen, die sich gegen seinen Oberkörper preßten – und daraus folgerte er, daß es Marianne gewesen war, die seine erste Opfergabe empfangen hatte. Nicht daß sie damit zufrieden gewesen wäre, außerhalb des Geschehens zu bleiben. Sie kniete hinter Brigitte und rieb ihre kleinen Brüste gegen den breiten Rücken ihrer Freundin! Doch das war noch nicht alles: Als Laurences Hände fieberhaft über ihre warme Haut strichen, bemerkte er, daß Brigitte einen Arm hinter sich gestreckt hatte, und zwar in einer Position, die darauf schließen ließ, daß ihre Hand zwischen Mariannes gespreizte Schenkel geglitten war.

Brigitte reagierte sehr schnell auf den Reiz, den Laurences stürmischer Taktstock auf ihr weiches Inneres ausübte. Sie stöhnte und schüttelte sich heftig in ihrer Ekstase, während die pulsierende Bewegung ihrer inneren Muskeln bei ihm bewirkte, daß er den Höhepunkt der Begierde viel eher erreichte, als er erwartet hatte. Aber das Gefühl der Lust war deshalb nicht weniger intensiv. Er zwängte seine Hände zwischen ihre Körper und knetete fest Brigittes pralle Brüste, während ihn die leidenschaftlichsten Empfindungen überwältigten. Marianne war diesmal ein wenig langsamer. Brigittes Finger hatten sich tief in sie gebohrt, und schließlich stieß auch sie den schluchzenden Schrei aus, der ihre Ankunft an dem erhabenen Gipfel der Lust begleitete.

»*Mesdemoiselles* – ich bin entzückt!« sagte Laurence. »Ich weiß gar nicht, wann ich die Liebe zum letztenmal so genossen habe! Aber wenn man fragen darf: geht ihr immer gemeinsam euren Vergnügungen nach?«

»Natürlich nicht!« rief Brigitte aus und kletterte von seinem Schoß herunter. »Was denkst du von uns! Dies ist das erste Mal, daß wir gemeinsam mit einem Mann zusammen sind!«

»Dann will ich es als eine große Ehre für mich betrachten. Ich bitte euch, nicht beleidigt zu sein über Fragen, die ich nur aus freundschaftlicher Neugier über zwei Personen stelle, für die ich den allerhöchsten Respekt habe. Was hat euch heute abend dazu erwogen, euer Vergnügen sozusagen zu teilen?«

»Wir mochten dich alle beide«, schaltete sich Marianne in das Gespräch ein. »Keine von uns konnte sich vorstellen, dich der anderen ganz zu überlassen, als du uns auf deine Suite eingeladen hast. Also sind wir beide mitgekommen.«

»Das ist sehr schmeichelhaft! Ich hoffe von Herzen, daß ihr eure Entscheidung im nachhinein nicht bereut.«

»Ich finde dich wunderbar«, sagte Marianne und streichelte zärtlich seine Schenkel. »Und du, Brigitte?«

»Großartig!« seufzte die andere.

Nach einer alten Regel besteht die Symphonie der Liebe aus vier Sätzen, und nach einer entsprechenden Erholungspause für die Spieler nahm der dritte Satz seinen Lauf. Und danach der vierte. Inzwischen war es schon sehr spät geworden, der Mond war längst untergegangen, und der Raum lag in völliger Dunkelheit. Als schließlich die letzten Akkorde verklungen waren, fühlten sich alle drei erschöpft und zufrieden. Erfreut über die Ereignisse dieser Nacht fiel Laurence in einen süßen Schlaf.

Einige Zeit später wurde er durch ein heftiges Rucken der

Matratze unter ihm geweckt. Träge öffnete er seine Augen und sah im Zwielicht der Morgendämmerung Brigitte auf dem Rücken liegen und Marianne zusammengekauert über ihr hocken. Erst als er etwas genauer hinschaute, verstand er, was dort geschah. Mariannes Hand bewegte sich rhythmisch zwischen Brigittes gespreizten Schenkeln, und ihr Mund liebkoste ihre Brüste. Das Ruckeln, das ihn geweckt hatte, wurde von Brigittes Beinen hervorgerufen, die hart gegen die Matratze schlugen, während sie von den lustvollsten Empfindungen durchströmt wurde. Laurence stützte sich auf einen Ellbogen, um besser sehen zu können. Marianne hob für einen Moment ihr Gesicht von Brigittes bebenden Brüsten, und ihre Blicke trafen sich – oder besser gesagt: sein Blick traf den ihren, denn ohne ihre Brille war sie extrem kurzsichtig. Dann beugte sie wieder ihren Kopf hinunter, um ihren Liebesdienst fortzusetzen, und ihre flinken Finger bewegten sich schnell zwischen Brigittes Schenkeln.

Brigitte schrie vor Lust laut auf, und ihre Beine hämmerten gegen die Matratze. Noch bevor die heftigen Zuckungen ihres Höhepunkts aufhörten und sich ihre Beine beruhigten, drehte sich Marianne so schnell wie eine Katze um und schmiegte sich in ganzer Länge an Brigittes zitternden Körper, so daß ihre schlanken Beine zwischen den fülligen Schenkeln ihrer Freundin lagen. Sie preßte ihren weichbehaarten kleinen Hügel fest gegen sie und ritt auf ihr wie ein Mann! Als ihre Ekstase verklungen war, lag Brigitte schließlich ganz ruhig da und ließ ihre Freundin gewähren, bis Marianne in einem rasenden Finale von mächtigen Stößen ihr Ziel erreichte und laut stöhnte, ihr Mund über Brigittes Mund weit geöffnet.

Diesen seltsamen Vorgang zu beobachten, erregte Laurence mächtig. Schon lange bevor Marianne ihren leidenschaftlichsten Moment erreicht hatte, stand seine Männlichkeit in Aufruhr. Und kaum waren ihre Wehen der Lust in ein köstliches Beben übergegangen, nahm Laurence sie bei ihren schmalen Hüften und zog sie zu sich. Sie lag auf der Seite und hatte ihm ihren Rücken zugewandt. In wenigen Sekunden hatte er ihr oberes Bein angehoben und sein steifes Glied zwischen den weichen Lippen begraben, die noch von ihrem gerade erlebten lustvollen Höhepunkt zitterten. Marianne schrie erstaunt auf, als sie ihn in sich fühlte, dann preßte sie ihren kleinen Hintern gegen seinen Bauch, damit er anfange.

Er hielt sie bei der Taille und stieß leicht zu, entzückt von diesem unerwarteten Lauf der Dinge. Brigitte drehte sich herum, um Marianne anzusehen und drückte ihren prallen Busen gegen die flachen kleinen Brüste ihrer Freundin. Ihre Hand faßte über Marianne hinweg nach Laurences Hüften und zog ihn noch näher, so daß er das Gefühl hatte, mit beiden Frauen gleichzeitig Liebe zu machen.

Laurence erwartete, daß dieses reizende kleine Nachspiel ziemlich lange dauern würde, weil er sich schon vor ein paar Stunden sehr verausgabt hatte, deshalb schlug er ein langsames Tempo an, das auf die Dauer zu einem befriedigenden Schluß führen konnte. Doch er sollte sich irren. Mariannes Anblick auf Brigittes üppigem Bauch und die männliche Weise, in der sie sich auf ihr bewegte, hatte ihn so sehr erregt, daß er bald fest und schnell in Mariannes feuchte Grotte stieß. Was Marianne selbst anging, so waren ihre zartesten Körperteile offensichtlich von den gerade empfangenen Freuden noch so empfindlich, daß sie seine Stöße fest erwiderte und in dem Moment, als Laurence ihr stöhnend seine Opfergabe überbrachte, vor Lust laut aufschrie und Brigitte heftig umarmte.

Immer noch intim mit Marianne verbunden, einen Arm um ihre Taille und eine Hand zwischen Brigittes warme Schenkel gelegt, fiel er sofort wieder in tiefen Schlaf. Als er erwachte, war es bereits Tag, und er war allein – seine Gefährtinnen der Nacht waren gegangen, ohne seinen Schlaf zu stören. Er blieb noch eine Weile in dem zerwühlten Bett liegen und erinnerte sich mit der größten Freude an die Eskapaden dieser Nacht. Er fühlte sich mit sich und der Welt im Frieden. Als er auf seine Uhr schaute, war es schon nach 10 Uhr, und er war sehr hungrig.

Ein Kellner brachte ihm das Frühstück, und als er sich zum

Essen setzte, fand er eine kurze Notiz im Wohnzimmer seiner Suite vor. Man dankte ihm für die äußerst erfreuliche Begegnung und bat ihn, bei einer bestimmten Adresse vorzusprechen, wenn er das nächste Mal in Bordeaux sei. Die Nachricht war nicht unterschrieben. Laurence lächelte und verwahrte sie als Andenken an dieses denkwürdige Ereignis in seiner Brieftasche.

Im Zug nach Paris wandten sich seine Gedanken wieder Marcelle Delaroque zu. Schließlich hatte sie den Anlaß zu seiner langen Reise gegeben, und sein Plan, sie dort allein anzutreffen, hatte sich als völlig untauglich erwiesen. Natürlich war seine gewaltige Leidenschaft für sie durch seine Abenteuer mit ihren beiden Freundinnen nicht um einen Deut kleiner geworden. Er liebte und bewunderte sie wahnsinnig! Jetzt gab es nur noch eine Möglichkeit: Er entschloß sich, alle Pläne und listigen Tricks aufzugeben; er würde einfach zu ihr gehen und ihr offen seine Gefühle gestehen. Vielleicht ließ sie sich dazu bewegen, ihm Mitleid entgegenzubringen.

Es stellte sich als außerordentlich schwierig heraus, Marcelle allein zu Hause anzutreffen, um ihr seine Leidenschaft zu gestehen. Wenn er bei ihrer Wohnung vorsprach oder anrief, bekam er ständig dieselben Auskünfte: Madame ist gerade ausgegangen, Madame ist nicht zu Hause. Aber Laurence gab nicht auf, und nach scheinbar endlosen Versuchen gelang es ihm etwa zehn Tage nach seiner Rückkehr aus Bordeaux endlich, sie wenigstens am Telefon zu sprechen.

Er sagte ihr, daß er dringend eine äußerst wichtige und vertrauliche Angelegenheit mit ihr zu besprechen habe. Marcelle schien nicht bereit, seine Worte ernst zu nehmen, jedenfalls nicht so ernst, wie er sich das gewünscht hatte, und sie ersann ein halbes Dutzend Ausreden, um ihn abzuwimmeln. Aber nachdem er einmal diesen Punkt erreicht hatte, ließ sich Laurence nicht mehr abweisen. Er sagte ihr, daß er in einer Viertelstunde in ihrer Wohnung sein werde, um die Angelegenheit mit ihr zu regeln, und legte den Hörer auf, bevor sie nein sagen konnte.

Es blieb ihm keine Zeit mehr, sich umzuziehen oder sich

rasieren zu lassen. Er mußte schnell ein Taxi finden und den Fahrer bestechen, damit er ihn mit Höchstgeschwindigkeit zu Marcelles Adresse brachte. Und dennoch dauerte es länger als die angegebene Viertelstunde, bis er bei ihr ankam.

Ein Mädchen öffnete ihm die Tür – gewiß war es dieselbe, die ihn schon so oft mit ihrem monotonen *Madame ist nicht zu Hause* enttäuscht hatte. Laurence nannte ihr seinen Namen, und sie geleitete ihn in Marcelles Salon. Sein Herz schlug heftig in diesem Augenblick – endlich würde er mit Marcelle allein sein!

Sie saß in einem großen Sessel und war sehr elegant gekleidet. Sie trug ein enganliegendes Kleid aus roter Moiré-Seide mit einem Gürtel aus dem gleichen Stoff, der tief um ihre Hüfte geschlungen war und vorne mit einer runden Silberschnalle verziert war.

Laurence eilte mit großen Schritten auf sie zu, beugte sich über ihre Hand und küßte sie.

»Sie können nur kurz bleiben«, sagte sie, »ich muß gleich gehen. Sie wollten mir etwas sagen – kann es denn so dringend sein?«

»Sie können sich nicht vorstellen, wie dringend es ist.«

Er war verwirrt und wußte nicht, wie er unter diesen ungünstigen Umständen beginnen sollte.

»Sagen Sie es mir, dann kann ich es mir vielleicht vorstellen.«

»Marcelle – seit dem Moment, als ich Sie zum erstenmal sah, ist in meinem Herzen ein gewisses Gefühl gewachsen, obgleich Sie vielleicht nichts davon ahnen.«

»Was sollte ich ahnen?«

Nun gab es keine andere Möglichkeit mehr, als damit herauszuplatzen und dann das Beste zu hoffen. Und das tat er dann auch.

»Ich bin verliebt in Sie, Marcelle.«

»Wirklich?« sagte sie ruhig. »Ich habe keine Anzeichen davon bemerkt. Haben Sie getrunken? Sie sehen etwas gerötet aus.«

»Nein, ich versichere Ihnen, daß ich völlig nüchtern bin.

Die Erregung, die Sie sehen, kommt allein von der Macht meiner Gefühle für Sie.«

»Sie sind also in mich verliebt, seit Sie mich das erste Mal gesehen haben – nicht erst seit heute mittag? Und das soll ich Ihnen glauben?«

»Genau das! Zuerst habe ich meine Gefühle selbst nicht verstanden. Aber dann hat es mich wie ein Blitz getroffen. Seitdem konnte ich mir die Gedanken an Sie nicht mehr aus dem Kopf schlagen.«

»Und wann hat Sie dieser Blitz getroffen?«

»An jenem frühen Morgen, als ich Sie aus dem Badezimmer des Landhauses kommen sah.«

»Zufällig war ich damals völlig nackt«, bemerkte Marcelle. »Verlieben Sie sich in jede Frau, die Sie so sehen – Marie-Véronique zum Beispiel?«

»Nein, ich liebe sie nicht!«

»Oh, das tut mir aber leid. Nach allem, was ich gesehen habe, ist sie Ihnen sehr ergeben.«

»Gefühle lassen sich nicht durch Vernunft erzwingen. Ich habe eine gewisse Zuneigung für sie, aber das ist eine völlig andere Sache.«

»Nun, Sie haben mir Ihre dringenden Neuigkeiten erzählt«, sagte Marcelle. »Ich muß jetzt gehen, sonst komme ich noch zu spät.«

»Bitte – gehen Sie noch nicht.«

»Ich muß. Ich werde erwartet.«

»Aber Sie können nicht gehen, bevor ich eine Antwort erhalten habe!« rief er verzweifelt aus.

»Eine Antwort? Aber Sie haben mir doch gar keine Frage gestellt. Was wollen Sie denn von mir?«

»Sie selbst.«

Marcelle sah ihn verblüfft an.

»Wollen Sie damit sagen, daß ich meine Freundschaft mit Jean-Claude aufgeben soll und...« Sie ließ den Satz unbeendet und zuckte mit den Schultern.

»Ja, ja, ja! Vergessen Sie Jean-Claude und denken Sie nur noch an mich.«

»Aber ich dachte, daß ihr beide alte Freunde seid.«

»Das sind wir auch, aber nichts auf der Welt ist mir wichtiger, als Ihre Liebe zu gewinnen – nichts!«

»Sie sind sehr ungestüm! Aber wie Sie selbst vorhin sagten, Gefühle lassen sich nicht erzwingen.«

»Aber ich weiß, daß Sie ihn nicht lieben.«

»Sie scheinen sich da ja sehr sicher zu sein«, antwortete sie und lächelte ein wenig.

»Ich bin mir sicher.«

»Dieses ganze Gerede über Liebe beginnt mich zu langweilen. Ich muß jetzt wirklich gehen.«

»Ein Wort noch, bevor Sie gehen. Wenn ich nicht sehr bald mit Ihnen zärtlich sein darf, werde ich entweder verrückt oder ich muß sterben! Das ist der Zustand, in dem ich mich befinde!«

»Ist das alles, was Sie wollen?« rief Marcelle aus. »Aber warum haben Sie das nicht gleich gesagt, statt dort zu sitzen und über Liebe zu reden? Gut. Es muß aber schnell gehen. Ich bin in zehn Minuten verabredet.«

Bevor Laurence noch den Inhalt ihrer Worte richtig erfaßt hatte, war Marcelle schon aufgestanden und hatte den Saum ihres Rocks hochgehoben. Er sah die bestickten Strumpfbänder, die ihre feinen Seidenstrümpfe hielten, und darüber ihre bloßen Schenkel. Dieser Anblick ließ ihn laut aufstöhnen. Ungläubig starrte er auf die Spitzenborten ihrer Unterwäsche und brach in Schweiß aus, als sie die Hose an ihren Beinen bis zu ihren Knöcheln heruntergleiten ließ!

Sollte es denn möglich sein, daß der Hunger, der ihn so lange gequält hatte, so leicht zu stillen war? Aber ja, dort stand sie und trat von dem linken auf den rechten Fuß, während sie ihr Seidenhöschen abstreifte und es lässig auf den Sessel fallen ließ, auf dem sie vorher gesessen hatte.

»Sie dürfen aber mein Kleid nicht zerknittern«, ermahnte sie ihn, »ich habe nämlich keine Zeit, mich noch einmal umzuziehen und wieder zurechtzumachen.«

Laurence nickte stumm.

»Öffnen Sie Ihre Hose«, sagte sie.

Verlegen fummelte er an seinen Knöpfen herum. Das alles war überhaupt nicht so, wie er es sich vorgestellt hatte – die Szene sollte sich doch ganz anders abspielen! Er hatte einen ausführlichen, aber interessanten Dialog mit ihr führen wollen, in dem er ihr sein Anliegen erklärte, auf das sie zuerst sittsam, dann etwas nachgiebiger reagierte, bis er sie schließlich mit seiner inbrünstigen Leidenschaft für sich eingenommen hätte. Dann hätte er ihren Mund und ihr Gesicht mit Dutzenden von Küssen bedecken, sie langsam in der spannungsgeladenen Atmosphäre gegenseitiger Faszination ausziehen wollen, um mit ihren Brüsten zu spielen... und so weiter!

Das war der gewöhnliche Lauf der Dinge, wie ihn Laurence aus der Erfahrung kannte. Es war ein Schock für ihn, daß Marcelle schon nach seinen ersten Worten ihre Unterwäsche ausgezogen hatte und nun so vor ihm stand.

Ungeduldig über seine Ungeschicklichkeit, griff sie in seine Hose und zog seinen steifen Penis heraus.

»Zumindest der ist zur Tat bereit!« spottete sie.

Mit einer Hand hob sie ihren Rock bis zum Bauch hoch und entblößte das kleine braune Haarbüschel zwischen ihren Beinen. Die andere Hand führte sie zu ihrem Mund. Sie beleckte ihre Finger und steckte sie dann zwischen die Lippen unter ihrem Büschel, um den Eingang für ihn zu befeuchten. Einen Augenblick später hockte sie schon breitbeinig über seinem Schoß. Ihre Hand führte ihn an die richtige Stelle und zwängte ihn in sich, während sie sich quer über seine Schenkel setzte.

»Also bitte!« sagte sie. »Nun haben Sie, was Sie haben wollten. Warum haben Sie mir vorher nichts davon gesagt? Heute paßt es wirklich sehr schlecht.«

»O Marcelle!« stöhnte er und wußte nicht, was er antworten sollte.

Sie ritt heftig und geschickt auf ihm auf und ab.

»Ist das gut?« fragte sie. »Nein, Sie dürfen meine Brüste nicht berühren, Sie würden mein Kleid zerknittern. Sitzen Sie still und lassen Sie den Dingen ihren Lauf.«

Wie unvorbereitet Laurence innerlich auch auf dieses Ereignis war, in dem er nur als passiver Teilnehmer mitspielte, sein Körper reagierte doch auf den Reiz ihrer Berührung auf natürliche Weise. Marcelles flinke Aufundabbewegung überflutete ihn rasch mit intensiven Lustgefühlen, und bald überkam ihn noch eine weitere Flut. Er stöhnte laut, als Marcelle ihm seine Leidenschaft entlockte.

»Na also!« sagte sie, und ihre Bewegungen ließen sofort nach. »Nun haben Sie bekommen, was Sie wollten. Und ich werde Ihretwegen zu spät zu meiner Verabredung kommen. Ich muß mich beeilen! Holen Sie mich gegen 12 Uhr morgen ab, und Sie können mich zum Essen ausführen. Dann können wir in Ihre Wohnung gehen und den ganzen Nachmittag dort bleiben. Ich habe bis zum Abendessen Zeit.«

Ehe Laurence noch ein Wort antworten konnte, war sie schon aufgestanden und aus dem Zimmer verschwunden. Auf dem Weg nach draußen hatte sie noch schnell nach ihrem hübschen seidenen Höschen auf dem Sessel gegriffen.

CATHERINE TEXIER

Frank Jackson

Eva legt sich auf den Rücken, sie blickt auf den offenen Glasschirm der Deckenbeleuchtung. Er verteilt das bleiche Licht in zwei grauen Kreisen. Frank Jackson ist also wieder da, und schon ist ihre Welt von ihm erfüllt. Die Dämmerung verdunkelt das Zimmer, signalisiert den Beginn der langen Wartezeit vor dem Auftritt, die Angst preßt ihr langsam die Kehle zu. Sie bewegt sich nur, um händeweise geröstete Erdnüsse in den Mund zu schaufeln. Ihre Lippen schmecken salzig und trocken.

Sie hatte den Fall Frank Jackson vor langer Zeit abgeschlossen. Du schlägst eine Tür zu und gehst weiter. Wie es sich gehört. Du gehst in ein anderes Zimmer deines Lebensgebäudes. Du putzt es, du richtest es ein, schmückst es, läßt Menschen kommen. Du veränderst deine Frisur, deine Kleidung. Statt dich im Leben festzufahren, wirst du zum Chamäleon, wirst wiedergeboren. Nur ist in diesem Fall etwas schiefgegangen. Das war nicht eingeplant. Das andere Zimmer hatte ein Leck. Und nicht nur Frank Jackson war wieder aufgetaucht, sondern durch die aufgesprungene Tür war alles wieder eingedrungen, was sie hinter sich gelassen hatte, und drohte sie zu ersticken.

Der coole, glatte Frank Jackson. Die Augen klar und verlogen. Damals hatte er einen schmalen Schnurrbart wie Clark Gable. Als laufe ein Film vor ihr ab, friert sie sein Lächeln ein, holte es näher heran, untersucht es gründlich. Ganz deutlich sieht sie jede Einzelheit: ein bißchen schief, ein Mundwinkel höhergezogen, Nahaufnahme von seinen Poren, von seinem Kinn, auf dem die Bartstoppeln stehen, von den angedeuteten Grübchen auf jeder Seite, dem großen vollen Mund, den strahlend weißen Zähnen, bis auf einen, Nahaufnahme des goldenen Schneidezahns. Sie sucht wieder nach den Grübchen, aber der Schneidezahn hört nicht auf, wütend gelb zu blinken. Das Lächeln ist eingefroren, wirkt immer gezwungener. Die Magie ist weg. Aber nicht die Bedrohung. In dem Moment klingelt das Telefon. Hi, sagt seine Stimme. Was ist los? Ich überlege, ob ich dir heute abend zuhören soll. Wann fängst du an? Sie friert. Heute abend? Yeah, heute abend. Arbeitest du heute? Sie könnte einfach nein sagen, aber würde er nicht sowieso vorbeikommen und sie kontrollieren? Und ihr dann ihre Lüge vorhalten? Um elf, sagt sie. Ich weiß nicht, ob ich will, daß du kommst. Warum nicht? Hast du Angst vor mir? Sie lacht. Angst? (*Sei nicht albern.*) Nein. Heute abend ist es vielleicht nicht so günstig, das ist alles. Am Wochenende wäre es günstiger. Warum? Weil dein Freund kommt? Weil du nicht willst, daß ich ihn kennenlerne? Oh, laß das doch. Nein, ich... ich bekomme eine Erkältung. Bin nicht in Hochform.

Ich verlasse die Stadt, Baby, sagt er. Kann nicht bis Freitag oder Samstag abend warten. Ich will dich sehen. Außerdem ist eine heisere Stimme sehr sexy.

Sie seufzt hörbar erleichtert. Er kann alles haben, was er will, wenn er die Stadt bloß schnell wieder verläßt. Wovor hat sie überhaupt Angst? Frank Jackson bleibt nirgendwo sehr lange. Er ist wie eine Feuerfliege. Er wird sich für fünf weitere Jahre nicht blicken lassen. Der Schaden hält sich in Grenzen, er hat Mimi aufgeregt und ihr selbst einen großen Schrecken eingejagt. Eva lächelt in den geschliffenen Lampenschirm. Sie mag das milchige Licht, das bis in die entfernten Ecken der Decke reicht.

Na, meinetwegen, sagt sie fröhlich, auf dein eignes Risiko. Um der alten Zeiten willen.

Braves Mädchen, sagt Frank Jackson, um der alten Zeiten willen. Junge, du und ich, wir kennen uns schon lange, was?

Ja, sagt sie, bis dann.

Bis später.

Sie legt auf. Läßt die Hand lange auf dem Hörer liegen. Ich

habe einfach nur eine Scheißangst, denkt sie und streckt ihre Beine auf der blauen Satindecke aus. Ein Exgeliebter kommt wieder in die Stadt. Und wenn schon. Was ist los mit mir? Johnny, Johnny, gurrt sie und dreht sich auf den Bauch. Johnny-Boy, willst du mich nicht anrufen? Willst du mich nicht anrufen, Johnny-Liebling? Jetzt. *Jetzt.*

Frank Jackson war schon da, als sie eintrat. Er hatte die Ellbogen auf dem Bartresen und plauderte mit Angelo. Frisch gewaschen, Krawatte und Jackett, normale Schuhe. Er sah aus wie ein Vertreter. Wie ein schüchterner Mann, der nervös auf das Rendezvous mit ihr wartete. Völlig untypisch. Sie wollte so tun, als sähe sie ihn nicht, und nach hinten verschwinden. He, rief er. He, Baby! He, Frankie, rief sie zurück, ließ sich auf den Mundwinkel küssen. Angelo, gibst du ihm bitte einen Drink auf Rechnung des Hauses? Angelo zwinkerte. Selbstverständlich, Miß Eva. Sie drehte sich um, ging hinter die Bühne und sagte über die Schultern: So früh hättest du nicht kommen sollen, Frank. Er schickte ihr sein Killerlächeln hinterher und sagte: Ich amüsiere mich prächtig. Kümmere dich nicht um mich.

Er saß ganz vorn, an einem etwas abseits stehenden kleinen runden Tisch. Die Bar war halb voll. Für einen normalen Abend, mitten in der Woche, war das nicht schlecht, hier und dort war ein Tisch frei. Aber seine Anwesenheit brachte das Haus zum Überlaufen. Als sie das Mikro vom Ständer nahm, spürte sie, wie seine Augen an ihr klebten. Statt ihnen auszuweichen, versuchte sie, sich auf sie zu konzentrieren, die Energie für ihren Gesang zu nutzen. Aber die Verbindung, die sie damit herstellte, störte sie; denn so wurden sie zu Komplizen. Und jede Komplizenschaft, die je zwischen ihnen bestand, hatte immer nur auf ihre Kosten funktioniert. Also kämpfte sie, versuchte, die Bedingungen umzudrehen, sich bewußt auf die Kraft der Musik und ihre Stimme zu verlassen. Aber als sich die Klänge in ihrer Brust formten und herausströmten, spürte sie, wie sich ihre Kraft in Verführung wandelte, wie Frank Jackson ihr gefiel.

Nicht schlecht, sagte er, als sie nach der Show zu ihm kam. Verdammt gut sogar.

Er legte ihr den Arm um die Schultern, und sie duckte sich.

Warum setzt du dich nicht, sagte er.

Sie gab der Kellnerin ein Zeichen, ihr ein Wasser zu bringen, und stützte das Kinn in die Handflächen. Er zündete sich eine Zigarette an, umfaßte sein Glas und ließ den goldenen Scotch einmal kreisen, ehe er ihn hinunterkippte.

Und wer ist dein neuer Freund?

Sie blickte hoch.

Das geht dich nichts an. Bist du gekommen, um mich zu verhören?

Entschuldigend hob er die Hände. Bremste sich.

Bin nur neugierig, sagte er. Ich meine, das ist doch natürlich, findest du nicht?

Sie zuckte mit den Achseln.

Junge, du bist immer noch das kleine Fräulein Rührmichnichtan.

Bei dir vielleicht.

Jetzt war sie es, die sich angelegentlich mit ihrem Drink beschäftigte, die Zitronenscheibe ausdrückte, sie mit dem Strohhalm durchbohrte.

Und, wie geht es dir? fragte sie. Was hast du gemacht? Schließlich bist du es, der weggewesen ist.

Ich war in Südamerika, sagte er. Auf einem Schiff. Als Seemann. Auf Containerschiffen.

Die ganze Zeit?

Nein, die letzten drei Jahre. Vorher war ich völlig fertig. Ich habe in Detroit gelebt, in Chicago, ich hatte eine Band in New Orleans. Ich war wirklich fertig. Ich mußte da raus. Ich fuhr auf einem Schiff nach Brasilien und hab' da in den Minen gearbeitet. Aber das war Scheißarbeit, wie Sklaverei, das kann einen Mann umbringen. Ich bin mit einem Schiff, auf dem ich gearbeitet habe, hingekommen, ich hab' in São Paulo wieder eins gefunden. Auf Schiffen bist du wenigstens vom Meer umgeben. Der Horizont ist unendlich.

Und deine Musik?

Deshalb bin ich wieder da. Ich war in Chicago, komm' da gerade her. Ich stelle eine Band zusammen.

Wo? In Chicago?

Ich denke an New York.

New York?

Ihre Blicke kreuzten sich. In seinem lag Genugtuung. Ein Besitzanspruch, als ob er sein Recht fordere.

Und das Geld? Wo kommt das her?

Kein Problem. In Südamerika habe ich eine Menge verdient. Jetzt kann ich wirklich eine Band gründen und muß mir keine Sorgen machen.

Wie die Dinge sich ändern.

Yeah. Kaum zu glauben. He, und wie geht es dir? Was hast du gemacht?

Die Vertrautheit, die seine Stimme weckte, und sein Körper, der dem ihren so nah war, ließen sie erschrocken zurückzucken.

Mir geht es gut, sagte sie. Alles okay.

Das Singen läuft gut? Er deutete mit dem Kinn in den Raum, auf die Bühne. Guter Laden hier?

Ist okay.

Du scheinst nicht so gut drauf zu sein.

Was meinst du damit?

Oh, du siehst angespannt aus, nervös. Probleme mit deinem Freund?

Warum sagst du das dauernd! Mir geht es gut. Zumindest bis du aufgetaucht bist.

Sie zog eine Zigarette aus seiner Packung, zündete sie mit seinem Feuerzeug an, ehe er Zeit hatte, ihr Feuer zu geben. Er lehnte sich zurück.

Seit wann machst du das?

Mache ich was?

Die Bewegung seines Kinns umfaßte wieder den Club und dann noch die Straße und ganz Manhattan. Das: Singen, Nachtarbeit, mit dem Kind.

Das war unglaublich. Sie starrte ihn an. Das war zuviel. Sie lachte ein hartes, brüchiges Lachen, sie erstickte fast daran.

Was ist daran so komisch?

Sie drückte die Zigarettenkippe auf dem Boden ihres Glases aus.

Gar nichts. Überhaupt nichts ist komisch. Worauf genau willst du hinaus, Frank Jackson? Warum kommst du auf einmal wieder in mein Leben?

He, reg dich ab, ja.

Er bedeutete der Kellnerin, noch einen Scotch zu bringen. Eine Jazzband spielte sich auf der Bühne ein, harte, rhythmisch abgehackte Klänge. Eva merkte, daß es jetzt voll wurde, trotz des späten Sets. Es war eine gute Band, die der Eigentümer vor ein paar Wochen gebucht hatte. Es hatte sich schnell in der Stadt herumgesprochen, daß sie heiß war, und die Leute kamen scharenweise.

Er zündete sich wieder eine Zigarette an.

Ich komme nicht in dein Leben, ich komme in die Stadt. Hör auf zu glauben, daß du der Mittelpunkt der Welt bist. Immer noch so egozentrisch wie früher, was?

Er zog an seiner Zigarette, und sie sah, daß er sich in eine Schlange verwandelte, das Gift tropfte aus seinem Mund. Er war gekommen, um sie anzugreifen, sie spürte schon die Auswirkungen. Wut stieg in ihr auf, ein Feuerball aus ihrem Innern, der knisterte und von den Haarwurzeln bis zu den Zehenspitzen aufloderte. Sie spürte, daß ihre Wangen brannten. Sie legte ihre kalten, schwitzenden Hände an die Wangen, hielt ihr Gleichgewicht mit den Ellenbogen. Das Feuer drang nicht nach außen. Nach außen war sie ein Eisblock. Er lächelte sein bewußt schiefes Lächeln. Er hatte sein frisches Glas nicht angerührt. Auf der Bühne formierte sich die Band. Stimmengewirr und Gläserklirren wie die Ruhe vor dem Sturm. Gute Band? fragte er.

Das brachte sie zu sich. Sie ließ die Hände auf den Tisch sinken und stemmte sich hoch.

Du gehst schon? Wir haben kaum Zeit für uns gehabt.

War schön, dich zu sehen, Frank, ich freu' mich, daß du vorbeigekommen bist. Viel Glück mit deiner Band.

Er zuckte mit den Achseln.

Ich werde wiederkommen. Du wirst noch öfter Gelegenheit haben, mir Glück zu wünschen.

Er hielt ihre Hand in seiner. Ehe sie sie wegziehen konnte, erhob er sich leicht vom Stuhl und vollführte eine halbe Verbeugung.

Vielleicht, sagte sie. Bye.

Sie winkte ihm beiläufig zu, als sie zur Tür eilte. Er winkte ironisch zurück, den Mund höhnisch verzogen. Dann lehnte er sich zurück, schlug die Beine übereinander und leerte sein Glas in einem Zug, während die Band mit einem Klarinettensolo zum Angriff blies.

Eva hat sich in ihren Schaffellmantel eingewickelt, hält den Kragen mit beiden Händen gegen den scharfen Wind zu. In diesem Jahr kommt der Winter früh, der Herbst ist noch nicht mal vorüber. Eisige Luft fällt vom Norden ein. Die Nylonstrümpfe fühlen sich rauh an auf ihren Beinen. Die Menschen gehen mit gesenkten Köpfen, wollen sich vor der Kälte schützen. Niemand schlendert oder steht herum. Die Hauseingänge füllen sich mit Obdachlosen, die ihre Zeitungen ausbreiten, die wohlhabenderen rollen Schaumgummimatratzen aus, und obendrauf schichten sie Lumpen als Kissen. Sogar die Dealer haben sich in die Arkaden zurückgezogen, stampfen in der Kälte mit den Füßen auf, haben sich die Kapuzen ihrer Parkas tief ins Gesicht gezogen. Sie hört das Geräusch ihrer Absätze auf dem Pflaster, es hallt durch die Nacht. Die nächtlichen Gefahren auf den Straßen New Yorks sind nichts, verglichen mit Frank Jacksons Anwesenheit in der Stadt. Jeder Block, den sie hinter sich läßt, bringt sie in sicherere Entfernung. Aber nur, wenn sie außer Landes ginge, auf die andere Seite der Welt, käme sie völlig zur Ruhe.

Eva hat sich im Slip auf seinem Bett zusammengerollt, sie hat sich von Kleid und Schuhen befreit und von der Strumpfhose, die auf der Haut gescheuert hat, Knie und Knöchel haben rote Flecken. Sie hält ein Glas Brandy mit beiden Händen. Der Fernseher steht am Fußende des Bettes, läuft ohne Ton, da ist nur das leise Summen und das schnelle Flackern der Bilder, die sie im Moment geradezu als Trost empfindet wie alles in diesem Zimmer, denn es ist abgeschieden, die Jalousien sind ganz runtergezogen, die Hitze steigt von den Heizkörpern auf, eine verriegelte Welt mit einem TV-Fenster. Die Welt da draußen ist auf die einfachen Bilder aus dieser Kiste reduziert. Sie ist hinter Glas, wie Haie in einem Aquarium, das abgesichert in einer Bucht liegt. Und Johnny liegt zu ihren Füßen, in Jeans und einem weißen Unterhemd, das seine runden Schultern freiläßt, sein Nacken ist ausrasiert, und als er zu ihr hochsieht, fallen ihm seine langen Haare über die Augen.

Sie läßt den Brandy in ihrem Glas kreisen, seufzt tief auf.

Ich weiß nicht. Weil die Vergangenheit mich einholt.

Welche Vergangenheit?

Meine.

Hat er etwas gegen dich in der Hand?

Das hast du mich schon mal gefragt. Es geht nicht darum, ober er etwas gegen mich in der Hand hat. Wenn, dann hat er *mich* in der Hand. Den Teil von mir, an den ich nicht mehr erinnert werden will. Den Teil, der wie ein Geist ist, aber ich bin das nicht mehr. Und ich weiß, daß er mich noch so sieht.

Und du?

Was ist mit mir?

Hängst du noch an ihm?

Gib mir noch einen Brandy, sagt sie.

Er bringt ihr das Glas zurück, es ist halb voll. Sie starrt lange auf die Flüssigkeit, als ob die Antwort an die Oberfläche kommen würde wie das klare Bild auf einer Kristallkugel.

Er ist auch Mimis Vater.

Aber er hat keine Rechte.

Keine gesetzlichen.

Hast du davor Angst? Daß er dir Mimi wegnimmt?

Sie lacht, es ist eher ein höhnisches Grinsen.

Nein. Nicht wirklich. Aber er wird Ansprüche geltend machen, auf sie und auf mich.

Ansprüche?

Langsam leert sie das Glas. Läßt es auf der Kniespitze

kreisen. Johnny fährt mit den Händen von ihren Knöcheln die Beine hoch, berührt die roten Flecken mit den Fingerspitzen. Es ist ein sanftes, behutsames Streicheln.

Johnnys Körper ist wie das Puzzle einer Landschaft. Die Sommersprossen auf seinem Rücken wie Sand, der unter ihren Füßen rieselt. Sein Arsch, Krater und Furche, ist ein Cañon, die Rückseite seiner Beine, vom Ansatz der Hüften bis zu den Ballen an den Fußsohlen eine Reise auf einem sich schlängelnden Fluß, sein Schwanz ist die Welle, auf der sie reiten und sich so lange wie möglich im Gleichgewicht halten wird, bis sie sich überschlägt.

Sie sagt, es macht dich an, Frauen zu lecken, stimmt's?

Yeah, sagt er und hebt das Gesicht, sein Kinn glänzt von ihrem Saft.

Du wirst ganz steif davon, flüstert sie.

Er kann es stundenlang machen, und jede Bewegung seiner Zunge läßt sie tiefer schmelzen. Sie zieht ihn an seinem Steifen zu sich heran, nimmt ihn in den Mund. Sie bilden einen vollkommenen Kreis, Geschlecht an Mund, Mund an Geschlecht. Scheiß auf Frank Jackson, denkt sie. Sie öffnet ihre Beine so weit wie möglich, damit seine Zunge überall hin kann. Er nimmt sich Zeit, geht rein und raus, kreist, kommt zurück, läßt keine Falte aus. Sie ist nackter bei ihm als jemals bei irgendeinem Mann. Er sucht nach ihrer Weiblichkeit, und sie möchte sie vor ihm ausbreiten wie Rubine, die verstreut in nassem Gras glitzern: Aufsammeln.

Nimm mich jetzt rein, sagt er.

Wo?

Er zieht sie auf sich rauf.

Wo? fragt sie wieder.

In deine Möse.

Das sind die Worte, die sie aus seinem Mund hören will. Er kann reden, wie er will, fluchen, eine Flasche Bier in der Hand, aber da ist seine belegte Stimme, wenn er zur Sache kommt. Dann breitet er sein Innerstes vor ihr aus.

Er stößt so tief in sie, daß sie denkt, ihr Muttermund müsse sich öffnen. Sie umkreist seinen Mund mit der Zunge, immer wieder. Als die Wellen immer schneller kommen, reitet sie los, hält sich nicht mehr zurück. Beide fallen gleichzeitig in den Rhythmus, der langsam schneller wird, bis er seinen Höhepunkt erreicht. Ein klarer Höhepunkt, der nicht abklingt, die Echos rasen durch ihre Körper, die noch lange aneinandergepreßt liegen bleiben.

Um sie herum sterben Männer und Frauen. Sie sterben an Aids. Eines Tages werden wir uns verstecken müssen, um Lust zu erfahren. Wir werden in den Untergrund gehen müssen. Dann wird die Lust nur noch etwas für Bestien oder niedere Tiere sein. Hunde, Ratten. Vielleicht noch für ausgewählte gesunde Frauen und Männer, um die Art zu erhalten. Für den Rest der Menschheit wird Lust platonisch sein, rein, Streben nach dem Erhabenen. Die Berührung zweier Hände. Augen, die zum erstenmal das Begehren erkennen und ineinander versinken. Die Lust wird fleischlos sein, ein Rückzug ins Begehren.

Eva, sagt er, wir werden uns verstecken müssen, wenn es dann verboten ist, sich zu lieben.

Zu ficken, korrigiert sie ihn. Sich lieben gehört zu einer höheren Form der Geistigkeit, zu einer hehren, leidenschaftlichen, frühen Sexualität. Das Ficken ist es, was sie uns aus den Hirnen reißen müssen und aus den Mösen und Schwänzen. Ficken wird nichts als eine weitere schlechte Angewohnheit sein, die wir uns aus gesundheitlichen Gründen abgewöhnen müssen. Dann werden die Leute zu den A.F. gehen, um sich von ihrer Krankheit zu befreien.

A.F.?

Den Anonymen Fickern.

Etwas darfst du nie vergessen, sagt Eva später. Sex war für die Frau immer gefährlich. Sie kann davon ein Baby bekommen, aus der Gesellschaft ausgestoßen werden, sie kann daran sterben.

Daran sterben?

Wenn sie einen Bruder oder einen Vater hat, der eifersüchtig über ihre Ehre wacht und sie auf der Stelle niederschießt oder sie und ihren Geliebten mit seinem Schwert durchbohrt, um den Familiennamen reinzuhalten und seinen Ruf zu bewahren. Und sie kann natürlich bei der Geburt sterben.

aus: *Catherine Texier*
Frank Jackson, List 1991

LEE LESSER

Das Fest

Ineinander verschlungen liegen wir, mein Geliebter und ich. Draußen ist es Nacht; die Stadt pulsiert hinter den Fenstern. Unten auf der Straße heult ein Motor auf, rauscht dann davon, Stimmen erheben sich, werden schwächer, wenn die Leute sich entfernen. Weit weg brummt einschläfernd der Verkehr. Eine streunende Katze beginnt zu schreien, verstummt beim Geräusch aneinanderschlagender Milchflaschen. Ein Zug schnaubt durch die Nacht, sein Pfeifen verhallt nur langsam, sein Laut trägt Bilder der Reise, den Zauber des Aufbruchs mit sich, das ewige Versprechen vorbeiziehender Landschaften.

Auch wir sind Reisende, zum Aufbruch bereit. Neben uns flackert eine schlanke, duftende Kerze und verströmt ein weiches Licht, das uns umhüllt. Durch die halbgeöffneten Fensterläden scheint das Orange der Straßenlaterne, wirft gestreifte Schatten auf unsere Körper, die uns wie sich paarende Tiger aussehen lassen. Die zerwühlten Decken wirken in der Dunkelheit wie wilde Tiere. Auf den aprikosenfarbenen Laken und golddurchtränkten Kissen fiebern unsere dunklen Leiber der Nacht entgegen.

Er zog die Kerze aus der Tasche, als wir den Raum betraten. Sie stand in seiner Faust wie ein mächtiger aufgerichteter Phallus. Glühende Vorfreude und schelmische Neugier sprachen aus seinem Blick. Er entzündete das Streichholz, das den Raum in goldenes Licht tauchte. Er löschte die Lampe über dem Bett. Der Alltag wich dem Geheimnis. Sein Blick besagte: ›Ein Zaubertrick, nur für dich!‹, und wir lächelten uns an. Nicht nur die weiche Beleuchtung, auch der süße Duft des Sandelholzes durchtränkte die Luft, süß und schwer wie die Leidenschaft.

Das war unsere Atmosphäre! Wir verstreuten unsere Kleider schnell und zufällig auf dem Boden, jeder für sich. Ohne uns zu berühren, beobachteten wir uns. Es war, als blickten seine Augen durch meine Haut hindurch auf das pulsierende Blut in meinen Adern. Ich kannte das Bild, das sich in seiner dunklen Iris spiegelte: eine schlanke Taille unterhalb fallender Schultern; kindlich geschwungene Hüften; feste, runde Brüste mit dunklen spitzen Brustwarzen. Seine Brust glänzte dunkel im Licht, hob und senkte sich im Rhythmus seines Atmens. Meinem bewundernden Blick zeigten sich die sehnigen Hüften, und ich beobachtete, wie das weiche, wie eine

Blume sich neigende Glied zu schwellen begann. Er schaute an sich hinunter, dann zu mir auf mit dunkelbraunen, feuchtglänzenden Augen.

Ich legte mich zuerst aufs Bett, dann lagen wir zusammen, unsere Beine verschlungen, unsere Zehennägel kratzten zart am Schenkel des anderen.

Wir sprechen nicht, als gäbe es ein Abkommen, daß heute nacht nur Stille und Berührung unsere Sprache sein werden; allein die flackernde Kerze erlaubt sich ab und zu ein Knistern.

In unserer zarten Hülle aus Licht und Schatten liegen wir

jetzt zusammen. Meine Brustwarzen streichen über seinen warmen Oberkörper. Ein Prickeln rinnt durch mich hindurch, bis hinunter in das weiche Fleisch meines Bauches, wo eine verborgene Frucht auf ein Versprechen wartet. Ich spüre, daß er Schläfrigkeit vortäuscht, abwartet, ob ich den ersten Schritt tue, deshalb halte ich still. Er bewegt sich nicht, hält mich fest in seinen Armen. Sein Daumen beginnt, langsam über meinen Rücken zu kreisen. Seine sinnlichen Bewegungen schicken eine zarte Erregung durch meinen Körper, ein Zittern entflammt jeden Winkel, meine Haut glüht.

Er dreht seinen Kopf, und unsere Lippen berühren sich vorsichtig. Halbgeöffnete leuchtende Augen blicken mich an, und ich bin voller Verlangen. Unser warmer, süßlicher Atem vermischt sich; seine Zunge erforscht jetzt meinen Mund. Meine Hand gleitet hinunter, um sein heißes, erregtes Glied zu halten, ich fühle, wie es wächst und wächst unter meiner Berührung. Ich fühle auch das Beben, mit dem es auf mein Streicheln reagiert. Doch seine eigene Hand schiebt meine Finger beiseite, er murmelt: »Noch nicht jetzt...«

Ich werde auf sein Spiel eingehen, er soll den Ton angeben. So liege ich still, scheinbar gehorsam, mein Becken nicht einladend, sondern zurückhaltend an seine Hüfte geschmiegt. Wir werden sehen, wer zuerst die Geduld verliert – selbst wenn meine Feuchtigkeit zwischen den Beinen verrät, wie sehr ich nach ihm verlange...

Ich liebe es, ihn anzuschauen. Das Kerzenlicht verleiht unseren Körpern eine ungeahnte Transparenz, mein milchkaffeefarbenes Fleisch hebt sich von seinem dunkleren Ebenholzton ab. Ich vergrabe das Gesicht in seiner Schulter, atme den dunklen, herben Geruch seiner Haut ein. Meine Kehle ist zugeschnürt vor Lust, der Schweiß rinnt mir aus den Achselhöhlen.

Ich hebe meinen Kopf und studiere ihn genau: die Eleganz seiner ebenmäßigen Wangenknochen; das kurze, feste Kinn unter breitgeschwungenen Lippen; die schmalen Augenbrauen über den dunkelbraunen Augen, sein dichtgelocktes, zu kleinen Büscheln geformtes Haar. Ich liebe sein Gesicht, weil es offen ist, dunkel und gleichmäßig. Und ich liebe seinen muskulösen Körper, der mich fest umarmt. Unsere Herzen schlagen schnell.

Meine Augen, die auf die Kerze gerichtet sind, müssen ihm den Eindruck doppelzüngiger Flammen vermitteln; doch ihm kann auch die tiefere Flamme der Begierde nicht verborgen bleiben. Plötzlich können wir das Warten nicht länger ertragen. Wir lösen uns, damit wir uns leichter berühren, uns liebkosten können, unsere Zungen lecken über salzige Haut. Ich beugte mich über ihn, meine Hände gleiten über seine Ohren, fassen in sein rauhes Haar. Seine Lippen saugen an meinen Brustwarzen. Er gleitet tiefer, seine Zunge bahnt sich einen Weg in meinen Bauchnabel.

Unser Atem geht jetzt heftiger, seine Lippen bewegen sich tiefer und erreichen die fiebernde Stelle zwischen meinen Schenkeln. Die drängende Zunge findet meine Knospe und läßt meine Muskeln vibrieren. Die Stöße seiner Zunge, Finger, die sich in meine Hinterbacken graben, und Schultern, die mich noch weiter öffnen, erregen mich immer mehr und mehr. Ich schiebe ihn beiseite, beuge mich vor und suche sein kräftiges Glied, blauschwarz wie eine Pflaume, mit den Lippen. Mit seinen Händen umschließt er meine Brüste. Unsere Körper genießen die Leidenschaft, Haut reibt sich an Haut.

Dann drücken mich seine starken Arme auf ein Kissen, er beugt sich über mich. Sein Mund preßt sich wild auf den meinen, meine Beine lege ich um seine Hüften, und mit einer festen Bewegung ist er tief, tief in mir, trifft auf die heiße feuchte Hülle, die ihn aufnimmt.

Ich fühle mich vollkommen, als er in mich dringt, das Vakuum füllt, das nach ihm schreit. Ich schwebe davon auf einer Welle der Lust, dieser Moment befriedigt mich zutiefst. Sekundenschnell bebe ich im Orgasmus, meine Muskeln ziehen sich lustvoll um sein Glied zusammen, doch in meinem Kopf ruft eine Stimme:›es war zu früh, zu früh!‹

Auch er weiß, daß seine Gabe, mich so schnell zu meinem Höhepunkt zu bringen, Ekstase und zugleich Bedauern hervorruft. Als die Wellen der Lust verebben, gleitet er sanft in mir auf und ab. Ich drehe mein Gesicht in das Licht der Kerze, und aus dunklen Augen schaut er auf mich herunter. Das Lächeln, das um seinen Mund spielt, sagt: ›Die Kerze ist noch nicht erloschen...‹

Es ist das Lächeln des Jungen, der ein langersehntes Geschenk erhalten hat, vermischt mit der triumphierenden Zärtlichkeit des Mannes. Es gefällt ihm, daß er mich so leicht auf den Gipfel des Entzückens führen kann. Seine Freude läßt tiefe Zärtlichkeit in mir aufwallen, und ich drücke meine Lippen gegen seine Handfläche, wo das Braun sich mit Rosa mischt. Seine Hände sind wunderschön, knochig und stark.

Seine eigene Erregung steigert sich nun, er wird schneller, ich höre sein kehliges Stöhnen. Er wird auf mich warten, solange er kann, aber schon spüre ich, wie ich mich ihm im gesteigerten Rhythmus unserer Leiber entgegenbäume. Ich schiebe meine Beine unter ihn, denn ich weiß, er genießt diese zusätzliche Berührung, Hüfte an Hüfte wiegen wir uns, meine Hand kreist über seinen Rücken. Dann entschweben wir beide auf einer Welle der Lust und Ekstase, höher und höher, bis aus der Welle ein Berg wird, und als er in mir bebt, erheben wir uns über den Gipfel... Schweißdurchtränkt, stöhnend, engumschlugen liegen wir da. Sein Gewicht auf mir ist betörend. Er richtet sich etwas auf, damit ich Luft holen kann, dann legte er sich auf mich, unsere Muskeln entspannt, unsere Energie verbraucht. Seine Wange bettet er auf meinen Busen. So liegen wir, und unsere Herzen schlagen langsamer, bis wir in einen entspannten Schlummer fallen.

Das entfernte Heulen einer Sirene weckt mich. Ich richte mich auf. Mein Geliebter erwacht augenblicklich. Ich lege meine Hand beruhigend auf seinen Hinterkopf. Er fühlt sich erfrischt, sucht das Licht der tropfenden Kerze. Das Lächeln, das er mir zuwirft, bedeutet: ›Sie ist noch nicht erloschen.‹ Ich greife bereitwillig nach seinem Penis, den die Erregung wieder hart werden läßt. Ich umkreise ihn mit den Fingern, reibe und glätte ihn, lasse meine Hand auf und ab gleiten. Ich suche die empfindliche Linie des Muskels und fahre die geschwollene Spitze entlang, bis er den Kopf wild hin- und herwirft. Dieses Mal übernehme ich die Führung und gebiete ihm, stillzuhalten, lege seine Hände auf meine Brüste. Ich fahre mit der Zunge über seine Brustwarzen, massiere Brust und Bauch mit den Fingern.

Mein Haar gleitet über seine Rippen und kitzelt die tiefen Schatten, die das spärliche Licht auf seine dunkle Haut wirft. Schließlich klettere ich auf ihn, bewege mich auf und ab in wiegendem Rhythmus und genieße das Geräusch unserer schmatzenden, verschlungenen Körper... dann sind wir plötzlich ohne Vorwarnung wieder soweit, stöhnend, bebend auf dem Gipfel der Lust werfe ich mich über ihn, mein Mund sucht seine Lippen, so daß alle Teile unserer Körper miteinander verschmelzen, saugen, liebkosten, genießen können.

Wir brechen erschöpft und vollkommen befriedigt zusammen, lachend und seufzend zugleich. Er blinzelt mir zärtlich zu. Wir küssen uns zart und leicht wie Kinder.

Ich taste nach einer Decke, um unsere verschwitzten Körper vor der kühlen Luft zu schützen. Die Straßenlaternen sind erloschen, viel zu früh wie immer. Es ist noch Zeit bis zum Morgengrauen. Selbst die Stadt scheint um diese Zeit ihren Atem anzuhalten. Schläfrig blase ich das flackernde Kerzenlicht aus.

Wir schmiegen uns aneinander wie zwei passende Teile eines Puzzles. Er legt seinen Arm um mich, bevor er in einen erschöpften Schlaf fällt. In seinem warmen, anschmiegsamen Körper liegt eine Sinnlichkeit, die mir das Sehnen meiner Glieder, das Beben meiner Hüften wieder in Erinnerung ruft. Und tiefe Zufriedenheit läßt mich sanft einschlafen.

Der Wecker schreckt uns auf, zurück in die Wirklichkeit. Grelles Tageslicht. Der tosende Lärm der Straße läßt ihn hochfahren. Er beugt sich zu mir hinüber und gibt mir einen Kuß, sein stoppeliges Kinn kratzt über meine Wange. Er sagt freundlich bittend: »Kochst du Tee, Liebling, während ich im Bad bin? Ich muß zur Arbeit und du auch...« Dann ist er verschwunden, und ich schäle mich aus den Decken, um den

Tag zu beginnen, und werfe im Spiegel einen Blick auf meinen schlaftrunkenen Körper.
Der Spiegel ist auf der anderen Seite des Zimmers und zeigt zuviel von meiner Gestalt – aber an mir ist nun einfach einmal zuviel. Ich mache mir nichts daraus; im Gegenteil, ich lächle sogar. Ich habe ein Recht auf diese zusätzlichen Pfunde, auf die weiblichen Rundungen. Ich habe ein langes Leben hinter mir, in dem ich ihm schon viele Kinder geboren habe. Aber mein Geliebter sieht mich mit dem Blick der Erinnerung, und noch immer nennt er mich ›Liebling‹ und begehrt mich. Ja, und darum lächle ich.

aus: *Lee Lesser, Das Fest*

Quellenverzeichnis

ANONYM *Sommerferien* in *Lonnie Barbach, ...und mein Verlangen ist grenzenlos.* Bern und München,/Übers. Eva Gregor und Anneliese Tornow. Mit freundlicher Genehmigung des Scherz Verlags Bern und München.

EMANUELLE ARSAN *Die Reiseführerin* in *Vanna.* Reinbek 1980, 14–33. Übers., Jürgen Abel. Mit freundlicher Genehmigung des Rowohlt Verlags, Reinbek.

PHILIPE DJIAN *Blaue Seide* aus *Erogene Zone.* Zürich 1986, 265–277. Übers. Michael Mosblech. Mit freundlicher Genehmigung des Diogenes Verlags, Zürich.

ALMUDENA GRANDES *Die Schuluniform* aus *Lulu.* Hamburg 1990, 19–64. Übers, Christiane Rasche. Mit freundlicher Genehmigung des Verlags am Galgenberg, Hamburg.

LEE LESSER *Das Fest* aus *Der Fremde am Strand.* München 1991, 53–59. Übers. Doris Klier. Alle Rechte an der deutschen Übersetzung beim Wilhelm Goldmann Verlag, München.

HENRY MILLER *John Thursday* aus *Opus Pistorum.* Reinbek 1984, 75–88. Übers. Viola Heilmann. Mit freundlicher Genehmigung des Rowohlt Verlags, Reinbek.

ANAÏS NIN *Linda* aus *Das Delta der Venus.* Bern und München 1978, 282–304. Übers. Eva Bornemann. Mit freundlicher Genehmigung des Scherz Verlags Bern und München.

JAYNE ANNE PHILLIPS *Unzucht* aus *Das himmlische Tier.* Frankfurt am Main 1981, 37–50. Übers. Walter Hartmann. Mit freundlicher Genehmigung des S. Fischer Verlags, Frankfurt am Main.

CATHERINE TEXIER *Frank Jackson* aus *Von neun bis zwölf.* München 1991, 111–120. Übers. Gesine Strempel. Mit freundlicher Genehmigung des List Verlags, München.

JILL VAUDEVILLE *Kein Job wie jeder andere.* Erstveröffentlichung. Copyright © by der Autorin.

ANNE-MARIE VILLEFRANCHE *Die emanzipierte Madame Delaroque* aus *Folies D'Amour,* Reinbek 1985, 217–250. Übers. Irmela Erckenbrecht. Mit freundlicher Genehmigung des Rowohlt Verlags, Reinbek.